読書と人生

寺田寅彦

角川文庫
22394

目次

読書論

「ダンテはいつまでも大詩人として尊敬されるだろう。……誰も読む人がないから」と、意地の悪いヴォルテーアが云った。

ゴーホやゴーガンもいつまでも崇拝されるだろう。……誰にも彼らの絵がわかるはずはないからである。

（大正十年五月『渋柿』）

『聊斎志異《りょうさいしい》』の中には、到処《いたるところ》に狐《きつね》の化けたと称する女性が現われてくる。しかし、多くの場合に、それは自ら狐であると告白するだけで、ついに狐の姿を現わさずにすむのが多い。

ただその行為のどこかに超自然的な点があっても、それは智恵の長《た》けた美女に打込んでいる愚《おろか》な善良な男の目を通して、そう見えたのだ、と解釈してしまえば、自《おの》ら《ずか》理解される場合がはなはだ多い。

それにもかかわらず、この書に現われた支那《しな》民族には、立派にいわゆる「狐」なる超自然的なものが存在していて、おそらく今もなお存在しているにちがいない。

これはある意味で羨《うらや》むべき事でなければならない。

少《すく》なくも、そうでなかったとしたら、この書物の中の美しいものは大半消えてしまうのである。


（昭和二年九月『渋柿』）


大震災の二日目に、火災がこの界隈《かいわい》までも及んでくる恐れがあるというので、ともかくも立退《たちの》きの準備をしようとした。

その時に、二匹の飼猫《かいねこ》を、誰がいかにして連れていくかが問題となった。

このころ、ウェルズの『空中戦争』を読んだら、陸地と縁の切れたナイアガラのゴートアイランドに、ただ一人生き残った男が、敵軍の飛行機の破損したのを繕って、それで島を遁《に》げ出す、その時に、島に迷って饑《う》えていた一匹の猫を哀れがって一緒に連れていく記事がある。

その後に、また同じ著者の『放たれた世界』を読んでいると、「原子爆弾」と称する恐るべき利器によって、オランダの海を支える堤防が破壊され、国中一面が海になる、その時、幸運にも一艘《そう》の船に乗り込んで命を助かる男がいて、それがやはり居合せた一匹の迷い猫を連れていく、というくだりが、ほんの些細《ささい》な挿話《そうわ》として点ぜられている。

この二つの挿話から、私は猫というものに対するこの著者の感情のすべてと、同時にまた、自然と人間に対するこの著者の情緒のすべてを完全に知り尽すことができるような気がした。

（昭和四年十一月『渋柿』）

いろいろな国語の初歩の読本には、その国々特有の色と香がきわめて濃厚に出ている。

ナショナルリーダーを教わった時に、幼い頭に描かれた異国の風物は、英米のそれであった。

ブハイムを手にした時には、また別の国の自然と、人と、その歴史が、新しい視野を展開した。

ロシアの読本をのぞくと、たちまちにして自分がロシアの子供に生れ変り、ラテンの初歩をかじると、二千年前のローマ市民の子供になり、蠟石盤《ろうせきばん》をかかえて学校へ通うようになる。

大人の読物では、決して、これほど濃厚な国々に特有な雰囲気《ふんいき》は感ぜられないような気がする。

翻訳《ほんやく》というものもある程度までは可能である。

しかし、初歩の読本の与える不思議な雰囲気だけは、全然翻訳のできないものである。

（昭和五年七月『渋柿』）

純白な卓布の上に、規則正しく並べられた銀器のいろいろ、切子硝子《きりこガラス》の花瓶に投込まれた紅白のカーネーション、皿の上のトマトの紅とサラドの緑、頭上に廻転《かいてん》する扇風機の羽搏《はばた》き、高い窓を飾る涼し気なカーテン。

そこへ、美しいウェートレスに導かれて、二人の老人がはいって来る。

それは芭蕉翁《ばしょうおう》と歌麿《うたまろ》とである。

芭蕉は定食でいいといい、歌麿はア・ラ・カルテを主張する。

前者は氷水、後者はクラレットを飲む。

前者は少く、後者は多く食う。

前者は嬉《うれ》しそうに、あたりを眺めて多くは無言であるが、後者はよく談じ、よく論じながら、隣の卓の西洋婦人に、鋭い観察の眼を投げる。

隣室でジャズが始まると、歌麿の顔が急に活々《いきいき》してくる。葡萄酒《ぶどうしゅ》のせいもあるであろう。

芭蕉は、相変らずニコニコしながら、一片の角砂糖をコーヒーの中に落して、じっと見つめている。

小さな泡が真中へかたまって四方へ開いて消える。

それが消えると同時に、芭蕉も、歌麿も消えてしまって、自分はただ一人、食堂の隅に取残された自分を見出《みいだ》す。

（昭和五年九月『渋柿』）

今日神田《かんだ》の三省堂《さんせいどう》へ立寄って、ひやかしているうちに、『性的犯罪考』という本が見当ったので、気まぐれの好奇心から一本を求めた。

それから、暇つぶしに、あの背の高い書架《しょか》の長城《ちょうじょう》の城壁の前をぶらぶら歩いているうちに、「随筆」と札のかかった区劃《くかく》の前に出た。

背の低い、丸顔の、可愛い高等学校の生徒が一人、古風な薩摩絣《さつまがすり》の羽織に、同じ絣の着物を着たのが、ひょいと右手を伸ばしたと思って、その指先の行衛《ゆくえ》を追跡すると、それが一直線に安倍《あべ》君著『山中雑記』の頭の上に到達した。

おやと思っているうちに、手早く書架からそれを引っこ抜いてから、しばらく内容を点検していたが、やがて、それをそっと元の穴へ返した、と思うと、今度は、すぐ左隣りの『藪柑子集《やぶこうじしゅう》』を抽出して、これもしばらく頁をめくっていたが、やがてまた元の空隙《くうげき》へ押しこんだ。

そうして、次にはそれから少しはなれて、十四、五冊くらいおいた左の方へと移っていった。

正月の休みに郷里帰省中であったのが、親父《おやじ》からいくらか貰《もら》って、やや懐《ふところ》を暖《あたた》かくして出京したばかりらしいから、どちらか一冊くらいは買うかな、と思って見ていたが、とうとう失敬して行過ぎてしまった。

もっとも、あるいはそれからまたもういっぺん立帰ったかどうか、そこまでは見届けないから分らない。

それはどうでもいいが、とにかく安倍君というものと、自分というものとが、この可愛い学生の謙譲《けんじょう》なる購買力の前で、立派な商売敵となって対立していた瞬間の光景に、偶然にもめぐり合わせたのであった。

それよりも、もしあの学生が、『藪柑子集』を読んだとしたら、その内容から自然に想像するであろうと思われる若い昔の藪柑子君の面影と、今ここで、水洟《みずっぱな》すすりながら『性的犯罪考』などをあさっている年取った現在の自分の姿との対照を考えると、はなはだ滑稽《こっけい》でもあり、また少し淋《さび》しくもあった。

哲 学 も 科 学 も 寒 き 嚔《くさめ》 か な

（昭和八年二月『渋柿』）

安倍能成《よししげ》君が「京城より」の中で「人柱」ということが西洋にもあったかどうかという疑問を出したことがあった。近ごろルキウス・アンネウス・フロルスの『ローマ史摘要』を見ていたら、ロムルスがその新都市に胸壁を築いたとき、彼と双生児のレームスが「こんなけちな壁なんかなんにもならない」と云って一とびに飛越してみせた。そのために結局レームスは殺されたのであるが、しかしロムルスの命令によって殺されたかどうかは不明だとある。そうして「いずれにしてもレームスは最初の犠牲《ヴィクティマ》であって、しかして彼の血をもって新市の堡塁《ほうるい》を浄化した」とある。

この話は人柱とは少しちがうが、しかしどこかしらだいぶ似たところがある。

豚や牛のように人間を殺して生贄《いけにえ》とすることは西洋には昔はよくあったらしいが、それが神を崇《あが》め慰《なぐさ》めるだけでなく、それによって何か難事を遂げさせてもらうための先払いの報酬のような意味で神々に捧《ささ》げる事もあったとすれば、結局は人柱と同じことになるのではないかと思う。

同じ書物にまた次のような話もある。

「余り評判のよくない方で有名なローマの最後の王様タルキヌスがほうぼうで攻め落した敵の市街からの奪掠物《だつりゃくぶつ》で寺院を建てた。そのときに敷地の土台を掘り返していたら人間の頭蓋骨《ずがいこつ》が一つ出てきた。併《しか》し人々はこれこそ此の場所が世界の主都となる瑞《ずい》兆《ちょう》であるということを信じて疑わなかった」とある。吾々《われわれ》の現在の考え方だと、これはなんだかむしろ薄気味《うすきみ》の悪い凶兆のように思われるのに、当時のローマ人がこれを主都のかための土台石のように感じたのだとすると、その考え方の中にはどこかやはり「人柱」の習俗の根柢に横《よこた》わる思想とおのずから相通ずるものがあるような気がする。

以上偶然読書中に見つけたから安倍君の驥尾《きび》に付して備忘のために誌《しる》しておくことにした。

（昭和十年三月『渋柿』）

子供の時分に漢籍など読むとき、よく意味の分らない箇所にしるしを付けておくために「不審紙《ふしんがみ》」というものを貼り付けて、後で先生に聞いたり字引《じびき》で調べたりするときの栞《しおり》とした。

短冊形に切った朱唐紙《しゅとうし》の小片の一端から前歯で約数平方ミリメートルぐらいの面積の細片を嚙切《かみき》り、それを舌の尖端《せんたん》に載《の》っけたのを、右の拇指《おやゆび》の爪の上端に近い部分に移し取っておいて、今度はその爪を書物の頁の上に押しつけ、ちょうど蚤《のみ》を潰《つぶ》すような工合《ぐあい》にこの微細な朱唐紙の切片を紙面に貼付《はりつ》ける。この小紙片がすなわち不審紙である。嚙切る時に赤い紙の表を上にして嚙切り、それをそのまま舌に移し次に爪に移して貼付けるとちょうど赤い表が本の頁で上に向くのである。朱唐紙は色が裏へ抜けていなかったから裏は赤くなかったのである。

そのころでもすでに粗製の嘘の朱唐紙があって、そういうのは色素が唾液《だえき》で溶かされて書物の紙を汚すので、子供心にもごまかしの不正商品に対して小さな憤懣《ふんまん》を感じるということの入用をしたわけである。

不審が氷解すればそこの不審紙を爪のさきで軽く引掻《ひっか》いて剝《は》がしてしまう。本物の朱唐紙だとちっとも痕《あと》が残らない。

中学時代にはもう不審紙などは使わなかった。その代りに鉛筆や紫鉛筆でやたらにアンダーラインをしたり、?や!を書き並べて、書物を汚なくするのが自慢であるかのような新習俗に追蹤《ついしょう》してずいぶん勉強して多くの書物を汚損したことであった。

それはともかく、日本紙に大きな文字を木版刷にした書物の頁に、点々と真紅《しんく》の不審紙を貼付けたものの視像を今でもありありと想出《おもいだ》すことができるが、その追憶の幻像を透して、実にいろいろな旧日本の思想や文化の万華鏡《まんげきょう》が覗《のぞ》かれるような気がするのである。

大きな百貨店へ行けば大概の品はいつでも調《ととの》えられるものと思っていたが、実際はなかなかそうでないという事を経験してきた。むしろ望みどおりの品のあったためしが少いくらいである。

十月の初旬病床で暖い日に蒲団《ふとん》の代りにかけようと思って旅行用の夏の膝掛《ひざかけ》を買いにやった。そうしたら、来年の夏まで待たなければ店に出ないといった。それから、夜中に肩の冷えるのを防ぐために鳥の羽根入の肩蒲団を探しにやったら、もう一月くらいすれば出ますといったそうである。時候に合わない品だから無理もないが、しかし百貨店という所はやっぱり存外不便な所である。

もっとも今ごろ本屋でスコットの『湖上の美人』やアーヴィングの『スケッチブック』やニーチェの『ツァラツーストラ』でも探すとしたらすぐに手に入るかどうか心もとないような気がする。

マルクス、エンゲルスが同様な羽目になる時がいつかは来るかも知れないという気もするのである。

（昭和十年十月十四日）

ある日電車の中で、有機化学の本を読んでいると、突然「琉球泡盛酒」という文字が頭の中に現われたが、読んでいる本の頁をいくら探してもそんな文字は見つからなかった。よく考えてみると、たぶん途中で電車の窓から外を眺めたときにどこかの店先の看板にでもそういう文字が眼についた、それを不思議な錯覚《さっかく》で書物の中へ「投込んだ」ものらしい。ちょうどその時に読んでいた所がいろいろなアルコールの種類を記述した頁であったためにそういう心像の位置転換が容易にできたものと思われる。

人間の頭脳のたよりなさはこの一例からでもおおよそ想像がつく。いつ幾日にどこでこういう事に出会ったとか、なんという書物の中にどういう事があったとか、そういう直接体験の正直な証言の中に、現在の例と同じような過程で途方もないところから紛込《まぎれこ》んだ異物が少しも入っていないという断定は、神様でないかぎり誰にもできそうにない。

（昭和十年十月十四日）

人生論

祖父が亡くなった時に、そのただ一人の女の子として取り残された私の母は、わずかに十二歳であった。

家を継ぐべき養子として、当時十八歳の父が迎えられる事になったが、江戸《えど》詰《づめ》の藩公の許可を得るために往復二ヶ月を要した。

それから五十日の喪に服した後、さらに江戸まで申請して、いよいよ家督《かとく》相続がきまるまでにまた二ヶ月かかった。

一月二十七日に祖父が死んで、七月四日に家督が落着いたのだそうである。

喪中は座敷に簾《すだれ》を垂れて白日を遮《さえぎ》り、高声に話しする事も、木綿車《もめんぐるま》を廻《ま》わすことさえも誓《いまし》められた。

すべてが落着した時に、庭は荒野のように草が茂っていて、始末に困ったそうである。

（大正十一年四月『渋柿』）

安政《あんせい》時代の土佐《とさ》の高知《こうち》での話である。刃傷事件《にんじょうじけん》に坐《ざ》して、親族立会の上で詰腹《つめばら》を切らされた十九歳の少年の祖母になる人が、愁傷《しゅうしょう》のあまり失心しようとした。

居合わせた人が、あわててその場にあった鉄瓶の湯をその老媼《ろうおう》の口に注ぎ込んだ。老媼は、その鉄瓶の底を撫《な》で廻《まわ》した掌《てのひら》で、自分の顔をやたらと撫で廻したために、顔中一面に真黒い斑点ができた。

居合わせた人々は、そういう極端な悲惨な事情の下《もと》にも、やはりそれを見て笑ったそうである。

（大正十一年四月『渋柿』）

ラジオの放送のおかげで、始めて安来節《やすぎぶし》や八木節《やぎぶし》などというものを聞く機会を得た。賑《にぎ》やかな中に暗い絶望的な悲《かな》しみを含んだものである。

自分は、なんとなく、霜夜の街頭のカンテラの灯を聯想《れんそう》する。

しかし、なんと云っても、これらの民謡は、日本の土の底から聞こえてくる吾々の祖先の声である。

謡《うた》う人の姿を見ないで、拡声器の中から響く声だけを聞く事によって、そういう感じがかえって切実になるようである。

吾々は、結局やはり、ベートーヴェンやドビュッシーを拋棄《ほうき》して、もう一度この祖先の声から出直さなければならないではないかという気がするのである。

（昭和二年七月『渋柿』）

一日忙しく東京中を駆廻《かけめぐ》って夜更けて帰ってくる。

寝静まった細長い小路を通って、右へ曲って、我家の板塀にたどり付き、闇夜の空に朧《おぼろ》な多角形を劃《かく》する我家の屋根を見上げる時に、ふと妙な事を考えることがある。

この広い日本の、この広い東京の、この片隅の、きまった位置に、自分の家という、ちゃんときまった住家があり、そこには、自分と特別な関係にある人々が住んでいて、そこへ、今自分は、さも当然のことらしく帰ってくるのである。

しかし、これはなんという偶然なことであろう。

この家、この家族が、はたしていつまでここにあるのだろう。

ある日、一日留守にして、夜晩《おそ》く帰ってみると、もうそこには自分の家と家族はなくなっていて、全く見知らぬ家に、見知らぬ人が、何十年も前からいるような様子で住んでいる、というような現象は起り得ないものだろうか、起ってもちっとも不思議はないような気がする。

そんな事を考えながら、門をくぐって内へ這入《はい》ると、もう我家の存在の必然性に関する疑《うたがい》は消滅するのである。

（昭和二年七月『渋柿』）

うすら寒い日の午後の小半日を、邦楽座《ほうがくざ》の二階の、人気の少《すくな》い客席に腰かけて、遠い異国の華やかな歓楽の世界の幻を見た。

そうして、つめたい空《から》っ風に吹かれて、ふるえながら我家に帰った。

食事をして風呂《ふろ》に入って、肩まで湯の中に浸《つか》って、そうして湯にしめした手拭《てぬぐい》を顔に押し当てた瞬間に、つぶった眼の前に忽然《こつぜん》と昼間見た活動女優の大写しの顔が現われた。と思うとふっと消えた。

アメリカは人皆踊る牡丹《ぼたん》かな

（昭和五年五月『渋柿』）

新宿《しんじゅく》、武蔵野館で、「トルクシブ」というソヴェト映画を見た。

中央アジアの、人煙稀薄《じんえんきはく》な曠野《こうや》の果《はて》に、剣のような嶺々《みねみね》が、万古の雪を戴いて連なっている。

その荒漠《こうばく》たる虚無《きょむ》の中へ、ただ一筋の鉄道が、あたかも文明の触手《しょくしゅ》とでもいったように、徐々に、しかし確実に延びていくのである。

この映画の中に、夥《おびただ》しい綿羊《めんよう》の群を見せたシーンがある。あんな広い野を歩くのにも、羊はほとんど身動きのできないほどに密集して歩いていくのが妙である。

まるで白泡を立てた激流を見るようである。新宿の通《とおり》へ出てみると、折柄三越《みつこし》の新築開店の翌日であったので、あの狭い人道は非常な混雑で、ちょうどさっき映画で見た羊の群と同じようである。して見ると、人間という動物にも、やはりどこか綿羊と共通な性質があるものと見える。

そう考えると、自分などは、まず狸《たぬき》か狢《むじな》の類《たぐい》かと思って、ちょっと淋《さび》しい心持がした。

そうして、再び彼の荒漠たる中央アジアの沙漠の幻影が、この濃《こま》やかな人波の上に、蜃気楼《しんきろう》のように浮《うか》み上がってくるのであった。

（昭和五年十一月『渋柿』）

犬吠岬《いぬぼうさき》の茶店の主人の話だそうである。三十年来の経験で、自殺者・心中者はたいてい様子でわかる。思案にくれて懊悩《おうのう》しているようなのはかえって死なない。写真でも撮《と》らせたり、ひどく元気よくはしゃいでいるのが怪しいということである。いったい死ぬほどに意気銷沈《いきしょうちん》したものなら首縊《くびく》りの縄を懸《か》けるさえ大儀な気がしそうである。それをわざわざ遠く出かけて、しかも三原《みはら》や浅間《あさま》に山登りをする元気があるのは不思議なような気がする。こういう種類の自殺者は、悲観のためではなくてみんな興奮のために死ぬのだろうと思われる。

学校を卒業したばかりの秀才が先生になって講義をするととかく講義がむつかしくなりやすい。これにはいろいろの理由があるが、一つには自分の歩いてきた遠い道の遠かったことを忘れるというせいもあるらしい。

若い学者が研究論文を書くと、とかく独り合点で説明を省略し過ぎて、人がよむと分かりにくいものにしてしまう場合が多い。これもいろいろの理由があるが、一つには自分がはじめて這入《はい》った社会の先進者の頭の水準を高く見積り過ぎるためもあるらしい。

元素には今まで原子番号数というものができて、何番の元素といえばそれで事柄は完全に確定する。それだのに今でも科学者はやはり水素とか酸素とかテリウムとかウラニウムとか、いわば一種の「源氏名《げんじな》」のようなものを付けて平気でそれを使っているのである。人間味をできるだけ脱却しよう、すべての記載をできるだけ数学的抽象的なものにしようという清教徒的科学者の捨てようとしてやはり捨て切れない煩悩《ぼんのう》の悲哀がこういうところにも認められるであろう。

科学といえども人間の産んだ愛児の中の愛児である。血の気を絞取《しぼりと》ってしまったら干乾《ひぼ》しになって、孫を産む活力などは亡くなってしまいはしないかという気がする。

それはとにかく、元素の名前に「桐壺《きりつぼ》」「箒木《ははきぎ》」などというのをつけて独《ひと》りで喜んでいる変った男も若干《じゃっかん》はあっても面白いではないかと思うことがある。しかしもしそんなのがあったらさぞや大学教授達に怒られることであろう。

自分の欠点を相当よく知っている人はあるが、自分の本当の美点を知っている人は滅多《めった》にないようである。欠点は自覚することによって改善されるが、美点は自覚することによって損《そこな》われ亡われるせいではないかと思われる。

省線電車渋谷《しぶや》駅の人気者であった「忠犬」の八公《はちこう》が死んだ。生前から駅前に建立されていたこの犬の銅像は手向《たむけ》の花環《はなわ》に埋もれていた。たかが犬一匹にこのお祭騒ぎはにがにがしい事だと云ってむきになって腹を立てる人もあった。

しかし、これがにがにがしければすべての「宗教」はやはりにがにがしく腹立たしいものでなければならない。

ある日、上野《うえの》の科学博物館裏を通ったら、隣の帝国学士院の裏庭で大きな白犬の写真を撮っていた。犬がちっとも動かないでいつまでもじっとして大人しくカメラの方を見つめている、と思ったら、傍に立っていた人がひょいとその胴をかかえて持ち上げ、二、三歩前の方へ位置を変えたのでそれが剝製《はくせい》だと分かった。写真師の傍に中年の婦人が一人立っていた。片手を頰にあてたままじっと犬の方を見ていた。

翌朝新聞を見るとこの犬の写真が出ていた。やはりそれが八公であったのである。

この剝製の写真を撮っている光景を見たときには、やはり自分の胸の中に仕まい忘れてあった「宗教」がちょっと顔を出した。


（昭和十年六月十二日）


ラジオなどで聞くえらい官吏などの講演の口調は一般に妙に親しみのない鹿爪《しかつめ》らしい切口上《きりこうじょう》が多くてその内容も一応は立派であるがどうも聴衆の胸にいきなり飛込んでくるようなものが少い。

ある会議の席上である長官がある報告をするのを聞いていたとき、ふと前述の講演のタイプを想い出した。

長官はその属僚の調べ上げてこしらえた報告書を自分のものにして報告しなければ

ならない。それで文句は分かってもその内容は実はあんまり身に沁《し》みていないらしいので、それであいう口調と態度とが自然に生まれるのではないかという気がした。

これに反して、文士でも芸術家ないし芸人でも何か一つ腹に覚えのある人の講演には訥弁雄弁《とつべんゆうべん》の別なしに聞いていて何かしら親しみを感じ、底の方に何かしら生きて動いているものを感じるから妙なものである。

学者の講演でもやっぱり同じようなことがあるようである。

空腹はなかなか隠せないものらしい。

辻待《つじまち》の円タク、たとえば曙 町《あけぼのちょう》まで五十銭で行かないかというと、返事をしないでいきなりそっぽを向いてしまうのがある。いやな顔をしてきわめてゆっくりかぶりを振るのもある。それからまたにこにこと愛嬌《あいきょう》笑いをしてもう十銭やって下さいといいながらドアに手をかけてインヴァイトするのがある。

前者はペシミストであり、後者はオプチミストであるともいわれる。しかしまた全くその反対だともいわれる。

いつか上野駅の向い側のある路地の自動車停留場で、一番先頭の車の運転手に例のとおり曙町まで五十銭で行かないかといったら、あまり人相のよくないその男は「イカネエ」と強い意味をその横にひん曲げた口許《くちもと》に表示したかと思うと、いきなりエンジンをスタートして走り出した。そうして獲物を狙う鷹《たか》のような鋭い目を集注しているその視線の行手《ゆくて》を追跡してみると、すぐにその焦点がはっきりされた。今上野駅から出てきたらしい東北出と思われる母娘《おやこ》連れがめいめいに大きな風呂敷包《ふろしきづつみ》を抱えて、今や車道を横切ろうとしてあたりを見廻しているところであった。

この場合は悲劇的であるかもしれないが、またひどく喜劇的であるかもしれない。そんな事を考えながらスーツケースを右手にぶらさげてぶらぶらと山下《やました》の方へより多く合理的な運転手を物色《ぶっしょく》しながら歩いていった事であった。

（昭和十年十月十日）

住家を新築したら細君《さいくん》が死んだという例が自分の知っている狭い範囲でも三つはある。立派な邸宅を新築して間もなく主人が死んでその家の始末に困っているという例を近ごろ二つ聞いた。

しかし家を立てて誰も死ななかった例は相当たくさんにあるであろうから、厳密な統計的研究をした上でなければ「家を建てると人が死ぬ」というような漠然とした言明は全然無意味である。

しかしまた考えてみると、家を建てると人が死ぬということも、解釈しようによっては全然無意味だともいわれない。

今まで借家住居をしていた人が、自分の住宅を新築でもしようということは、その家庭の物質的のみならず精神的生活の眼立った時期を劃する一つの目標である。今までは生活の不如意《ふにょい》に堪えながら側目《わきめ》もふらずに努力の一路を進んできたのが、いくらかの成効に恵まれて少し心が弛《ゆる》んでくる。そういう時期にこの住宅の新築という出来事が起るという場合がしばしばある。そういう時にもしもその家の主婦が元来弱い人であり、どのみちそう長生きをすることのできない人であったと仮定する。そうするとその主婦の今まで張詰《はりつ》めていた心がやっと弛《ゆる》む頃には、その健康はもはや臨界点《りんかいてん》近くまで蝕《むしば》まれていて、気の弛むと同時に一時に発した疲れのために朽木のように倒れる。そういう場合もかなりあり得るわけである。

また従来すでに一通りの成効の道を進んできた人が、いよいよ隠退《いんたい》でもして老後を楽しむために新しい邸宅でも構えようというような場合にも、やはり同じような事がいわれようかと思う。

植物が花を咲かせ実を結ぶ時はやがて枯死《こし》する時である。それとこれとは少しわけは違うがどこか似たところもないではない。

いつまでも花を咲かせないで適当に貧乏しながら適当に働く。平凡なようであるが長生きの道はやはりこれ以外にはないようである。

（昭和十年十月十一日）

夜中に身体中の痛む病気に罹《かか》って一晩中安眠ができない。この広い世界のすべての存在が消えてしまって自分の身体の痛みだけが宇宙を占有し大千世界に瀰漫《びまん》しているような気がしている。夜が明けて繰りあけられた雨戸から空の光が流込《ながれこ》む。硝子障子《ガラスしょうじ》越しに庭の楓《かえで》や檜《ひのき》の梢《こずえ》が見え、隣の大きな栗の樹の散残《ちりのこ》った葉が朝風にゆれていて、その向ういっぱいに秋晴の空が広がっている。

そういう時にどうしたわけか分らないが、別に悲しくもなんともないのに涙が眼の中にいっぱいに押出してくる。

学生時代に、阿片喫煙者《あへんきつえんしゃ》が中毒からくる恐ろしい悪夢のために悩まされていたのが、突然その夢が醒《さ》めて現実にかえって、片方にいる人間の顔を見た時に、涙が止めどもなく流れたというくだりを読んだ記憶がある。

悲しいときの涙、嬉しいときの涙、その他いろいろな涙のほかにこうしたような不思議な涙がまだほかにもいろいろありそうな気がする。

（昭和十年十月十一日）

ベルギー皇帝がただ一人で自動車を運転していて山の中の崖《がけ》から墜落《ついらく》して崩御《ほうぎょ》された。その惨《むごたら》しい変事の記憶が未だ世人の記憶に新しいのに、今度はまた新しい皇帝が皇后とスイッツルの湖畔をドライヴしていたとき、不慮の事故を起して、そのために若く美しいアストリード皇后陛下《こうごうへいか》はその場で崩御され皇帝も負傷され、ただうしろの座席に乗っかっていた運転手だけが不思議にかすり傷一つ負わなかった。

皇帝が前の座席の左側に坐《すわ》ってハンドルを握り、皇后はその右側に坐って一枚の地図を拡げ何か皇帝にお尋ねになると、皇帝は右を向いてその地図を覗込《のぞきこ》まれた、その瞬間に車の右の前輪が道の片側を仕切るコンクリートの低い土手の切れ目にひっかかった。そのはずみで土手を飛越えて道の右側の斜面に走込《はしりこ》んだ車はその右の横腹を立樹にぶっつけて、ぐいと右に方向を転じ、その際に皇后は運悪く頭を立樹にぶっつけて即座に絶命すると同時に草原の上に投出された。車はさらに進んで第二の立樹にその左の横腹をぶっつけて傷《きず》ついた皇帝を投出した。そうしてずるずると斜面を転がりながら湖水の汀《みぎわ》の葦《あし》の中へ飛込んではじめてその致命的な狂奔《きょうほん》を停止した。うしろに坐っていた運転手はとっさの出来事に茫然《ぼうぜん》としどうすることもできなかった。道路をそれて樹にぶつかるまでの時間は一秒の十分の一にも足りない勘定になるので、まったく考えるよりも速い出来事だったに相違ない。そうして運転手が眼前の出来事を意識した瞬間にはもうすべてが終っていたわけである。

これが昔の日本であったら、この二代続きの遭難《そうなん》はきっと何かしらもっともらしい迷信《めいしん》で綴《つづ》られた因縁話の種を作ったかもしれない。

しかし因縁が全然無いこともない。それは先代の皇帝も今の皇帝も自分でハンドルを握って墜落の危険の絶無《ぜつむ》ではないような道路を走らせることに興味を持たれたという事がたしかに一つの必然な因縁で繫《つな》がれているのである。すなわち一つの公算的な因果の現われだともいわれるであろう。

（昭和十年十月十五日）

烏瓜《からすうり》の花には「花の骸骨《がいこつ》」といったような感じがある。黄昏時《たそがれどき》になると大きな蛾《が》がいくつとなく飛んできてこの花の蜜《みつ》をあさってあるく。身長よりも長い嘴《くちばし》をさし込んで、振子《ふりこ》のようにからだを左右に振動させながら吸っている。吸ってしまうとまた次の花へ移る。あとからまた別の蛾がやって来て前の蛾の吸った同じ花を吸う。蛾はどこからとなく宵暗《よいやみ》の中から飛んできて、どこへともなく宵暗の中に消える。それが人の知らない幽冥《ゆうめい》の境からの使《つかい》ででもあるような気がする。そしてそれが骸骨のような花の上で振子のように動いているのを見ていると私の空想は死神《しにがみ》の持った時計の振子を私に思出させる。

先人の研究を知らずに repeat するのは徒労《とろう》でない、先人と同じ方法で同じ経路をとる事は不可能である。同じ事を繰返すという事は実際にはない。よしそれがあったとしても、そのためにその人の将来の研究に及ぼす影響は決して同一ではない。同じ富士山を千人画けば千人だけちがう。これを描く時必ずしも先人の絵のすべてを知り悉《つく》す必要はない。

自分が靴《くつ》をはく時どちらから先はく癖《くせ》があるかという事を自覚している人は少い。自分の手足の一つが五分短くなったために感ずる不便は、常人には想像しがたい。左右五分だけ高さのちがう下駄《げた》をはいた時、あるいは新しくはいた靴が五分長くあった時の経験でも幾分分る。

歯が一本抜けると口の中に大きな空虚を感じる。

最も得意な人間と最も失意な人間の表情とは瘋癲病院《ふうてんびょういん》において見る事ができる。

盲腸《もうちょう》は人間に不要のものだから生れた時に取り去るがよいという医者がある。しかしこれは現在の生理学では用が分らぬといった方が妥当であろう。現代の学者がその用を認めぬからといって必ずしも無用でないかもしれない。

祖先伝来の古金銀を蔵へしまっておいて使わねばあってもなくても同じである。しかし他の動産不動産を失った日にはこれが役に立つ、効能が疑わしくてしかも後日に影響を残す恐《おそれ》のあるなしも分らぬワクチンなどをむやみに注射するのも考え物である。

漱石《そうせき》先生の小説を見て一向《いっこう》つまらぬという人がある。これはその作物に共鳴すべき物を待ち合わさぬ人である。

案内者

どこかへ旅行がしてみたくなる。しかし別にどこというきまったあてがない。そういう時に旅行案内記の類を開けてみると、あるいは海浜、あるいは山間の湖水、あるいは温泉といったように、行くべき処がさまざまあり過ぎるほどある。そこでまず仮りに温泉なら温泉ときめて、温泉の部を少し詳しく見ていくと、各温泉の水質や効能、周囲の形勝名所旧跡などのだいたいがざっと分る。しかしもう少し詳しく具体的の事が知りたくなって、今度は温泉専門の案内書を捜し出して読んでみる。そうするとまずぼんやりとおおよその見当がついてくるが、いくら詳細な案内記を丁寧に読んでみたところで、結局本当のところは自分で行ってみなければ分るはずはない。もしもそれが分るようならば、うちで書物だけ読んでいればわざわざ出掛ける必要はないと云ってもいい。次には念のためにいろいろの人の話を聞いてみても、人によってかなり云う事がちがっていて、誰のオーソリティを信じていいかわからなくなってしまう。それでさんざんに調べた最後には、つまりいいかげんに、賽《さい》でも投げると同じような偶然な機縁によって目的の地をどうにかきめるほかはない。

こういうやり方はいわばアカデミックなオーソドックスなやり方であると云われる。これは多くの人々にとって最も安全な方法であって、こうすれば滅多《めった》に大きな失望やとんでもない違算を生ずる心配が少《すくな》い。そうして主要な名所旧跡をうっかり見落す気づかいもない。

しかしこれとちがったやり方もないではない。例えば旅行がしたくなると同時に最初から賽をふっていく処をきめてしまう。あるいは偶然に読んだ詩篇か小説かの中である感興に打たれたような場所に決めてしまう。そうして案内記などにはてんで構わないで飛び出していく。そうして自分の足と眼で自由に気に向くままに歩き廻り見て廻る。この方法はとかくいろいろな失策や困難を惹起《ひきおこ》しやすい。またいわゆる名所旧跡などのすぐ前を通りながら知らずに見逃してしまったりするのはありがちな事である。これは危険の多いヘテロドックスのやり方である。これはうっかり一般の人にすすめる事のできかねるやり方である。

しかし前の安全な方法にも短所はある。読んだ案内書や聞いた人の話が、いつまでも頭の中に巣をくっていて、それが自分の眼を隠し耳を蔽《おお》う。それがためにせっかくわざわざ出掛けてきた自分自身はいわば行李《こうり》の中にでも押し籠《こ》められたような形になり、結局案内記や話した人が湯にはいったり見物したり享楽《きょうらく》したりすると同じような事になる、こういうふうになりたがる恐《おそれ》がある。もちろんこれは案内書や教えた人の罪ではない。

しかしそれでも結構であるという人がずいぶんある。そういう人はもちろんそれでよい。

しかしそれでは、わざわざ出てきた甲斐《かい》がないと考える人もある。曲りなりにでも自分の眼で見て自分の足で踏んで、その見る景色、踏む大地と自分とが直接にぴったり触れ合う時にのみ感じ得られる鋭い感覚を味わわなければなんにもならないという人がある。こういう人はとかくに案内書や人の話を無視し、あるいはわざと避けたがる。便利と安全を買うために自分を売る事を恐れるからである。こういう変り者はどうかすると万人の見るものを見落しがちである代りに、いかなる案内記にもかいてないいいものを掘出す機会がある。

私が昔二、三人連れで英国の某離宮を見物にいった時に、その中のある一人は、始終片手に開いたベデカを離さず、一室一室これと引合わせては詳細に見物していた。そのベデカはちゃんと一度下調べをしてところどころ赤鉛筆で丁寧《ていねい》にアンダーラインがしてあった。ある室へ来た時にそこのある窓の前にみんなを呼び集め、ベデカの中の一行を指しながら、「この窓から見ると景色がいいと書いてある」と云って聞かせた。一同はそうかと思って、見逃がしてならない景色を充分に観賞する事ができた。

私はこの人の学者らしい徹底したアカデミックな仕方に感心すると同時に、なんだかそこに名状のできない物足りなさあるいは一種のはかなさとでもいったような心持がするのを禁ずる事ができなかった。なんだかこれでは自分がベデカの編者それ自身になってその校正でもしているような気がし、そしてその窓が不思議なこだわりの網を私のあたまの上に投げかけるように思われてきた。室に附随した歴史や故実などはベデカによらなければ全く分らないが、窓の眺めのよしあしぐらいは自分の眼で見つけ出し選択する自由を許してもらいたいような気もした。

ベデカというものがなかった時の不自由は想像のほかであろうが、しかし稀《まれ》には最新刊のベデカに欺《だま》される事もまるでないではない。ある都の大学を尋ねていったらそこが何かの役所になっていたり、名高い料理屋を捜しあてると貸家札が張ってあったりした事もある。ずさんな案内記ででもあればそういう失敗はなおさらの事である。しかし、こういう意味で完全な案内記を求めるのは元来無理な事でなければならない。そういうものがあると思うのが困難のもとであろう。

それで結局案内記がなくても困るが、あって困る場合もないとは限らない。

中学時代に始めての京都見物に行った事がある。黒谷《くろだに》とか金閣寺《きんかくじ》とかいう処へ行くと、案内の小僧さんが建築の各部分や什物《じゅうもつ》の品々の来歴などをいちいち説明してくれる。その一種特別な節をつけた口調も田舎者《いなかもの》の私には珍らしかったが、それよりも、その説明がいかにも機械的で、云っている事柄に対する情緒の反応が全くなくて、説明者が単にきまっただけの声を出す器械かなんぞのように思われるのがよほど珍らしく不思議に感ぜられた。その時に見た宝物や襖《ふすま》の絵などはもう大概綺麗《きれい》に忘れてしまっているが、その時の案内者の一種の口調と空虚な表情とだけは今でも頭の底にありありと残っている。

その時に一つ困った事は、私が例えばある器物か絵かに特別の興味を感じて、それをもう少し詳しくゆっくり見たいと思っても、案内者はすべての品物に平等な時間を割当てて進行していくのだから、うっかりしているとその間にずんずんさきへ行ってしまって、その間に私はたくさんの見るべき物を見逃してしまわなければならない事になる。それは構わないつもりでいてもそこを見て後に、同行者の間でちょうど自分の見落したいいものについての話題が持上がった時に、なんだか少し惜しい事をしたという気の起るのは免れがたかった。

学校教育やいわゆる参考書によって授けられる知識は、いろいろの点で旅行案内記や、名所の案内者から得る知識に似たところがある。

もし学校のようなありがたい施設がなくて、そしてただ全くの独学で現代文化の蔵している広大な知識の林に分け入り何物かを求めようとするのであったら、その困難はどんなものであろうか。始《はじめ》から終《おわり》まで道に迷いどおしに迷って、無用な労力を浪費するばかりで、結局目的地の見当もつかずに日が暮れてしまうのがおちであろうと思われる。

しかし学校教育の必要といったような事を今さら新しくここで考え論じてみようというのではない。ただ学校教育を受けるという事が、ちょうど案内者に手を引かれて歩くとよく似ているという事をもう少し立入って考えてみたいだけである。

案内記が詳密で正確であればあるほど、これに対する信頼の念が厚ければ厚いほど、吾々《われわれ》は安心して岐路に迷う事なしに最少限の時間と労力を費《ついや》して安全に目的地に到着することができる。これに増すありがたい事はない。しかしそれと同時についその案内記に誌《しる》してない横道に隠れた貴重なものを見逃してしまう機会ははなはだ多いに相違ない。そういう損失をなるべく少《すく》なくするには、やはりいろいろの人の選んだいろいろの案内記を弘《ひろ》く参照するといい。ただ困るのは、すでにある案内記の内容をそのままにいいかげんに継ぎ合せてこしらえたような案内記の多い事である。これに反して、むしろ間違だらけの案内記でも、それが多少でも著者の体験を材料にしたものである場合には、存外何かの参考になる事が多い。

しかしいくら完全でも結局案内記である。いくら読んでも暗誦《あんしょう》しても、それだけでは旅行した代りにはならない事はもちろんである。

案内記が系統的に完備しているという事と、それが読む人の感興をひくという事とは全然別な事で、むしろ往々相容《おうおうあいい》れないような傾向がある。いわゆる案内記の無味乾燥なのに反して優れた文学者の自由な紀行文やあるいは鋭い科学者の纏《まと》まらない観察記は、それがいかに狭い範囲の題材に限られていても、その中に躍動している活《い》きた体験から流露するあるものは、直接に読者の胸に滲《し》み込む、そしてたとえそれが間違っている場合でさえも、書いた人の真を求める魂だけは力強く読者に訴え、読者自身の胸裡《きょうり》にある同じようなものに火をつける。そうして誌された内容とは無関係にそこに取扱われている土地その物に対する興味と愛着を呼び起す。

専門の学術の参考書でもよく似た事がある。何かある題目に関して広く文献を調べようという場合にはいろいろなエンチクロペディやハンドブーフという種類のものはなくてならない重宝なものであるが、少し立入って本当の事が知りたくなればもうそんなものは役に立たない。つまりは個々のオリジナルの論文や著書を見なければならない。それでこのような参照用の大部なものを、骨折《ほねお》って始めから終りまで漫然と読み通し暗誦したところで、すでになんらかの「題目」を持っていない学生にとってはきわめて効果の薄い骨折損になりやすいものである。またこんなものから題目を選み出すという事も、できそうでできないものである。これに反して個々の研究者の直接の体験を記述した論文や著書には、たとえその題材がなんであっても、その中に何かしら生きて動いているものがあって、そこから受ける暗示は読む人の自発的な活動を誘発するある不思議な魔力をもっている。そうして読者自身の研究心を強く喚《よ》び醒《さま》す。

こういう意味からでも、自分の専門以外の題目に関するいい論文などを読むのは決して無益な事ではない。

それで案内記ばかりに頼っていてはいつまでも自分の眼はあかないが、そうかと云ってまるで案内記を無視していると、時々道に迷ったり、事によると滝壺《たきつぼ》や火口に落ちる恐《おそれ》がある。これは分りきった事であるが。それにかかわらず教科書とノートばかりを頼りにする学生がかなり多数である一方には、また現代既成の科学を無視したために、せっかくいい考《かんがえ》はもちながら結局失敗する発明家や発見者も時々出てくる。

名所旧跡の案内者の一番困るのは何か少しよけいなものを見ようとするとNo time, Sir! などと云って引立てる事である。しかしこれも時間の制限があってみれば無理もない事である。それで本当に自分で見物するには、もういっぺん独《ひと》りで出直さなければならない事になる、ただその時に、例の案内者が「邪魔」をしてくれさえしなければいい。

しかし案内者や先達の中には、自己のオーソリティに対する信念から割出された親切から個々の旅行者の自由な観照を抑制する者もないとは云われない。旅行者が特別な興味をもつ対象の前にしばらく歩を止めようとするのを、そんなものはつまらないから見るのじゃないと世話をやく場合もある。つまるとつまらないとが明らかに「相対的」のものである場合にはこれは困る。案内者が善意であるだけに一層困るわけである。この種の案内者はその専門の領域が狭ければ狭いほど多いように見えるが、これは無理もない事である。自分の「お山」以外のものは皆つまらなく見えるからである。

一方で案内者の方から云うと、その率いている被案内者からあまりに信頼され過ぎて困る場合もずいぶんありうる。どこまでも忠実に附従してくるはいいとしても、まさかに手洗所までものそのそついて来られては迷惑を感じるに相違ない。

ニュートンの光学が波動説の普及を妨げたとか、ラプラスの権威が熱の機械論の発達に邪魔になったとかいう事はよく耳にする事である。ある意味では確《たし》かにそうかもしれない。しかしこの全責任を負わされてはこれらの大家達はおそらく泉下《せんか》に瞑《めい》する事ができまい。少くも責任の半分以上は彼らのオーソリティに盲従《もうじゅう》した後進の学徒に帰せなければなるまい。近ごろ相対原理の発見に際してまたまたニュートンが引合に出され、彼の絶対論がしばしば俎《まないた》の上に載せられている。これは当然の事としても、それがためにニュートンを罪人呼ばわりするのはあまりに不公平である。罪人はもっともっとほかにたくさんある。いわばニュートンは真理の殿堂《でんどう》の第一の扉を開いただけで逝《ゆ》いてしまった。彼の被案内者は第一室の壮麗《そうれい》に酔わされてその奥に第二室のある事を考えるものは稀《まれ》であった。つい近ごろにアインシュタインが突然第二の扉を蹴《け》開《ひら》いてそこに玲瓏《れいろう》たる幾何学的《きかがくてき》宇宙の宮殿を発見した。しかし第一の扉を通過しないで第二の扉に達し得られたかどうかは疑問である。

この次の第三の扉はどこにあるだろう。これは吾々には全然予想もつかない。しかしその未知の扉にぶつかってこれを開く人があるとすれば、その人はやはり案内者などの厄介《やっかい》にならない風来《ふうらい》の田舎者でなければならない。第三の扉の事はいかに権威ある案内記にも誌してないのである。

想うにうっかり案内者などになるのは考えものである。黒谷や金閣寺の案内の小僧でも、始めてあの建築や古器物に接した時にはおそらくさまざまな深い感興に動かされたに相違ない。それが毎日同じ事を繰返している間にあらゆる興味は蒸発してしまって、すっかり口上を暗記するころには、品物自身はもう頭の中から消えてなくなる。残るものはただ「言葉」だけになる。眼はその言葉に蔽《おお》われて「物」を見なくなる。そうして丹波《たんば》の山奥から出てきた観覧者の眼に映るような美しい影像はもう再び認める時はなくなってしまう。これは実にその人にとっては取返しのつかない損失でなければならない。

このような人は単に自分の担任の建築や美術品のみならず、他の同種のものに対しても無感覚になる恐がある。例えばよその寺で狩野永徳《かのうえいとく》の筆を見せられた時に「狩野永徳の筆」という声が直ちにこの人の眼を蔽い隠して、眼前の絵の代りに自分の頭の中に沈着して黴《かび》の生えた自分の寺の絵の像のみが照し出される。たとえその頭の中の絵がいかに立派でもこれでは困る。手を触れるものがみんな黄金になるのでは饑死《うえじに》するほかはない。

職業的案内者がこのような不幸な境界に陥《おちい》らぬためには絶えざる努力が必要である。自分の日々説明している物を絶えず新しい眼で見直して二日に一度あるいは一月に一度でも何かしら今まで見出さなかった新しいものを見出す事が必要である。それにはもちろん異常な努力が必要であるが、そういう努力は苦しい。それをしなくても今日には困らない。そこに案内者のはまりやすい「洞窟《どうくつ》」がある。

ニュールンベルグの古城で、そこに蒐集《しゅうしゅう》された昔の物凄《ものすご》い刑具の類を見物した事がある。名高い「鉄の処女《アイゼルネユングフラウ》」の前で説明をしていた案内者は未だうら若い女であった。いったいに病身らしくて顔色も悪く、なんとなく陰気な容貌《ようぼう》をしていた。見物人中の学生ふうの男が「失礼ですが、貴嬢は毎日なんべんとなく、そんな恐ろしい事柄を口にしている、それで神経をいためるような事はありませんか」と聞くと、なんとも返事しないでただ音を立てて息を吸い込んで、暗い顔をして眼を伏せた。私はずいぶん残酷な質問をするものだと思ってあまりいい気持はしなかった。おそらくこの女も毎日自分の繰返している言葉の内容にはとうに無感覚になっていたのだろう。それがこの無遠慮な男の質問で始めて忘れていた内容の恐ろしさと、それを繰返す自分の職業の不快さを思い出させられたのではあるまいか。

これと場合はちがうが、吾々は子供などに科学上の知識を教えている時にしばしば自分がなんの気もつかずに云っている常套《じょうとう》の事柄の奥の深みに隠れたあるものを指摘されて、職業科学者の弱点をきわどく射通される思いがする事はないでもない。案内者になる人はよほど気をつけねばならないと思う。

ナポリを見物にいったついでに、ほど遠からぬポッオリの旧火口とその中にある噴気口を見にいった。電車を下りてベデカを頼りに尋ねていこうとすると、すぐに一人の案内者が追いすがってきてしきりにすすめる。まだ三十にならないかと思われるあまり人相のよくない男である。てんで相手にしないつもりでいたがどこまでも根気よくついてきて、そして息を切らせながらしつこく同じ事を繰返している。それを叱りつけるだけの勇気のない私は、結局そのうるささを免れる唯一の方法として彼の意に従うほかはなかった。その結果は予想のとおりはなはだ悪るかった。始め定めた案内料のほかに、いろいろの口実で少しずつ金を取り上げられて、そして案内者を雇っただけの効能はほとんどなかった。ただ一つの面白かったのは、麻糸か何かの束を黄蠟《きろう》で固めた松明《たいまつ》を買わされて持っていったが、噴気口の傍へ来ると、案内者はそれに点火して穴の上で振り廻した。そして「蒸気の噴出が増したから見ろ」と云うのだが、私にはいっこうなんの変りもないように思われた。すると彼はそことはだいぶ離れた後方の火口壁のところどころに立ち上る蒸気を指して「あのとおりだ」という。しかし松明を振る前にはそれが出ていなかったのか、またどれくらい出ていたのか、まるで私は知らなかったのだから、結局この松明の実験《エキスペリメント》は全然無意味なものに終ってしまった。しかしそういう飛びはなれた非科学的の「実験」がおそらく毎日ここで行われてそして見物人の幾割かはそれで納得するものだとすると、そういう事自身がかなり興味のある事だと思われた。

知識の案内者と呼ばれ、権威《オーソリティ》と呼ばれる人にはさすがにこんな人は無いはずである。それでは被案内者が承知しない。しかし名を科学に借りて専門知識のない一般公衆の眼を眩《くら》ますような非科学的実験を行った者が西洋には昔からずいぶんあった。そのような場合には、ほとんどきまって、平生科学に対して反感のようなものをもっている一群の公衆、ことに新聞などによって既成科学の権威が疑われ、そのような「発見」に冷淡な学者が攻撃される。しかし科学者としては事柄の可能、不可能や蓋然性《がいぜんせい》の多少を既成科学の系統に照して妥当に判断を下すほかはないので、もし万に一つその判断が外れれば、それは真に新しい発見であって科学はそのために著しい進歩をする。しかしそのような場合があっても、判断が外れた事は必ずしもその科学者の科学者としての恥辱《ちじょく》にはならない。その場合には要するに科学が一歩を進めたという事になる。そういうふうにして進歩するのが科学ではあるまいか。むしろ見当の外れる方が科学者として妥当である場合がないでもない。

このような場合は別として、純粋な真面目な科学者でも、やはり人間である限り千慮の一失がないとは限らない。そして知らず知らずにポッオリの松明に類した実験や理論を人に示さないとは限らない。

グラハムが発電機を作った時に当時の大家某は一論文を書いて、そのような事が不可能だという「証明」をした。それにかかわらずグラハムの器械からは電流が遠慮なく流出した。その後にこの器械から電流の生ずるという方の証明がだんだん現れてきたという話を何かで読んだ事がある。しかしその大家の論文をよく読んでみなければうっかりその人の非難はできない。

ヘルムホルツが「人間が鳥と同じようにして空を翔《か》ける事はできない」と云ったのに、現に飛行機ができたではないかという人があらばそれは見当ちがいの弁難である。現在でも将来でも鳥のように翼を自分の力で動かして、ただそれだけで鳥のように翔ける事はできはしない。

すべての案内者も時々これに類した誤解から起る非難を受ける恐のある事を覚悟しなければならない。例えば、案内者が「この河を渡る橋がない」という意味で、渡れないと云ったのを船で渡っておいて「このとおり渡れるではないか」と云われるのはどうも仕方がない。これらはおそらくどちらも悪いかどちらも悪くないかである。意志が疏通しないから起る誤解である。

しかしあらゆる誤解を予想してこれに備える事は神様でなければむつかしい。ここにも案内者と被案内者の困難がある。

私の厄介になったポッオリの案内者は別れ際にさらに余分の酒代をねだって気永く附き纏《まと》ってきた。それを我慢して相手にしないでいたら、最後の捨言葉に「日本人はもっとゼントルマンかと思った」と云うから、私も「イタリア人はもっとゼントルマンかと思った」と答えて、それきり永久に別れてしまった。私も少し悪るかったようである。しかしこんなのはさすがに知識の案内者にはない。

考えてみると案内者になるのも被案内者になるのもなかなか容易ではない。すべての困難は「案内者は結局案内者である」という自明的な道理を忘れやすいから起るのではあるまいか。

景色や科学的知識の案内ではこのような困難がある。もっとちがったいろいろの精神的方面ではどんなものであろうか。此方にはさらにはなはだしい困難があるかもしれないが、あるいは事によるとかえって事柄が簡単になるかもしれない。そこには

「信仰」や「愛情」のようなものが入り込んでくるからである。しかしそうなるともう私がここに云っているただの「案内者」ではなくなってそれは「師」となり「友」となる。師や友に導かれて誤って曠野《こうや》の道に迷っても怨《うらみ》はないはずではあるまいか。

(大正十一年一月『改造』)

学問の自由

学問の研究は絶対自由でありたい。これはあらゆる学者の「希望」である。しかし、いったいそういう自由がこの世に有り得るものか、どの程度までそれが可能であるか、またその可能限度まで自由を許すことが、当該学者以外の多数の人間にとってはたしていつでも望ましい事であるか。こういう問題を、少し立入って考究し論議するとなると、事柄は存外複雑になってきて、おそらく、そうそう簡単には片付けられないことになるであろう。あるいは結局いつまで論議しても纏《まと》まりのつかないような高次元の迷路をぐるぐる廻るようなことになるかもしれない。

こういう疑いは、問題の学問が、複雑極まる社会人間に関する場合に最も濃厚であるが、しかし外見上人間ばなれのした単なる自然科学の研究についてもやはり起し得られる疑問である。

科学者自身が、もしもかなりな資産家であって、そうして自分で思うままの設備を具《そな》えた個人研究所を建てて、その中で純粋な自然科学的研究に没頭するという場合はおそらく比較的に一番広い自由を享有しうるであろう。もっとも、そういう場合でも、同学者の間にはきっと、あの設備があるのに、あんな事ばかりやっている、といったような批評をするものの二、三人は必ずあるであろうが、そういう批評が耳に這入《はい》ったときに心を動かさないだけの「心の自由」がありさえすればなんでもない。しかし、そういう恵まれた環境にめぐり遭う学者は稀《まれ》である。たまたまそういう環境を恵まれた人にはまた存外そういう研究に熱心な人が稀である。それで、大多数の科学者は結局どこかで誰か他人の助けをかりて生活すると同時に研究するほかはない。それで、国家なり個人なりが一人の学者に生活の保障と豊富な研究費を与えてくれて、そうして好きな事を勝手に研究させてくれればこれほど結構なことはないが、そういう理想的な場合が事実上存在するかどうかを考えてみる。

ちょっと考えると、大学教授などというものは、正しくそういう立場にありそうに見えるが、事実は必ずしもそうでない。第一教授の職責の大きな部分は学生を教える事である。それからいろいろな事務がある。時には会計官吏や書記や小使の用をつとめなければならない。好きな研究に没頭する時間を拾い出すのはなかなか容易でないのである。その上に肝心な研究費はいつでも蟻《あり》の涙ぐらいしか割当てられない。その苦しい世帯をやりくりして、許された時間と経費の範囲内で研究するにしても、場合によってはまたいろいろ意外な拘束の起ることが可能である。例えば若い教授または助教授が研究している研究題目あるいは研究の仕振りが先輩教授から見てはなはだ凡《ぼん》庸《よう》あるいは拙劣《せつれつ》あるいは不都合に「見える」場合には、自然にかつ多くの場合に当事者の無意識の間に、いろいろの拘束障害が発生してきて、その研究は結局中止するか、あるいは研究者がそこを去るほかはないようになることもないとは云われない。環境に適しないものの生存が自然に沮《そ》止《し》されるのはこのような場合でもやはり天然界におけると同様である。

官庁内の一部に設けられた研究室の中で仕事をしている科学者は最も不自由な環境に置かれている。研究題目は上長官の命令で決まっており、その上に始めから日限つきでその日までにはどうでも眼鼻をつけなければならないこともある。実におそらく最も不自由な場合であるが、面白いことには、学者によってはこの狭い天地の中でさも愉快そうに自由自在に活動して立派な成果を収めて人を驚かすことがあるようである。一皿の水を化して大海とするのである。

政府の所属で、各種科学の特殊な専門的題目の研究所として看板をかけた処では、比較的にいくらか自由である。しかし、例えば蚯蚓《みみず》の研究所で鯨《くじら》の研究をやりたいといったような場合には、ともかくも一応上長官の諒解を得るために、その研究の結果がその研究の目的に直接適合するゆえんを説明して許可を得るのが穏当《おんとう》である。上長官がよほどの人でない限りあまり勝手な事は許されないであろう。これも理窟《りくつ》はともかくこの世の事実である。

営利会社の内部に設けられた研究室の研究員も、だいたいにおいて、その会社に有利な結果の出そうな研究をするのが普通である。もっとも、大戦前のドイツのある化学工業会社などでは、常に数十人の学者を養って、それに全く気ままな研究をさせたという話である。五十人の研究の中でただの一つでも有利な結果が飛出せば、それから得られる利益で、学者の五十人ぐらい一生飼殺しにしても、なお多大の収益があるからとのことであった。戦後の世智辛《せちがら》さではどうなったかそれは知らない。とにかく日本などでは、まだなかなかそういう遠大な考えで学者の飼殺しをする会社はそう多数にはあるまいと思われる。あるいはそこまでに学者の腕前に対する信用が高められないためかもしれない。そうだとすればその責任が何方にどれだけあるか、それもよく分らない。しかし、いずれの場合にしても、例えばある会社の研究員が、その会社の商品の欠点を仔細《しさい》に研究してその結果からその商品の無価値あるいは有害なことを発見したとする。その際もしも、その研究員が、さらに進んでその欠点を除去し、その商品を完成するように研究の歩を進めるならば結構であるが、そうでなくて、その欠点を委細構わず天下に発表して、その結果その会社に多大な損失をかけ、事によるとその会社の存在を危《あや》うくするような心配が生じたとする。その場合その研究員を免職させない会社があったら、それは記録に値いするであろうと思う。

官営また私営の純粋な科学研究を目的とする研究所も少数にはある。そういう処は比較的最も自由な学者の楽天地である。しかしそういう処でも「絶対の自由」などという夢のようなものはおよそ有りそうもないようである。そういう理想郷の住民でも、時々は例えば研究の「合理化」といったような、考えようではむしろはなはだ不合理な呼声《よびごえ》にしばしば脅《おびや》かされなければならないことがあるのもまた事実であり、現在の現象である。

「環境」という方面から見た「研究の自由」に関する「事実」はまず大要以上のごときもののようである。

また一方、研究者の内面生活の方面から見た「自由」はどうかと見ると、これは全く個人個人の問題で、一概に云われないようである。ちょっと外側から見ると恐ろしく窮窟そうに見えるような天地にいて、そうして実は、最も自由に天馬のごとく飛翔しているような人も稀《まれ》にはあるようであり、一方ではまた、最も自由な大海に住みながら、求めて一塊の岩礁《がんしょう》に膠着《こうちゃく》して常に不自由を喞《かこ》つ人も稀にはあることはあるように思われる。これも理窟ではなくてやはり事実であり学問の世界の現象である。

科学者流にしか物事を考えることのできないものの眼から見ると以上のような事実だけは認められるが、さて、それが善《よ》いのか悪いのか、またそれをどうすればいいのか、そういうことはいっさい分りかねるのである。

もっとも、科学者も人間である以上は、いつもいつもこういう実験科学的な考え方ばかりしているわけにはゆかない。時には「希望」と「正義」とを混同することも免れない。そうして、その結果、いろいろ面倒な葛藤《かっとう》の起ることもやむを得ないであろう。しかし、ともかくも、一度も科学者流にこういうふうの考え方をしたことのない人もあるとしたら、そういう人にとっては、上記のような半面的な見方の可能だという事実が、あるいは何かの参考になるかもしれないと思うのである。

（昭和八年九月『鉄塔』）

読書の今昔

現代では書籍というものは見ようによっては一つの商品である。それは岐阜提灯《ぎふちょうちん》や絹ハンケチが商品であると同じような意味において商品である。その一つの証拠にはどこのデパートメント・ストアーでもちゃんと書籍部というのが設けられている。そうして大部分はよく売れそうな書物を並べてあるであろうが、中にはまたおそらくめったには売れそうもない立派な書籍も陳列されている。それはちょうど手拭《てぬぐい》浴衣《ゆかた》もあれば綴《つづ》れ錦《にしき》の丸帯もあると同様なわけであって、各種階級の購買者の需要を満足するようにそれぞれの生産者によって企図され製作されて出現し陳列されているに相違ない。

商品として見た書籍はいかなる種類の商品に属するか。米、味噌《みそ》、茶椀《ちゃわん》、箸《はし》、飯櫃《めしびつ》のような、吾々《われわれ》の生命の維持に必需な材料器具でもない。衣服や住居の成立に欠くべからざる品物ともちがう。それかといって棺桶《かんおけ》や位牌《いはい》のごとく生活の決算時の入用でもない。まずなければないでも生きていくだけには差支《さしつかえ》はないもののうちに数えてもいいように思われる。実際今でも世界じゅうには生涯一冊の書物も所有せず、一行の文章も読んだことのない人間は、かなりたくさんに棲息《せいそく》していることであろう。こういうふうに考えてみると、書物という商品は、岐阜提灯や絹ハンケチや香水《こうすい》や白粉《おしろい》のようなものと同じ部類に属する商品であるように思われてくるのである。

毎朝起きて顔を洗ってから新聞を見る。まず第一ページにおいてわれわれの眼に大きく写るものがなんであるかと思うと、それは新刊書籍、雑誌の広告である。世界じゅう大きな出来事、日本国内の重要な現象、そういうもののニュースを見るよりも前にまずこの商品の広告が自然にわれわれの眼前に現れてくるのである。

自分の知る範囲での外国の新聞で、こういう第一ページをもったものは思い出すことができない。日本にオリジナルな現象ではないかという気がする。このような特異の現象の生ずるにはそれだけの特異な理由がなければならない。また、こうなるまでには、こうなってきた歴史があるであろうが、それは自分にはわからない。

しかしこの現象から、日本人は世界じゅうで最もはなはだしく書籍を尊重し愛好する国民であるということを推論することはできない。なんとなれば、この現象からむしろ反対の結論に近いものを抽出することも不可能ではないからである。すなわち、もしもすべての人が絶対必要として争って購買するものならば何も高い広告料を払って大新聞の第一ページの大半を占有する必要は少しもないであろう。反対に広告などはいっさいせずに秘密にしておいても、人々はそれからそれと聞き伝えて、どうかして一本を手に入れたいと思う人がおのずから門前に市をなすことあたかも職業紹介所の門前のごとくなるであろう。

商品の新聞広告で最も広大な面積を占有するものは書籍と化粧品と売薬である。この簡単明瞭《めいりょう》なる一つの事実は何を意味するか。これはこの三つのものが、商品としての本質上ある共通な性質をもっていることを示すものと考えられる。

その第一の共通点は、内容類似の品が多数であって、したがって市場における競争のはげしいということである。もしもそれらのある商品の内容が他の類品に比べて著しく優秀であって、そうして、その優秀なことが顧客に一目ですぐわかるのであったら、広告の意義と効能は消滅するであろう。しかるに化粧品や売薬の類《たぐい》は実際使いくらべてみた当人にも優劣の確《たしか》な認識はできない。評判のいい方がなんとなくいいように思われるくらいのものである。書籍の場合はまさかにそれほどではないとしても、大多数の読書界の各員が最高の批判能力をもっていない限り、やはり評判の高い方を選む。そうして評判は広告と宣伝によって高まるとすれば、書籍の生産者が売薬化粧品商と同一の手段を選ぶのは当然のことであって、これを咎《とが》めるのは無理であろう。ただ現在日本で特にこの現象の目立つのは、想うにそれぞれの方面において書籍の価値批評をする権威あり信用ある機関が欠乏しているためか、あるいはそういうものがあっても、多数の人がそれに重きを置かずして、かえってやはり新聞広告の坪数で価値を判断するような習慣に養成され、そうしてあえて自ら疑ってみる暇がないためであるかもしれない。

化粧品や売薬と、商品として見た書籍とを比較する場合に一つの大きな差別の目標となるのは、古本屋というものに対する古化粧品屋、古売薬屋の存在しないことである。神田《かんだ》の夜店を一晩じゅう捜してもたぶん明治年間に流行した化粧品売薬を求めることはできないであろう。しかし書籍ならば大概のものは有数な古書籍店に頼んでおけばどこかで掘り出してきてもらえるようである。

それにしても神保町《じんぼうちょう》の夜の露店の照明の下に背を並べている円本《えんぽん》などを見る感じはまずバナナや靴下《くつした》のはたき売りと実質的にもそうたいした変りはない。むしろバナナの方は景気がいいが、書物の方は淋《さび》しい。

『二人行脚《ににんあんぎゃ》』の著者故日下部四郎太《くさかべしろうた》博士がまだ大学院学生で岩石の弾性を研究していたころのことである。一日氏の机上においてある紙片を見ると英語で座右の銘とでもいったような金言の類が数行書いてあった。その冒頭の一句が「少《すく》なく読み、多く考えよ」というのであった。他の文句は忘れてしまったが、その当時の自分の心境にこの文句だけが適応したと見えて今でもはっきり記憶に残っている。今から考えてみると日下部博士のようなオリジナルな頭脳をもった人には、多く読み少く考えるという事はたといしようと思ってもできない相談であったかもしれない。書物を開いて、ものの半ページも読んでいくうちに、いろいろの疑問や思いつきが雲のごとくむらがり湧き起って、其方の始末に興味を吸収されてしまうような場合が多かったのではないかと想像される。

こういう種類の頭脳に対しては書籍は一種の点火器のような役目をつとめるだけの場合が多いようである。大きな焔《ほのお》をあげて燃え上がるべき燃料は始めから内在しているのである。これに反して例えば昔の漢学の先生のうちのある型の人々の頭はいわば鉄筋コンクリートでできた明き倉庫のようなものであったかもしれない。そうしてその中に集積される材料にはことごとく防火剤が施されていたもののようである。

いずれにしても無批判的な多読が人間の頭を空虚にするのは周知の事実である。書物のなかったあるいは少かった時代の人間の方が遥《はるか》に利口であったような気もするが、これは疑問として保留するとして、書物の珍らしかった時代の人間が書物によって得られた幸福の分量なり強度なりが現代の吾々のそれよりも多大であったことは確であろう。蘭学《らんがく》の先駆者達がたった一語の意味を判読し発見するまでに費《つい》やした辛苦とそれを発見したときの愉悦とは今から見れば滑稽《こっけい》にも見えるであろうが、また一面には実に羨《うらや》ましい三昧《ざんまい》の境地でもあった。それに比べて、求める心のないうちから嘴《くちばし》を引き明けて英語、ドイツ語と咽喉仏《のどぼとけ》を押し倒すように詰め込まれる今の学童は実に仕合《しあわ》せなものであり、また考えようではみじめなものでもある。

子供の時分にやっとの想いで手にすることのできた雑誌は『日本少年』であった。毎月一回これが東京から郵送されて田舎《いなか》に着くころになると、郵便屋の声を聞くたびに玄関へ飛出していったものである。甥《おい》の家では『文庫』と『少国民』をとっていたのでこれで当時の少青年雑誌は全部見られたようなものである。そうして夜は皆で集まって読んだものの話しくらをするのであった。明治二十年代の田舎の冬の夜はかくしてグリムやアンデルセンで賑《にぎ》やかにふけていったのである。「尻取《しり》り」や「化物カルタ」や「ヤマチチの話」の中に、こういう異国の珍らしく美しい物語が次第に入込んで雑居していった径路は文化史的の興味があるであろう。今書店の店頭に立って夥《おびただ》しい少年少女の雑誌を見渡し、あのなまなましい色刷の表紙を眺める時に今の少年少女を羨ましく思うよりもかえってより多くかわいそうに思うことがある。

生れて初めて自分が教わったと思われる書物は、昔の小学読本であって、その最初の文句が「神は天地の主宰にして人は万物の霊なり」というのであった。たぶん、外国の読本の直訳に相違ないのであるが、今考えてみるとその時代としては恐ろしい危険思想を包有した文句であった。先生が一句ずつ読んで聞かせると、生徒はすぐ声を揃えてそれを繰返したものであるが、意味などはどうでもよかったようである。その読本にあったことで今でも覚えているのは、家鴨《あひる》の卵をかえした牝鶏《めんどり》が、その養い子のひよっこの「水に溺《おぼ》れんことを恐れて」鳴き立てる話と、他郷に流寓《りゅうぐう》して故郷に帰ってみると家がすっかり焼けて灰ばかりになっていた話ぐらいなものである。そうしてこの牝鶏と帰郷者との二つの悪夢はその後何十年の自分の生活に付きまとって、今でも自分を脅《おびや》かすのである。このころ福沢翁《ふくざわおう》の著わした『世界国尽し』という和装木版刷の書物があった。全体が七五調の歌謡体になっているので暗記しやすかった。その挿画《さしえ》の木版画に現れた西洋風景はおそらく自分の幼い頭にエキゾチズムの最初の種子を植付けたものであったらしい。テヘラン、イスパハンといったようないわゆる近東の天地がその時分から自分の好奇心をそそった、その惰性が今日まで消えないで残っているのは恐ろしいものである。『団々珍聞《まるまるちんぶん》』という『ポンチ』のまねをしたもののあったのもそのころである。月給鳥という鳥の漫画には「この鳥はモネーモネーと鳴く」としたのがあったのを覚えている。官権党対自由党の時代であったのである。今のブル対プロに当るであろう。歴史は繰返すのである。

『諸学須知《しょがくしゅち》』『物理階梯《ぶつりかいてい》』などが科学への最初の興味を注入してくれた。『地理初歩』という薄《うす》っぺらな本を夜学で教わった。その夜学というのが当時盛《さかん》であった政社の一つであったので、時々そういう社の示威運動のようなものが行われ、大勢で提灯《ちょうちん》をつけて夜の町を駆けまわり、また時々は南磧《みなみがわら》で縄奪《なわうば》い旗奪いの競技が行われた。ある時はある社の若者が申し合せて一同頭をクリクリ坊主に剃り落して市中を練歩いたこともあった。

宅の長屋に重兵衛《じゅうべえ》さんの家族がいてその長男の楠《くす》さんというのが裁判所の書記をつとめていた。その人から英語を教わった。ウィルソンか誰かの読本を教わっていたが、楠さんはたぶん奨励の目的で将来の教案を立ててみせてくれた。パーレー万国史、クワッケンボス文典などという書名を連らねた紙片にすぎなかったが、それが恐ろしく幼い野心を燃え立たせた。いよいよパーレーを買いにいったとき本屋の番頭に「たいそうお進みでございますねえ」といわれてひどくうれしがったものである。その時の幼稚な虚栄心の満足が自分の将来の道を決定するいろいろな因子の中の一つになったかもしれないという気がする。この楠さんはまたゲーテの『狐《きつね》の裁判』の翻訳書を貸してくれた人である。『漢楚軍談《かんそぐんだん》』『三国志《さんごくし》』『真田三代記《さなださんだいき》』の愛読者であったところの明治二十年ごろの田舎の子供にこのライネケフックスのお伽噺《とぎばなし》はけだし天啓の稲妻であった。可能の世界の限界が急に膨張して爆発してしまったようなものであったに相違ない。

やはりそのころ近所の年上の青年に仏語を教わろうとしたことがある。『レクチュール』という読本の一番初めの二、三行を教わったが、父から抗議が出てやめてしまった。英語がまだ初歩なのに仏語をちゃんぽんに教わっては不利益だという理由であったが、実際はその教師となるべき青年が近隣で不良の二字を冠《かぶ》らせた青年であるがためだということが後に分ってきた。想うにかれは当時の新思想の持主であったのである。それから十年の後高等学校在学中に熊本の通町《とおりちょう》の古本屋で仏語読本に鉛筆で隙《すき》間《ま》なしに仮名の書入れをしたのを見つけてきて独習をはじめた。抑圧された願望が眼覚めたのである。子供に勉強させるには片端から読み物に干渉して良書をなるべく見せないようにするのも一つの方法であるかもしれない。そうして読んでいけないと思う種類の書物を山積して毎日の日課として何十ページずつか読むように命令するのも一法であるかもしれない。

楠さんも、この不良と目された不幸な青年も夭死《ようし》してとうの昔に亡くなったが、自分の想い出の中には二人の使徒のように頭上に光環をいただいて相並んで立っているのである。この二人は自分の幼い心に翼を取りつけてくれた恩人であった。

楠さんの弟の亀さんはハゴを仕掛けて鳥を捕えたり、いろいろの方法で鰻《うなぎ》を取ったりすることの天才であった。この亀さんから自分は自然界の神秘についていかなる書物にも書いてない多くのものを学ぶことができた。

中学時代の初期には『椿説弓張月《ちんせつゆみはりづき》』や『八犬伝《はっけんでん》』などを読んだ。田舎の親戚《しんせき》へ泊っている間に『梅暦《うめごよみ》』をところどころ拾い読みした記憶がある。これらの読物は自分の五体の細胞の一つずつに潜在していた伝統的日本人を喚《よ》びさまし明るみへ引出すに有効であった。『絵本西遊記《えほんさいゆうき》』を読んだのもそのころであったが、これはファンタジーの世界と超自然の力への憧憬《しょうけい》を挑発《ちょうはつ》するものであった。そういう意味ではそのころに見た松旭斎天一《しょうきょくさいてんいち》の西洋奇術もまた同様な効果があったかもしれないのである。ジュール・ヴェルヌの『海底旅行』はこれに反して現実の世界における自然力の利用がいかに驚くべき可能性をもっているかを暗示するものであった。それから四十年後の近ごろになって新聞で潜航艇ノーチラスの北極探検に関する記事を読み、パラマウント発声映画ニュースでその出発の光景を見ることになったわけである。この『海底旅行』や『空中旅行』『金星旅行』のようなものが自分の少年時代における科学への興味を刺戟《しげき》するに若干の効果があったかもしれない。

洪水のように押し込んでくる西洋文学の波頭はまずいろいろなお伽噺の翻訳《ほんやく》として少年の世界に現れた。大人の読み物では民友社のたしか「国民小説」と名づけるシリーズにいろいろの翻訳物が交っていた。矢野竜渓《やのりゅうけい》の『経国美談』を読まない中学生は幅が利《き》かなかった。『佳人の奇遇』の第一ページを暗唱しているものの中に自分もいたわけである。

宮崎湖処子《みやざきこしょし》の『帰省』が現れたとき当時の中学生は驚いた。尋常一様な現実の生活の描写が立派な文学であり得るのみか、あらゆる在来の文学中に求め得られない新鮮な美しさを包蔵し得るという事実を発見して驚いたのであった。アーヴィングの『スケッチブック』が英学生の間に流行していたのもそのころであったと思う。リンカーンは松村介石《まつむらかいせき》の『リンカーン伝』は深い印銘を受けたものの一つである。

たった三冊の書物によってかれの全性格を造り上げたという記事が強く自分を感動させたのであったが、この事実は書物の洪水の中に浮沈する現在の青少年への気付け薬になるかもしれない。

『リンカーン伝』で喚《よ》びさまされた自分の中のあるものがユーゴーの『ミゼラブル』で一層強く煽《あお》り立てられたようである。当時まだ翻訳は無かったように思うが、自分の見たのは英訳の抄訳本でただ物語りの筋だけのものであった。そうして当時の自分の英語の力では筋だけを了解するのもなかなかの骨折りであったが、そのおかげで英語が急に進歩したのも事実であった。学校で教わっていた『クライブ伝』や『ヘスチング』になんの興味も感じることのできなくて乾き切っていた頭に温かい人間味の雨をそそいだのであった。この雨が深く滲《し》み込んで、善《よ》かれ悪《あ》しかれその後の生活に影響したような気がする。

当時は「明治文庫」「新小説」「文芸倶楽部《ぶんげいくらぶ》」などが並立して露伴《ろはん》、紅葉《こうよう》、美妙斎《びみょうさい》、水蔭《すいいん》、小波《さざなみ》といったような人々がそれぞれの特色をもってプレアデスのごとく輝いていたものである。氏らが当時の少青年の情緒的教育に甚大《じんだい》な影響を及ぼしたことはおそらく吾々のみならずまたいわゆる教育家達の自覚を超越するものであったに相違ない。

たしか「少年文学」と称する叢書《そうしょ》があって『黄金丸《こがねまる》』『今弁慶《いまべんけい》』『宝の山』『宝の

庫』などというのが魅惑的な装幀《そうてい》に飾られて続々出版された。富岡永洗《とみおかえいせん》、武内桂舟《たけうちけいしゅう》などの木版色刷の口絵だけでも当時の少年の夢の王国がいかなるものであったかを示すに十分なものであろう。

これらの読み物を手に入れることは当時のわれわれにはそれほど容易ではなかった。二十銭、三十銭を父母にもらい受ける手数のほかに書店にたのんで取寄せてもらう手続きがあった。しかし何度も本屋へ通ってまだかまだかと催促してやっと手に入れたときの悦《よろこ》びはおそらくそのころの吾々仲間の特権であったかもしれない。

当時の田舎の本屋は威張ったものであったような気がする。われわれは頭を下げて売ってもらっていたような感じがある。これは当然であったかもしれない。少くもわれわれにとって書物は決して「商品」ではなかった。それは尊い師匠であり、なつかしい恋人であって、本屋はそれをわれわれに紹介してくれる大事な仲介者であったわけである。

読書の選択やまた読書の仕方について学生達から質問を受けたことがたびたびある。これに対する自分の答はいつも不得要領に終るほかはなかった。いかなる人にいかなる恋をしたらいいかと聞かれるのとたいした相違はないような気がする。時にはこんな返答をすることもある。「自分で一番読みたいと思う本をその興味のつづく限り読む。そしていやになったら途中でもかまわず投出して、また次に読みたくなったものを読んだらいいでしょう」大根が食いたくなる時はきっと自分の身体が大根の中のあるヴィタミン・エッキスを要求しているのであろう。その時われわれは何も大根を食うことの必然性を証明した後でなければそれを食っていけないわけのものではない。また友人のIが大根を食ってよろずの病を癒《い》やし百年の寿を保つとしても、自分がその真似《まね》をして成効するという保証はついていない。ある本を読んで興味を刺戟されるのは何かしらそうなるべき必然な理由が自分の意識の水平面以下に潜在している証拠だと思われる。それをわれわれの意識の表層だけに組立てたあさはかな理論や、人からの入智恵にこだわって無理に押えつけ捻《ね》じ向ける必要はないように思われる。人々の頭脳の現在はその人々の過去の履歴の函数《かんすう》である。それである人がある時にAという本に興味を感じて次にBに引きつけられるということが一見いかに不合理で偶然的に見えても、それにはやはりそうなるべきはずの理由が内在しているであろう。ただそれを正当に認識するには、ちょうど精神分析の大家が吾々の夢の分析判断を試みるよりも一層深刻な分析と綜合《そうごう》の能力を要求するであろう。

それだから、ある時にちっとも興味のなかった書物をちがった時に読んでみると非常な興味を覚えることも珍らしくない。子供の時に嫌いであった塩辛が年取ってから好きになったといって、別に子供の時代の自分に義理を立てて塩辛を割愛するにも及ばないであろう。

なんべん読んでも面白く、読めば読むほど面白味の深入する書物もある。それは作ったもの、こしらえたものには稀《まれ》で、生きたドキュメントというような種類のものに多いのはむしろ当然のことであろう。

二、三ページ読んだきりで投出したり、またページを繰って挿画を見ただけの本でも、ずっと後になって意外に役に立つ場合もある。若い時分には、読み出した本をおしまいまで読まないのが悪事であるような気がしたのであるが、今では読みたくない本を無理に読むことは第一できないしまた読む方が悪いような気がする。時には小説などを終りの方から逆にはじめの方へ読むのも面白い、そうしていけない理由もない。活動のフィルムの逆転をしてはいけない事はないと同じである。

いろいろな書物を遠慮なくかじる方がいいかもしれない。宅の花壇へいろいろの草花の種を播《ま》いてみるようなものである。そのうちで地味に適応したものが栄えて花実を結ぶであろう。人にすすめられた種だけを播いて、育たないはずのものを育てる努力にひと春を浪費しなくてもよさそうに思われる。それかといって一度育たなかった種は永久に育たぬときめることもない。前年に植えたもののいかんによって次の年に適当なものの種類はおのずから変ることもあり得るのである。

健康である限りわれわれの食物はわれわれが選べばよいが、病気のときは医者の薬も必要かもしれない。しかし薬などのまずになおる人もあり薬をのんでも死ぬ人もある。書物についても同じことがいわれはしないか。

クリスマスの用意に鵞鳥《がちょう》をつかまえて膝《ひざ》の間に挿《はさ》んで頸《くび》っ玉をつかまえて無理に開かせた嘴《くちばし》の中へ五穀をぎゅうぎゅう詰め込む。これは飼養者の立場である。鵞鳥の立場を問題にする人があらばそれは天下の嘲笑《ちょうしょう》を買うにすぎないであろう。鵞鳥は商品であるからである。人間もまた商品であり得る。その場合にはいやがる書物をぎゅうぎゅう詰め込むのもまたやむを得ないことであろう。そういう場合にこの飼料となる書籍が一層完全なる商品として大量的に生産されるのもまた自然の成行《なりゆき》と見るべきであろうか。

日本では外国の書物を手に入れるのがなかなか不便である。書店に注文すると二ヶ月以上もかかる。そうして注文部と小売部と連絡がないためか、店の陳列棚《ちんれつだな》にそれが現存していても注文した分が着荷しなければ送ってくれなかったりする。頼んだつもりのが頼んだことになっていなかったりすることもある。雑誌のバックナンバーなど注文すると大概絶版だと断ってくるがライプチヒの本屋に頼むとたいていはじきに捜し出してくれるのである。天下の愚書でも売れる本はいつでも在庫品があり、売れない本は滅多《めった》にない。これも書物が何々株式会社の「商品」であるとすればもとより当然のことである。それで自然に起る要求は、そういう商品としてでない書籍の供給所を国家政府で経営して大概の本がいつでもすぐに手に入れられるようにしてもらうことはできないかということである。もっともこうなると自然に書物の種類にある限定を生じるに相違ないが、それでも構わないと思うのである。少くも科学や技術方面の書物だけでも差し当ってそうしてほしいと思う。国立図書館といったようなものと少くも同等な機関として必要なものでありはしないか、こういう虫のいい空想も起るぐらいに、不便を感じる場合が多いのである。

若いおそらく新参《しんざん》らしい店員にある書物があるかと聞くと、ないと答える。見るとちゃんと眼前の棚にその本が収まっている事がある。そういうときに吾々ははなはだ淋《さび》しい気持を味わう。商人が自分の商品に興味と熱を失う時代は、やがて官吏が職務を忘却し、学者が学問に倦怠《けんたい》し、職人が仕事をごまかす時代でありはしないかという気がすることもある。しかし考巧忠実な店員に接し掌《たなごころ》を指すように求める品物に関する光明を授けられると悲観が楽観に早変りをする。現代の日本がやはりたのもしく見えてくると同時に眼前の書籍を知らぬ小店員を気の毒に思うのである。

ドイツのある書店にある書物を注文したらまもなく手紙をよこして、その本はアメリカの某博物館で出版した非売品であるが、ご希望ゆえ差上げるように同博物館へ掛合ってやったからまもなく届くであろうと通知してきた。そうしてまもなくそれが手もとに届いたのであった。ありがたくもあればまたドイツ人は恐ろしいとも思った。これが日本の書店だと三月も待った後に御注文の書籍は非売品の由につきさようご承知くだされたしという一枚の端書《はがき》を受取るのではなかったかと想像する。間違ったらゆるしてもらいたい。そう想像させるだけの因縁はあるのである。

書店にはなるべく借金をたくさんにこしらえる方がいいという話を聞いて感心したことがある。正直に月々ちゃんと払をすませるような顧客は、考えてみると本屋でもてなくてもよいわけであった。それでバックナンバーでも注文する時はその前に少くも五、六百円の借金をこしらえておく方が有効であるかもしれない。これは近ごろの発見であるような気がした。

将来書物がいっさい不用になる時代が来るであろうか。英国の空想小説家は何百年間眠り続けた後に眼を醒《さま》した男の体験を描いているうちにその時代のライブラリーの事を述べている。すなわち、書物の代りに活動のフィルムの巻物のようなものができていて文字を読まなくても万事がことごとく分ることになっている。しかしこれは少し書物というものの本質を誤解した見当ちがいの空想であると思われる。

それにしても映画フィルムがだんだんに書物の領分を侵略してくる事はたしかである。おそらく近い将来においていろいろのフィルムが書店の商品の一部となって出現するときが来るのではないか。もしも安直なトーキーの器械やフィルムが書店に出るようになれば教育器械としてのプロフェッサーなどはだいぶ暇になることであろう。今からでも大書店で十六ミリフィルムを売り出してもよくはないか。そうして小さな試写室を設けて客足をひくのも一案ではないかと思われるのである。近ごろ写真ばかりの本のはやるのはもうこの方向への第一歩とも見られる。

読みたい本、読まなければならない本があまり多い。みんな読むには一生がいくつあっても足りない。また、もしかみんな読んだら頭は空《から》っぽになるであろう。頭を空っぽにする最良法は読書だからである。それで日下部氏のいわゆる少く読む、その少数の書物にどうしたらめぐり会えるか。これも親のかたきのようなもので、私の尋ねる敵と他の人の敵とは別人であるように私の書物は私が尋ねるよりほかに途《みち》はない。ある天才生物学者があった。山を歩いていて滑《すべ》ってころんで尻餅《しりもち》をついた拍子に、一握の草をつかんだと思ったら、その草はいまだかつて知られざる新種であった。そういう事がたびたびあったというのである。読書の上手《じょうず》な人にもどうもこれに類した不思議なことがありそうに思われる。のんきに書店の棚を見てあるくうちに時々気まぐれに手を延《の》ばして引っぱりだす書物が偶然にもその人にとって最も必要な本であるというようなことになるのではないか。そういう工合《ぐあい》に行けるものならさぞ都合がいいであろう。

一冊の書物を読むにしても、ページをパラパラと繰るうちに、自分の緊要なことだけがページから飛び出して眼の中へ飛び込んでくれたら、一層都合がいいであろう。これはあまりに虫のよすぎる注文であるが、ある度までは練習によってそれに似たことはできるもののようである。実際何十巻ものエンチクロペディーやハンドブックを通読できるわけのものではないのである。

間違いだらけで恐ろしく有益な本もあれば、どこも間違いがなくてそうしてただ間違っていないというだけの事以外になんの取柄《とりえ》もないと思われる本もある。これほど立派な材料をこれほど豊富に寄せ集めて、そうしてよくもこれほどまでに面白くなくつまらなく書いたものだと思う本もある。

翻訳書を見ていると時に面白いことがある。訳文の意味がどうしても分らない場合に、それをいっぺん原語に直訳して考えてみるとなるほどと合点《がてん》がいって思わず笑い出すことがある。例えば「礼服を着ないでサラダを出した」といったような種類のものである。

尖端《せんたん》的なもののはやる世の中で古いものを読むのも気が変ってかえって新鮮味を感じるから不思議である。近ごろ『ダフニスとクロエ』の恋物語を読んでそういう気がするのであった。今のモボ、モガよりも遥に尖端的な恋をしているのである。アリストファーネスの『雲』を読んで学者達が蚤《のみ》の一躍は蚤の何歩に当るかを論ずるところなどが、今の学者とちっとも変らない生写しであることを面白いと思うのであった。『六国史《りっこくし》』を読んでいると現代に起っていると全く同じことがただ少しばかりちがった名前の着物を着て古い昔に起っていたことを知ってあるいは悲観しあるいは楽観するのである。だんだん読んでいると、古い事ほど新しく、一番古いことが結局一番新しいような気がしてくるのも、不思議である。古典が続々新版になる一方では新思想ものが露店から屑籠《くずかご》に移されていくのも不思議である。

それにしても日々に増していく書籍の将来はどうなるであろうか。毎日の新聞広告だけから推算しても一年間に現れる書物の数は数千あるいは万をもって数えるであろう。そうしてその増加率は年と共に増すとすれば遠からず地殻《ちかく》は書物の荷重に堪えかねて破壊し、大地震を起して復讐《ふくしゅう》を企てるかもしれない。そういう際にはセリューローズばかりでできた書籍は哀れな末路を遂げて、かえって石に刻した楔形文字《くさびがたもじ》が生残るかもしれない。そうでなくとも、また暴虐な征服者の一炬《いっきょ》によって灰にならなくとも、自然の誤りなき化学作用は、いつかは確実に現在の書物のセリューローズをぼろぼろに分解してしまうであろう。

十年来むし込んでおいた和本を取出してみたら全部が虫のコロニーとなって無数の隧道《すいどう》が三次元的に貫通していた。はたき集めた虫を庭へほうり出すと雀《すずめ》が来て喰《く》ってしまった。書物を読んで利口になるものなら、この雀も定めて利口な雀になったことであろう。

（昭和七年一月『東京日日新聞』）

わが中学時代の勉強法

自分の出生地は高知県で、始め中学の入学試験に応じたのは十四の年、ちょうど高等三年生の時であった。その中学というのは今の高知県立第一中学である。日ごろ身体があまり健康の方ではなく、それに勉強もろくろくせなかったためだろう、その時の入学試験は見事失敗に終ってしまった。もっとも成績については何かことのほか不出来のためそんな結果を招いたのか、当時自分にも解らなかったが、いくら三年の時受験したにせよ、失敗してみるとさすがに口惜しい、無念である。そこで平生はあまり勉強しなかった自分もいささか癇癪《かんしゃく》を起して、熱心に勉強したが、それとて他の人と異なった、図抜けた勉強をしたわけではなく、規則立って学課の復習、受験の準備に努めたのでもない。いわば世間並、普通の事をやっていたというにすぎなかったが、とにかく、その翌年再び受験してみると、成績は案外によかったらしいので、一年飛び越し、いちずに二年級に入ることができた。これがため一度失敗したという取返しもつき、年齢の点からいっても、その前年入ったのと些《すこ》しも変りのないことになった。

中には急に一級飛び越えたのであるから、英語などはちょっと骨の折れるように思う者があるかもしれぬが、幸いなことに自分は高等小学の二年ごろから、隣家に住んでいるある先生の処に往《い》って、英語だけは習っていた。それのみでなく、自分の通っていた小学校では、三年の時からすでに英語を課し、四年を終るころには、リーダーの三くらいは読んでいたので、比較的困難と聞いていた英語科も格別の苦労は感じなかったのである。

いったい、自分は田舎《いなか》の独《ひと》り子でいわばなんの苦しみもなく暢気《のんき》に育てられた方である。したがってこれが勉強法といっても、別になんの新機軸もなく、そうたいして骨折《ほねお》って勉強したこともない。否《いな》、かえって自分の学生時代を回顧すると、苦学というよりむしろ楽学とでもいう方かもしれぬ。こういう物を欲しい、ああいう書物が買いたいと云えば、親はいうに任かせてなんでも買ってくれた。別に喧《やかま》しい小言も聞かなければ、勉強についてもむつかしい制限などは附せられなかった。これは、今自分が親に対して深く感謝しているところである。

中学へは家から通っていたが、その間、家事を手伝って時間の束縛を受けたようなこともなく、といって学校から帰ると、その日の学課の復習や、明日の下しらべなどを、キチンと時間を定めて、一定の範囲内に一定の勉強を続けたのでもなく、その日、その時において、一日の時間は自然に定まるという至極《しごく》暢気な方法を執《と》っていた。

日曜日などにしても、平生学校から帰った時と同じく、定まった勉強もせず、定まった運動をするでもなく、田舎のことであるから、時にはある二、三の友と遊びに出るようなこともあるが、それとて好んで遊び暮らしたいと思うのでもなく、たいていは自分の好きなようにして自由に過ごしていた。

こんなふうであったから、したがって夜は遅くまで、朝は早くから起床して勉強に取りかかるというような例はなく、それに私の家はごく平穏、円満な家庭であったから、いつでも勉強したいと思う時には、なんの障害もなく、静かに、悠乎《ゆうこ》と読書に親しむことができたので、特に勉強の時間を定めて焦慮《あせ》ってやるという必要はなく苦痛を感じながら机に向うというようなこともさらになかった。したがって、自分の勉強法は最も不規則で、また決してたいした勉強家の方でもなかった。境遇もまた、苦学というより、むしろ始終楽学の境にあったのである。

しかし、高等学校に進んでからは、すでに親の膝下《ひざもと》を離れているし、また一つには年と共にやや思想も固まってきているから、中学時代に比べると、確かに勉強もした方であるが、それとて何も普通の度を超えて、特別に劇《はげ》しい勉強や、秩序立った読書法など実行したわけではない。

小学時代から自分は学校の教科書以外に、いろいろ雑多の書物、雑誌をやたらに読んでみた。これは何も多読することが、非常によいと自覚してのわけではない。ただ漠然と読書ということに趣味を持っていたためだろう。そのへんの事はしかと解らぬが、なんでもいろいろの書物によく眼を曝《さら》した。小学校にいたころは、昔博文館から出ていた『日本少年』を始め、名は忘れたが、その他そんなふうな雑誌や、書物をよく読んだものだ。親もまた言うがままに買い与えたものである。

中学に往くようになってからは、小冊の地文学、地理書のようなものを数多く読み、また小説なども大いに読んだものである。前述のごとく、自分は勉強するにしても気随気ままな方法を執っていたから、こんな種類の物を読んでいる余裕もあったのであろう。

こういうと非常に文学趣味でも持っていたように聞こえるが、あながちそういうわけではない。だが、こんなところから得たものか、作文は学校においても比較的得手であったように記憶している。

そのほか、自分の家から少しばかり離れた処に親戚があって、そこへ往くといつも書物を出しては、手当り次第に読んでみた。その中でも『八犬伝』『三国志』『漢楚軍《かんそぐん》談《だん》』などは非常に興味を持って、たいていは読み通したのである。これがため自分ながら読書力は大いに進んでいたように思った。めちゃくちゃに読むということは、むろんよいことではなかろうが、とにかく読書力は非常に養える。弊害もあれば、またそれから享《う》くる利益もあるように思う。すなわち書物をなるべく早く読んで、それで理解力を養うにはぜひ、たくさんの書物を読むように心掛ける必要がある。

こんなふうで、自分の中学においての成績は三年ごろまではまず中ぐらいのところであったが、それから後は佳《よ》い方であったと云えよう。学科目に対してもあまり好き嫌いはなく、かなり一様の点数を得ていたが、ただ習字だけはどうしても下手《へた》であった。これがため習字を課せられているうちは、平均点数の上から成績の方へも影響したが、上級に進んで、習字を省かれると共に、成績も確かによくなった。その他別に嫌いのものもなかった代り、また格別得手というものもなかったが、その中で地理だけは中学時代から、特別に趣味を持っていた。それで、なるべくこれをどこまでも研究してみようという考《かんがえ》を起さぬでもなかったが、ある都合上高等学校では工科に入り、三年の時改めて物理に転じ、もって今日に至ったのである。

記憶に便ぜんがため、自分は学校にいるうち抜き書ということをよくやった。抜き書というのは、云うまでもなく教科書中の主要の点を抜き書して、教科書の欄外などへそのまま書き抜いておくのである。同じ教科書の中でも、動物、植物、鉱物、地理、歴史、化学のごとき、主として暗記すべきものは、こうした方が得なように思う。ちょっと例を挙げてみると、教師からある種の質問を受けた時、すっかり頭脳《あたま》に記憶してある事柄でも、どうもその質問に応じて、容易に返答ができぬ場合がある。胸には浮んでいるが、ちょっと纏《まと》まって口にはいりかねることがある。これはその主要の点を正しく記憶しておらぬ証拠で、かかる弊を防ぐようにするには、抜き書をして、その要用の点だけを十分記憶しておくようにするのが肝腎である。結局、根本の事項さえよく呑込《のみこ》んでいればそれに連れた枝葉の点などはさほど労せずとも、自然にあらわれてくるものである。こうして根本の略筋《あらすじ》さえ明瞭に記憶していれば、思想は一貫して、比較的正確の答案が作れることになる。

独りこの抜き書のみに止《とど》まらず、自分は教師がよく黒板《ボールド》へ図解して示す絵図なども、そのまま直接教科書に書入れておいた。これは記憶する上に便なるばかりでなく、事柄は忘れていても、その絵を思い出すと、この絵さえ見ると、容易に記憶を呼び起すことができ、また試験が済んだよほど後になっても、たやすく教科書中の事項を理解し得る利益がある。したがって自分の用いた教科書は誠に汚い、鉛筆の抜き書、図解の絵などでいっぱいによごれている。

同じこうするなら、ノートへ写し取った方がよいかもしれぬが、自分は中学時代にあまりノートへ記すことはせなかった。教科書以外の物に書いておくと、第一あれこれと読むたびに出してみるのが面倒である。また教科書を開いてみると、一緒に抜き書も読むことができるという便利があるので、あえて自分は教科書をも汚したわけである。

故意に怠《なま》けるというと、なんだか可笑《おか》しく聞こえるが自分は厭《いや》になった時、無理につとめて勉強をつづけようとはせず、好きなようにして遊ぶ。散歩にも出掛ければ、好きなものを見にもゆく、はなはだ勝手気ままのやり方ではあるが、こうして好きなことをして一日遊ぶと今まで錯雑していた頭脳が新鮮になって、何を読んでもはっきりと心持よく呑み込める。

また、自分は読書するにしても、机の前に正しく坐《すわ》って規帳面にやる時もないではないが、いかにも性質上そう堅苦しくする事を好まない。だから時々どこへなりと坐ったなりそのまま本を手にして、読みつづける時もあれば、横になってみることもあり、寝て読む時もある。ほとんど読書する時の態度は一定しなかった。要するに不規律のやり方ではあるが、どうも自分の性質として、窮屈に勉強するより、楽に自分の気に入ったようにする方が、心が悠然《ゆったり》して記憶する上にもよかった。だがこんな事は決して、自分ながらも結構な事とは思っていぬのだから、読者諸君においてもこの辺のところはよく参酌《さんしゃく》して、そのうちのよい点だけを取るようにしてもらいたい。

ただ規則正しく勉強する者の中には、毎日その日のノートを繰り返して、授けられた点だけを暗記しようとする者もあるようだが、自分はそういう方法を取らずに、なるべく講義にしてもだいたいの一段落を告げた時、前から筆記しておいた分と聯絡《れんらく》して、一度に続けて読むようにした。この聯絡をはかるという事は物を記憶する上に、もっとも必要であって、キレギレになった断片的のものを委《く》わしく呑み込もうとするより、むしろその事柄の一段落を告げた後、併《あわ》せて読むようにした方が、前後関聯して理解する上にも都合がよし、記憶をもまた非常に助けるものである。

自分の中学時代は、あまり体が丈夫でなかった、運動も別にせなかった。学校における運動時間はほとんど義務的で、運動については全く趣味を持たなかった。もっとも小学校時代から鉱物、昆虫などの採集には非常に興味を持っていて、時々近処へ採集に出掛けたものだ。今も郷里の家にはこれらの標本がよほど残っているくらいで、少しはこんな事が運動になったのかもしれぬ。その代り滋養物は出来得るだけ多く取った。それがため、身体の弱かったわりに、そう病気にも罹《かか》らなかったのである。

前いうような家庭であったから、別に心配もしなかった、いたずらにつまらぬことに頭を悩まして、身体を疲労させるということがなかったばかりでなく、学校の教科目その他の物についても困難、苦痛もなく、まず学生時代は暢気に暮らした方である。といって、友達とやたらに交際して面白く遊んだというわけではなく、此方から求めてするような事はさらにしなかった。

田舎の事であるから、家に帰ると遊びの友といってもわずか二、三に止まっていたくらいのもの。だが幸いそのころ、近所にあった親戚でちょうど同年輩の者が来ていたので、よくそこへ往ってはそれと遊んだように覚えている。

いったい、自分は交際ということが下手の方で、今も自ら求めて交際するというような事はなく、ただ心を許したわずかの友と深く交じわっているにすぎぬ。

（明治四十一年十二月『中学世界』）

科学に志す人へ

新学年開始のこの機会に上記の題で何か書けという編輯員《へんしゅういん》からの御注文である。別に腹案もないからと一応お断りしたが、なんでもいいから書けといわれる。自分の学生時代の思い出のようなものでもいいからといわれるので、たださしあたり思いつくままを書くことにする。上の表題は当らない。単に「追憶」とでもすべきであろう。

自分の学生時代と今とでは、第一時代が変っている。その上に自分の通ってきた道は自分勝手の道であって、他人にすすめるような道とも思われない。しかしともかくも三十年の学究生活の霞《かすみ》を透して顧《かえり》みた昔の学生生活の想い出の中には、あるいは一九三四年の学生諸君にも多少の参考になるものがないとも限らない。

明治三十六年に大学を卒業してから今日までの学究生活の間に昔の学生時代の修業がどれだけどう役に立ったかと考えてみる。学校で教わったいろいろのむつかしいことはたいてい綺麗《きれい》に忘れてしまったように思われる。正常の教程課目として教わったことで後年直接そのままに役に立ったことは比較的わずかで教程以外に直接先生方から受けた実例教育のほかには自分の勝手で自修したことだけが骨身に沁《し》みて生涯の指導原理になっているような気がする。しかし、これは思い違いである。実際はやはり普通の講義や演習から非常なお蔭《かげ》を蒙《こうむ》っていることはもちろんであって、もしか当時そういう正規の教程を怠けてしまっていたらおそらく卒業後の学究生活の第一歩を踏出す力さえなかったに相違ない。講義も演習もいわば全く米の飯のようなもので、これなしに生きていかれないことはよく知りながら、ついつい米の飯のおかげを忘れてしまって、ただ旨《うま》かった牛肉や鰻《うなぎ》だけを食って生きてきたような気がするのであろう。講義の内容は綺麗に忘れているようでも入用なときに本を読めば、どうにか分かるようにちゃんと頭の中へ道をあけておいてくれたものはやはり三十年昔の講義や演習であった。云わば実戦に堪える体力を養ってくれた教練のようなものであったのである。平凡な結論であるが、学生のときには講義もやはり一生懸命勉強するに限るのであろう。

しかし、米の飯だけでは生きてはいかれぬように、学校の正課を正直に勉強するだけで十分であったとは思われない。やはりいろいろの御馳走《ごちそう》も食う必要があったと思われる。自分の学生時代にどんな御馳走があったか。思い出すままに順序もなくその二、三を書いてみる。

先生方や諸先輩の研究に対する熱心な態度を日常眼《ま》のあたりに見ることによって知《し》らず識《し》らずに受けた実例の教訓がなんといっても最大な影響を吾々《われわれ》学生に与えた。暑いも寒いも、夜の更けるのも腹の減るのもいっさい感じないかと思われるような三昧《さんまい》の境地に入り切っている人達を見て、それでちっとも感激し興奮しないほどに吾々の若い頭は未だ固まっていなかったのである。

大学へはいったらぜひとも輪講会《コロキウム》に出席するようにと、高等学校時代に田丸先生、友田先生からいい聞かされていたから、一年生のころからその会の傍聴《ぼうちょう》に出席して、片隅で小さくなって聞いていた。話はむつかしくてたいていは分からなかったが、ほんのわずかばかり分かることが無限の興味と刺戟《しげき》を与え、そうして分からない大部分への憧憬《しょうけい》と知識慾《よく》をそそるのであった。それよりも、先生方や先輩達の、本当に学問に余念のない愉快な態度が嬉《うれ》しかった。今はもう皆故人となった佐野さん、須藤さん、大谷さんなどの諸先輩の快活で朗《ほが》らかな論争もその当時のコロキウムの花であった。アインシュタインの相対性原理の最初の論文を当時講師であった桑木さんが紹介され、それが種となって議論の花を咲かせたのもそのころであったのである。当時の輪講会は人数が少《すく》なくてそれだけにかえってきわめてインチームなものであり、いたって「もっともらしく」ない「もったい臭く」ないものであった。

学生の数も少かったから図書室などもほとんど我物顔《わがものがお》に出入して手当り次第にあらゆる書物を引っぱり出してはあてもなく好奇心を満足しそうなものを物色《ぶっしょく》した。古い『フィル・マグ』の中から「首釣の力学」や「人玉に就て」などという論文を発見してひどく嬉しがったりしたのもそのころであった。レーノルズの全集をひやかしてこの異彩ある学者を礼讃《らいさん》してみたり、マクスウェルの伝記中にあるこの物理学者の戯作《げさく》ヴァンパヤーの詩や、それを飾る愉快に稚拙《ちせつ》なペン画を嬉しがったりした。そんな下《くだ》らないことが、今から考えてみると、みんな後年の自分の生涯になんらかの反響を残しているように思われる。

実験室でも先生から与えられた仕事以外に何かしら自分勝手のいたずらをした、その記憶があたかも美しい青春の夢のように心の底に留まっている。例えば、当時流行した紫色鉛筆の端にたぶん装飾のつもりで嵌《は》められてあったニッケルの帽子のようなものを取外してそれをシャーレの水面に浮かべ、そうしてそれをスフェロメーターの螺旋《らせん》の尖端で押し下げていって沈没させ、その結果から曲りなりに表面張力を算出して先生にほめられたりしたことが今思い出しても可笑《おか》しいような子供らしい嬉しさを感じさせるのである。二年生のときにN先生の研究の手伝いの傍《かたわ》らそれに縁のあるミラージに関するいろいろの実験をしたことも生涯忘れられぬ喜びであった。三年生のときはT先生の磁力測量の結果の整理に関する仕事のお手伝いをしながら生意気にもいろいろ勝手な議論を持ちだしたりした。それを学生のいうことでも馬鹿にしないで真面目《まじめ》に受け入れて、学問のためには赤子も大人も区別しない先生の態度に感激したりした。こういう本格的な研究仕事を手伝わされたことがどんなに仕合《しあわ》せであったかということを、本当に十分に估価し玩味するためにはその後の三十年の体験が必要であったのである。

たしか三年の冬休みに修善寺《しゅぜんじ》へ行ってレーリーの『音響』を読んだ。湯に入り過ぎたためにからだが変になって、湯から出ると寒気がするので、湯に入っては蒲団《ふとん》に潜ってレーリーを読み、また湯に入っては蒲団を冠《かぶ》ってレーリーを読んだ。風邪を引いた代りにレーリーがずいぶん骨身にしみて後日の役に立った。

楽しみに学問をするというのはいけないことかもしれないが、自分はどうも結局自分のわがままな道楽のために物理学関係の学問をかじり散らしてきたものらしい。もっとも、そうすることによって結局は奉公の第一義にかなうことができるという自分勝手な考えもありはしたが、とにかく興味の向くことならなんでも構わず貪《むさぼ》るように意地汚なくかじり散らした。それが後年なんの役に立つかということは考えなかったのであるが、そういう一見雑多な知識が実に不思議なほどみんな後年の仕事に役に立った。それは動物や人間がちょうど自分のからだに必要な栄養品やビタミンを無意識に食いたがるようなものではなかったかという気がするのである。

勝手放題ないろいろな疑問を、叱られてもなんでも構わずいくらでも自分にこしらえては自分で追究し、そうしてあきるとまた勝手に抛《ほう》り出してしまって自由に次の問題に頭を突っ込んだのであったが、そういう学生時代に起こしかけてそれっきり何年も忘れていたような問題が、やはり自分の無意識の間に解答を物色していたと見えて、十年、二十年の後にまた頭をもたげてきて三十年後の今日ようやく少し分かりかけてきたような気のすることもある。どうも個々の人間の頭の中の考えの歴史は不思議なもので、通り一遍の理窟や下手な心理分析などを遥《はる》かに超越したものではないかと思われる。

誰であったか西洋の大家の言ったように、「問題をつかまえ、そうしてその鍵《かぎ》をつかむのは年の若いときの仕事である。年を取ってからはただその問題を守り立て、仕上げをかけるばかりだ」というのは、どうも多くの場合に本当らしい。それで誰でも、年の若い学生時代からなんでもかでもたくさんに遠慮なく惜気《おしげ》もなく「問題の仕入れ」をしておく方がよくはないかという気がする。それにははじめからあまり一つの問題にのみ執着《しゅうちゃく》して他の事に盲目《もうもく》になるのも考えものではないかと思うのである。

抽象的な議論よりも、まず一番手近な自分自身の経験を語る方が学生諸君のために、かえって参考になるかもしれないと思って、同僚先輩には大いに笑われるつもりでこんなことを書いてしまった。しかし、この個人的な経験はおそらく一般的には応用が利《き》かないであろうし、ましてや、科学の神殿《しんでん》を守る祭祀《さいし》の司《つかさ》になろうと志す人、また科学の階段を登って栄達と権勢の花の山に遊ぼうと望む人達にはあまり参考になりそうに思われないのである。ただ科学の野辺に漂浪《ひょうろう》して名もない一輪の花を摘んではそのつつましい花冠《かかん》の中に秘められた喜びを味わうために生涯を徒費しても惜しいと思わないような「遊蕩児《ゆうとうじ》」のために、このとりとめもない思い出話が一つの道しるべともなれば仕合せである。

（昭和九年四月『帝国大学新聞』）

科学者とあたま

私に親しいある老科学者がある日私に次のようなことを語って聞かせた。

「科学者になるには『あたま』がよくなくてはいけない」これは普通世人《せじん》の口にする一つの命題である。これはある意味では本当だと思われる。しかし、一方でまた「科学者はあたまが悪くなくてはいけない」という命題も、ある意味ではやはり本当である。そうしてこの後の方の命題は、それを指摘し解説する人が比較的に少数である。

この一見相反する二つの命題は実は一つのものの互《たがい》に対立し共存する二つの半面を表現するものである。この見かけ上のパラドックスは、実は「あたま」という言葉の内容に関する定義の曖昧《あいまい》不鮮明から生れることはもちろんである。

論理の連鎖《れんさ》のただ一つの環《わ》をも取失《とりうしな》わないように、また混乱の中に部分と全体との関係を見失わないようにするためには、正確でかつ緻密《ちみつ》な頭脳を要する。紛糾《ふんきゅう》した可能性の岐路《きろ》に立ったときに、取るべき道を誤らないためには前途を見透す内察と直観の力をもたなければならない。すなわちこの意味ではたしかに科学者は「あたま」がよくなくてはならないのである。

しかしまた、普通にいわゆる常識的に分かりきったと思われることで、そうして、普通の意味でいわゆるあたまの悪い人にでも容易にわかったと思われるような尋常茶《さ》飯《はんじ》事の中に、何かしら不可解な疑点を認めそうしてその闡明《せんめい》に苦吟《くぎん》するということが、単なる科学教育者にはとにかく、科学的研究に従事する者にはさらに一層重要必須《ひっす》なことである。この点で科学者は、普通の頭の悪い人よりも、もっともっと物分かりの悪い呑込《のみこ》みの悪い田舎者《いなかもの》であり朴念仁《ぼくねんじん》でなければならない。

いわゆる頭のいい人は、いわば脚の早い旅人のようなものである。人より先きに人のまだ行かない処へ行き着くこともできる代りに、途中の道傍《みちばた》あるいはちょっとした脇道にある肝心なものを見落す恐れがある。頭の悪い人脚ののろい人がずっと後からおくれて来てわけもなくその大事な宝物を拾っていく場合がある。

頭のいい人は、いわば富士の裾野まで来て、そこから頂上を眺めただけで、それで富士の全体を呑込んで東京へ引返すという心配がある。富士はやはり登ってみなければ分からない。

頭のいい人は見通しが利《き》くだけに、あらゆる道筋の前途の難関が見渡される。少《すくな》くも自分でそういう気がする。そのためにややもすると前進する勇気を沮喪《そそう》しやすい。頭の悪い人は前途に霧がかかっているためにかえって楽観的である。そうして難関に出会っても存外どうにかしてそれを切抜《きりぬ》けていく。どうにも抜けられない難関というのはきわめて稀《まれ》だからである。

それで、研学の徒はあまり頭のいい先生にうっかり助言を乞《こ》うてはいけない。きっと前途に重畳《ちょうじょう》する難関を一つ一つしらみつぶしに枚挙《まいきょ》されてそうして自分のせっかく楽しみにしている企図《きと》の絶望を宣告されるからである。委細構わず着手してみると存外指摘された難関は楽に始末がついて、指摘されなかった意外な難点に出会うこともある。

頭のよい人は、あまりに多く頭の力を過信する恐れがある。その結果として、自然が吾々《われわれ》に表示する現象が自分の頭で考えたことと一致しない場合に、「自然の方が間違っている」かのように考える恐れがある。まさかそれほどでなくても、そういったような傾向になる恐れがある。これでは自然科学は自然の科学でなくなる。一方でまた自分の思ったような結果が出たときに、それが実は思ったとは別の原因のために生じた偶然の結果でありはしないかという可能性を吟味するという大事な仕事を忘れる恐れがある。

頭の悪い人は、頭のいい人が考えて、はじめから駄目《だめ》にきまっているような試《こころ》みを、一生懸命につづけている。やっと、それが駄目と分かるころには、しかしたいてい何かしら駄目でない他のものの糸口を取り上げている。そうしてそれは、そのはじめから駄目な試みをあえてしなかった人には決して手に触れる機会のないような糸口である場合も少くない。自然は書卓の前で手を束ねて空中に画を描いている人からは逃げ出して、自然の真中へ赤裸で飛込んでくる人にのみその神秘の扉を開いてみせるからである。

頭のいい人には恋ができない。恋は盲目《もうもく》である。科学者になるには自然を恋人としなければならない。自然はやはりその恋人にのみ真心を打明けるものである。

科学の歴史はある意味では錯覚《さっかく》と失策の歴史である。偉大なる迂愚者《うぐしゃ》の頭の悪い能率の悪い仕事の歴史である。

頭のいい人は批評家に適するが行為の人にはなりにくい。すべての行為には危険が伴うからである。怪我《けが》を恐れる人は大工《だいく》にはなれない。失敗を怖がる人は科学者にはなれない。科学もやはり頭の悪い命知らずの死骸《しがい》の山の上に築かれた殿堂であり、血の河の畔《ほとり》に咲いた花園である。一身の利害に対して頭がよい人は戦士にはなりにくい。

頭のいい人には他人の仕事のあらが眼につきやすい。その結果として自然に他人のする事が愚かに見えしたがって自分が誰よりも賢いというような錯覚に陥《おちい》りやすい。そうなると自然の結果として自分の向上心に弛《ゆる》みが出て、やがてその人の進歩が止ってしまう。頭の悪い人には他人の仕事がたいていみんな立派に見えると同時にまたえらい人の仕事でも自分にもできそうな気がするのでおのずから自分の向上心を刺戟《しげき》されるということもあるのである。

頭のいい人で人の仕事のあらは分かるが自分の仕事のあらは見えないという程度の人がある。そういう人は人の仕事をくさしながらも自分で何かしら仕事をして、そうして学界に幾分の貢献をする。しかしもう一層頭がよくて、自分の仕事のあらも見えるという人がある。そういう人になると、どこまで研究しても結末がつかない。それで結局研究の結果を纏《まと》めないで終る。すなわち何もしなかったのと、実証的な見地からは同等になる。そういう人はなんでも分かっているが、ただ「人間は過誤《かご》の動物である」という事実だけを忘却しているのである。一方ではまた、大小方円の見さかいもつかないほどに頭が悪いおかげで大胆な実験をし大胆な理論を公にしその結果として百の間違いのうちに一つ二つの真を見つけ出して学界に何がしかの貢献をしまた誤って大家の名を博する事さえある。しかし科学の世界ではすべての間違いは泡沫《ほうまつ》のように消えて真なもののみが生残る。それで何もしない人よりは何かした人の方が科学に貢献するわけである。

頭のいい学者はまた、何か思いついた仕事があった場合にでも、その仕事が結果の価値という点から見るとせっかく骨を折っても結局たいした重要なものになりそうもないという見込をつけて着手しないで終る場合が多い。しかし頭の悪い学者はそんな見込が立たないために、人からはきわめてつまらないと思われる事でもなんでもがむしゃらに仕事に取付いて脇目もふらずに進行していく。そうしているうちに、初めには予期しなかったような重大な結果に打《ぶ》つかる機会も決して少くはない。この場合にも頭のいい人は人間の頭の力を買被《かいかぶ》って天然の無際限な奥行を忘却するのである。科学的研究の結果の価値はそれが現われるまではたいてい誰にも分からない。また、結果が出た時には誰も認めなかった価値が十年、百年の後に初めて認められることも珍らしくはない。

頭がよくて、そうして、自分を頭がいいと思い利口《りこう》だと思う人は先生にはなれても科学者にはなれない。人間の頭の力の限界を自覚して大自然の前に愚《おろか》な赤裸の自分を投出し、そうしてただ大自然の直接の教《おしえ》にのみ傾聴《けいちょう》する覚悟があって、初めて科学者にはなれるのである。しかしそれだけでは科学者にはなれない事ももちろんである。やはり観察と分析と推理の正確周到を必要とするのは云うまでもないことである。

つまり、頭が悪いと同時に頭がよくなくてはならないのである。

この事実に対する認識の不足が、科学の正常なる進歩を阻害する場合がしばしばある。これは科学にたずさわるほどの人々の慎重な省察を要することと思われる。

最後にもう一つ、頭のいい、ことに年少気鋭の科学者が科学者としては立派な科学者でも、時として陥る一つの錯覚がある。それは、科学が人間の知恵のすべてであるもののように考えることである。科学は孔子《こうし》のいわゆる「格物」の学であって「致知」の一部にすぎない。しかるに現在の科学の国土はまだウパニシャドや老子《ろうし》やソクラテスの世界との通路を一筋でももっていない。芭蕉《ばしょう》や広重《ひろしげ》の世界にも手を出す手がかりをもっていない。そういう別の世界の存在はしかし人間の事実である。理窟ではない。そういう事実を無視して、科学ばかりが学のように思い誤り思いあがるのは、その人が科学者であるには妨げないとしても、認識の人であるためには少からざる障害となるであろう。これも分かりきったことのようであってしばしば忘られがちなことであり、そうして忘れてならないことの一つであろうと思われる。

この老科学者の世迷言《よまよいごと》を読んで不快に感ずる人はきっと羨《うらや》むべき優れた頭のいい学者であろう。またこれを読んで会心の笑をもらす人は、またきっと羨むべく頭の悪い立派な科学者であろう。これを読んで何事をも考えない人はおそらく科学の世界に縁のない科学教育者か科学商人の類であろうと思われる。

（昭和八年十月『鉄塔』）

一つの思考実験

私は今の世の人間が自覚的あるいはむしろ多くは無自覚的に感ずるいろいろの不幸や不安の原因のかなり大きな部分が、「新聞」というものの存在と直接関係をもっているように思う。あるいは新聞の存在を余儀なくし、新聞の内容を供給している現代文化そのものがこれらの原因になっていると云った方が妥当かもしれないが、それはいずれにしても、私はあらゆる日刊新聞を全廃する事によって、この世の中がもう少し住心地《すみごこち》のいいものになるだろうと思っている。

新聞を全廃したら定めて不便な事であろうと一応は考えられる。その不便を感ずる種類や程度はもちろん人々の位地や職業によっていろいろであろうが、不便ということに異議はなさそうである。しかしそれらの不便がどれだけ根本的な性質のものでどれだけ我慢《がまん》のしきれない種類のものかという事は、少しゆっくり考えてみなければよく分らないと思う。吾々《われわれ》の日常生活に必要欠くべからざるものと通例思われている器具調度の類《たぐい》でも、実はそれを全廃してしまって少しも差支《さしつかえ》のないものはいくらでもある。例えば、西洋ならばどんな簡易生活でも、こればかりは必要と思われている椅子《いす》やテーブルがなくても決して差支えない事は多数の日本人に明瞭《めいりょう》である。また昔の日本の女になくてかなわなかった髪飾りや帯などは外国の女には無用の長物《ちょうぶつ》である。新聞を必要とするように今の吾々の生活を導《みちび》いたものは新聞自身であるかもしれないとすると、新聞が必要がられるという事実だけでは決して新聞の本質的必要を証明する材料にはならない。

新聞の記事はその日その日の出来事をできるだけ迅速に報知する事をおもな目的としている。その当然の結果として肝心の正確という事が常に犠牲にされがちである事は誰もよく知るとおりである。しかしこの一事だけでも新聞というものが現代の人心に与える影響はなかなか軽少なものではない。ほかの事はすべてさし措《お》いても、「遅くとも確実に」というあらゆる「真」の探究者に最も必要な心持をすべての人からだんだんに消散させようとするような傾向のあるのはいかんともしがたい。もっとも大概の人間には真に対する潔癖《けっぺき》はあるから、そういう不正確な記事はたまたまその潔癖を刺戟《しげき》してかえってそれを亢進《こうしん》させるような効果がある場合があるかもそれは分らない。また大多数の人は始《はじめ》から新聞記事の正確さの「程度」をのみ込んでいて、したがって新聞の与える知識には、いつでもある安全係数《セーフティファクトル》をかけた上で利用するから、あまりたいした弊害《へいがい》はないと考えられるかもしれない。有数ないい新聞ならば実際そうかもしれない。しかし正確でなくてもいいからできるだけ早く知るということがどうして、またどこまで必要であるかという事が一番の先決問題になる。

海外に起った外交政治経済に関する電報は重要な新聞記事の一つである。こういうものがあらゆる階級の人に興味があるという事は望まるべき事でもあり、またそれが事実であるとしたところで、これらの報知を一日でも早く知る必要を本当に痛切に感ずる人が国民の中で何人あるかという事を考えてみなければならない。

次には内国の政治経済産業方面に関する記事でも、大多数の国民が一日を争うて知らなければならないものがどのくらいのパーセントを占めているかを考えてみなければならない。

全く囚《とら》われない頭で冷静に考えてみた時に、これらの記事の大部分は、多数の「善良な国民」がたとえ一ヶ月くらいおくれて知っても少しの不都合のないものであると私は考える。

ただ国民の中でおそらくきわめて少数なある種のデマゴーグ的政治家、あるいは投機的の事業にたずさわるいわゆる「実業家」のうちの一部の人達は、一日でも一時間でも他人より早くこれらの記事を知りたいと思うだろう。そういう人々の便宜を計るという事が仮にいいとしたところで、そういう人はよしや新聞を全廃してもおそらく少しも困る事はあるまい。それぞれ自分で適当な通知機関を設けて知るだけの事は知らなければ承知しないに相違ない。これに反して大多数の政党員ないし政治に興味をもつ一般人、それから真面目《まじめ》な商業や産業に従事している人達にとって例えば仏国の大統領が代ったとかニューヨークの株が下《さが》ったとか、あるいは北海道で首相が演説したとか議会で甲某が乙某とどんな喧嘩《けんか》をしたとかいう事を、二週間あるいはひと月遅く知ったためにどれだけの損害があるかが私にはよほど疑わしい。

これらの記事がすべて正確であると仮定した場合でさえ、その必要が疑わしいくらいならば、記事が不正確である場合にはどうなるだろう。

こう云ってもおそらく私の云わんと欲するところは容易に通じないだろうと思う。それでくどいようでも同じ事を繰返す事を許してもらいたい。

新聞を最も必要と感ずる人の種類を考えてみると、それは、広義における投機者であり、また一種特別な意味でのブールジョアである。いい意味での善良な国民、穏和《おんわ》な意味でのプロレタリアは、実際めいめいの真面目な仕事に真剣に従事している限り、拙速主義《せっそくしゅぎ》の疑わしい知識に飛びついて朝夕心を騒がせ気をいら立てる必要は毛頭《もうとう》ないのである。

あらゆる先入観念を捨て、あらゆる枝葉の利害を除いて最も本質的にこの問題を考えてみたならば、私がここに云っていることが必ずしも無稽《むけい》なものでない事が了解されはしないかと思う。

次に考えなければならないのはいわゆる社会欄である。この欄の記事の内容はかなり雑多な方面にわたっている。その中でも季節に関する年中行事の報道やあるいは近き未来に関する各種の予告などこういった種類のものを日々新聞で承知するという事は決して悪い事ではない。しかし今日実際に存在する新聞の社会欄で最も大きな部分を占めているのはこの種の事柄ではない。この種の記事はかえってどこかの隅に小さな活字で出ている。これに反して驚くべく大きな見出しで出ているもののうちで、知名の人の死に関する詳細な記事とか、外国から来た貴賓《きひん》の動静とかはまだいいとしたところで、それらよりももっと今の新聞の特色として目立っているものは、この世の中にありとあらゆる醜悪《しゅうあく》な「罪」に関する詳細の記事である。この種の事実を吾々が一日も早くしかも誤謬《ごびゅう》によってはなはだしく曲げ歪《ゆが》められた形で知らなければならない必要がどこにあるか私には分らないのである。

これらの報道は多くの人々の好奇心を満足させ、いわゆるゴシップと名づけらるる階級の空談の話柄を供給する事は明かであるが、そういう便宜や享楽《きょうらく》と、この種の記事が一般読者の心に与える悪い影響とを天秤《てんびん》にかけてみた時に、どちらが重いか軽いかという事は少し考えてみれば誰にも分る事ではあるまいか。

少し事柄が脇道へはいるが、新聞の社会記事ほど人間の心理を無視したものは稀《まれ》である。もっともいわゆる「講談」のごときものも、かなり心理を歪めたり誇張《こちょう》したりしていたるが、歪め方もあれまで徹底すればかえって害はなくなる。そうして嘘で固めた馬鹿馬鹿しい饒舌《じようぜつ》の中に自《おのず》からまた何物か本当のものに触れているところがないでもない。しかるに普通の社会記事となって現われた、例えば人殺しや喧嘩《けんか》の表現が、ひとたび関係者の心理に触れる段になると、それらはもう決して吾々人間の心理でなくて全く異った「存在《ビーイング》」の心理になってしまっている。そしてそれがいかにももっともらしく本当らしく提供されているのである。

これはしかし記者自身が人間の心理を理解しないのではない、ただいわゆる社会記事の「定型」というものが、各種の便宜的必要から自からきまってしまって、それによらないわけにはいかないためだという説明を、その方の事情に通じた人から聞いた事もある。

罪悪の心理がもし本当に科学的な正確さをもって書き表わされていれば、それは読者にとってはかなり有益であり、そうしてそういう罪悪を予防し減少するような効果を生じるかもしれない。これに反して罪悪の外側のゆがんだ輪郭がいたずらに読者の病的な好奇心を刺戟し、ややもすれば「罪の享楽」を暗示するだけであったらその影響ははたしてどうであろう。

罪悪と反対な人間の善行に関する記事も稀には見受けるが、それがひとたび新聞記事となって現われると不思議にその善《よ》い事の「中味」が抜けてしまって、妙に嫌《いや》な気持の悪い「輪郭」だけになっている場合がかなり多いように思われる。そういう種類の記事を読んでいて、人事《ひとごと》ながらも独《ひと》りで顔の赤くなる場合がありはしないか。

しかしこういう不満は今ここで論じている問題とは別問題である。あらゆる記事がこれらの欠点を脱却して非常に理想的にできたとした上で、それを吾々が日刊新聞によって朝夕に知る事がどれだけ必要かというのが現在の問題である。それが必要でないという事になれば、ましてや不完全、不真実な記事を毎日慌《あわ》ただしく読む事の価値ははたしてどうなるであろう。

私がこういう事をいうのは畢竟《ひっきょう》あまりに新聞記事というものの価値に重きをおき過ぎるからの事だという人もあろう。

なるほど新聞記事をきわめて軽くしか見ていない人は事実上多数にあるかもしれない。しかし、そういうふうにして、元来決して軽く見るべきはずでない、あらゆる意味で重大な多くの事柄を、朝夕に軽々しく見過ごすような習慣を養うという事自身に現代の思想上の欠陥《けっかん》の一つの大きな原因があるのではあるまいか。そのような習慣は知らず知らず吾々を取りかえしのつかない堕落の淵《ふち》に導いているのではあるまいか。

ただ一つだけでも充分な深い思索に値するだけの内容をもった事柄が、数限りもなくただ万華鏡裡の影像のように瞬間的の印象しか止《とど》めない。そのようにして吾々の網《もう》膜は疲れ麻痺してしまってその瞬時の影像すら明瞭に正確に認めることができなくなってしまうのではあるまいか。

こういう習慣は物事に執着して徹底的にそれを追究するという能力をなし崩しに消《しょう》磨《ま》させる。例えば本当に有益な纏《まと》まった書物でも熟読しようというような熱心と気力を失わせるような弊《へい》がありはしまいか。

このような考《かんがえ》から、私はいっその事日刊新聞というものを全廃したらよくはないかという事につい考え及んだわけである。今のところそれは容易に実行される見込のない事である。しかし少《すくな》くもそういう事を一つの思考実験として考えてみる事はなんの差支もなく、またあながち無意味な事でもないかもしれない。

私は現代のあらゆる忙がしい人達、一日も新聞を欠かし得ないような人達が、試に寸暇を割《さ》いてこういう思考実験をやってみるという事は、そういう人達にとって非常にいい事でありはしないか、また多数の人がそれを試みる事によって前に云ったような新聞の悪い影響が幾分でも薄められはしないだろうかと思ってみた。

私はそういう実験を他人にすすめたいためにまず自身でそれを試みてみようと思い立った。その実験は未了でその結果は未成品にすぎないが、それにもかかわらずその大要を誌《しる》してみたいと思うのである。

実験を始める前に私はまず自分の過去の経験を捜してみた。

いつだったか、印刷工がストライキをやって東京じゅうの新聞が休んだ事があった。あの時に私はどんな気持がしたかを思いかえしてみた。あまりはっきりと思い出せないが、少くも私はあの時そんなにひどく迷惑を感じたような記憶がない。もちろん毎朝見ているものを見ないという一種の手持無沙汰《てもちぶさた》な感じはあったに相違ないが、それと同時になんだか急に世の中がのんびりしたような気持がないでもなかったように思う。もっとも自分のような閑人《ひまじん》はおそらく除外例かもしれないから、まず大多数の人はかなり迷惑を感じたものと見た方が妥当には相違ない。

まず誰よりも一番迷惑を感じたのは新聞社自身であったろうが、ここではそれは問題に入れるわけにはいかない。それと前述の投機者階級を除いたそれ以外に迷惑したのは誰だったろうと考えてみた。

続きものの小説が肝心のところで中絶したために不平であった人もあろうし、毎朝の仕事のようにしてよんでいた演芸風聞録《ふうぶんろく》が読めないのでなんだか顔でも洗い損《そこな》ったような気持のする閑人もあったろう。

こういう善良な罪のない不満に対しては同情しないわけにはいかない。しかし現在の実験を遂行する場合にこの物足りなさを補うべき代用物はいくらでも考え得られる。それにはいわゆる新聞小説よりももっと面白くて上等でかつ有益な小説もあろうし、風聞録の代りになるもっと纏まった読物《よみもの》もあるだろう。そういう書物を毎日新聞を読む時間にひと切りずつ読む事にしたらどうであろう。その積算的効果はかなりなものになりはしまいか。

纏まったものを少しずつ小切って読んでいって、そうして前後の連絡を失わないようにするという事は必ずしも困難とは限らない。事柄によってはかえって一時に詰め込むよりも適当に小切った方が理解にも記憶にも有効であるという事は実験心理学者の認めるところである。私の知っている範囲でも、毎日電車に乗っている間だけロシア語を稽古《けいこ》したり、カントを読んだりしてそれで相当な効果をあげた人さえある。しかし仮りにそういう人が例外であるとしても、ともかくも毎朝新聞を読むのといい纏まった書物を読むのと比べてどちらが頭脳の足しになるかという事は、はじめから議論にならないような気がする。

それでも多くの人の中には新聞なら毎日読む気になるが書物と名のつくものは肩が凝ってとても読む気になれないという人があるかもしれない。それはおそらく習慣の養成でどうでもなるはずのものだとは思うが、どうしても書物の嫌いな人があるとすれば、そういう人にはまたそれなりの新聞の代りになるものはいくらでも考え得られる。

謡《うたい》の好きな人はその時間に一番ずつ謡《うた》うもよし、盆栽《ぼんさい》を楽しむ人は盆栽をいじるもいいし、蒐集家《しゅうしゅうか》は蒐集品の整理をやるもいいだろう。

昼も夜も忙がしい人は出勤前のわずかな時間までも心せわしさを貪《むさぼ》るかのように急いで新聞を読む代りに、さなくばめったに口をきく事のない家族と四方山《よもやま》の談を交わすもいいだろう。あるいは特にそういう人達はこの時間を利用して庭にでも下《お》り、高い大空を仰いで白雲でも眺めながら無念無想の数分間を過ごす事ができたらその効果は肉体的にも精神的にも意外に大きなものになるかもしれない。私はむしろ大多数の人のために何よりも一番にこの方をすすめたいような気がする。そういうわずかな事によって人々の仕事の能率が現在よりもいくらかでも高められ、そうして人々の心持の平安はいくらかでも増し、行き詰った心持と智恵とはなんらかの新しい転機を見出《みいだ》しはしないだろうか。

小説や風聞録のようないわゆる閑文字《かんもじ》について云われる事は、実は大多数の読者にとって、他の大部分のいわゆる重要記事についても云われるのである。多くの読者が社会記事や政治欄を読む心持が小説その他の閑文字を読む心持と根本的にどれだけ違うかという事はよくよく考えてみるとかえって容易に分らなくなってくる。差別の要点は記事の内容の現実性にあると考えてみても、読者自身に切実な交渉のない、しかもいわゆる定型のためにかえって真実性の稀薄《きはく》になった社会記事と、事実はどうでも人間の中身にいくらか触れている小説や風聞録との価値の相違はそう簡単には片付けられないものだと私は思う。しかしそこまで追究するのは刻下《こっか》の問題ではない。

　ここでは私もあらゆる政治欄、社会欄等の記事の内容がすべての種類の読者に絶対的必要なものであると仮定する。そういう仮定の下《もと》に新聞全廃の実験を遂行するとすれば、必然の結果として、何か日刊新聞に代ってこれらの知識を供給する適当な機関が必要になってくるのである。

　この必要に応ずる最も手近なものは、週刊、旬刊ないしは月刊の刊行物である。名前はやはり新聞でもそれは差支えないが、ともかくも現在の日刊新聞の短所と悪弊《あくへい》をなるべく除去して、しかもここに仮定した必要の知識を必要な程度まで供給する刊行物である。

　私はこの二、三年ロンドンタイムスの週刊を取っている。これがロンドンで出てから私の眼にはいるまでにはどうしてもひと月以上はかかる。しかし私はそれがために、英国や欧州のみならず世界じゅうにおける重要な出来事をあまりに遅く知ったために著しい損をしたと思った事がまだないように思う。のみならず、こちらの新聞の電報欄の不徹底な記事で読んだ時はなんの事だか分らずにいたいろいろの事柄が、これを読んで始めて腑《ふ》に落ちる事もしばしばある。これはおそらく自分のような迂闊《うかつ》なものに限った事ではなく、始めに挙げたようないわゆる善良にして真面目な大多数の日本国民について同様に当嵌《あては》まる事ではあるまいか。

もしそうだとすれば、内国におけるいわゆる重要な出来事を十日ないしひと月おくれて、その代り纏まった形でかなり確実に知るという事もそれほど不都合であろうとは思われない。それで不都合を感ずる人はもちろんあってもそれは前に繰返して指摘しておいた少数の除外例にすぎない。そうしてそれらの人は日刊新聞がなくなったところで決して困りはしない。困るとしたところでそういう人々の便宜のために大多数の幸福を犠牲にする必要は少しもない。

あらゆる記事の中で、本当にその日その日に知らなくては意味のないものは、捜してみると案外少いものである。

まず天気予報などがその一つである。これは今のところ一週間も前から予報を出す事は困難であり、また昨日の天気予報は今日にとっては無意味であるから、どうしてもこれだけは日々に知らしてもらう必要がある。もっとも天気予報というものの本当の意味や価値はとかく誤解されがちであって、てんで始めから当てにしていない人がかなり多数である。そういう人は天気予報など知る必要を感じないでもあろうが、多少でも天気予報の原理に通じ、予報の適用の範囲を心得ている人にとっては、これは時にとっては非常に重宝なありがたいものである。しかしこれとても必ずしも新聞によらなくても他に報知する方法はいくらでもある。ところどころの交番なり電車停留所に掲示するもいいだろうし、ところどころに信号の旗を立てるもいいだろう。

不幸の広告なども一週間とは待てない種類のものだと考えられるかもしれない。しかし私の考《かんがえ》では、不幸の知らせは元来書状で本当の意味の知友にのみ出すべきもので、それ以外の人は葬式などがすんで後に聞き伝え、あるいは週刊、旬刊でゆっくり知ってもたいした差し閊《つか》えはないはずである。もしも国民の大多数の尊敬しあるいは憎悪するような人が死にでもすればその噂《うわさ》は口から口へいわゆる燎原《りょうげん》の火のように伝えられるものである。三月三日に井伊《いい》大老《たいろう》の殺された報知が電信も汽車もない昔に、五日目にはもう土佐《とさ》の高知《こうち》に届いたという事実がある。今なら電報ですぐ伝わる。

知名の人の旅立ちでも、新聞があるために妙な見送り人が増して停留場が混雑する。この場合にも前と同じ事が云われ得る。

展覧会、講演会、演芸、その他の観覧物も新聞広告で予告を受けて都合のいいものかもしれない。しかしこれらの大多数は十日ぐらい前からプログラムの作れぬものでもなし、またそうでなくても適当な掲示やビラによって有効に知らせる事ができる。一般の人々が毎朝起きて床の中でいながらに知らなければならない性質の事でもない。そういう刺戟の目にふれないという事は、仕事に没頭している多くの人のためにはむしろ有利なくらいである。

こういう新聞広告がなくなっても、芝居やキネマの観客が減る心配はないという事は保証ができる。興行者と常習的観客の間には必ず適当な巧妙な通信機関がいろいろと工夫されるに違いない。

その他の多くの広告はたいてい日刊新聞によらなくてもすむものである。例えば書籍雑誌の広告にしたところで、おそらく日本ほど多数で仰々《ぎょうぎょう》しいのはどこの国にもないかもしれない。そして広告の仰々しさと書籍の内容は必ずしも伴わない。これも実は断然止めた方がいい。私だけの註文を云えば、書店の店頭の大きな立札もやめてもらいたいくらいである。その代りに真面目な信用のできる紹介機関が欲しい。なるべく公平な立場からあらゆる出版物を批評して、読者のために忠実な指導者となるものがあってほしい。これは完全を望む事は困難でもある度までは不可能ではない。例えば科学の方面で云えば『ネチュアー』の巻頭の紹介欄のようなものでもかなり便利である。たとえいくらか批評の見地が偏する恐《おそれ》はあっても、利害を離れたそれぞれの専門家の忠実な紹介である限り、勝手の分らぬ読者がとんだ贋物《にせもの》を押しつけられる恐は少い。

その他あらゆる商品の広告についても全く同様の事が云われる道理である。

単に体裁の上からでも毒々しい広告欄を除《の》けてしまったら今の新聞はもう少し気持のいいものになりはしないだろうか。吾々が朝の仕事に取りかかる際に、もう少し清らかな頭をもって、神聖であるべきその日の勤めに対することができはしまいか。そうしてただいたずらにいらだたしい心持から救われて、めいめいの大事な仕事の能率を高める事ができはしまいか。

広告の次にいわゆる三面記事を取ってしまったらどのくらい気持がいいものになるだろう。昔『日本』という新聞があった。三面記事が少しもなくて、うるさいルビーがなかった。私は毎朝あれをただあけて見るだけで気持がよかった。ああいう新聞は今日では到底存在を維持しにくいそうである。

今年の正月にノースクリッフ卿がコロンボでタイムスの通信員に話した談話の中に、「東洋の新聞の中では日本のが一番信用ができる。ただしいわゆる『第三面《サードページ》』として知られた notorious scandal のために害《そこな》われてはいるが」とあった。この人のいう事がどこまで信用できるか私にはよく分らないが、ともかくも「第三面」は世界的の notoriety を保有している事になってはいると見える。

「三面」記事も純客観的に正しく書かれれば有益であり得る。例えば議会や公判の筆記でも、それが忠実なものなら、すべての人の何かの参考になり、少くも心理学者の研究材料くらいにはなる事が多い。それで日刊廃止の場合にこれに代るべきものの社会記事はできるだけ純客観的で科学的であってほしい。そういう意味で有益な面白い記事をタイムス週刊の第一頁やところどころの余白の埋草《うめくさ》に発見することがある。

もし仮りに私がこのような週刊や旬刊の社会欄を編輯《へんしゅう》するとしたらどういう記事を

おもに出すだろうと考えてみた。人殺しや姦通《かんつう》などを出すとしても、それらはなるべく少くそして簡単にしたい。書くならばできるだけ本当の径路を科学的に書く事によってすべての人の頭の奥に潜む罪の胚子《はいし》に警告を与えるようなものにしたい。しかしそういう例外な事件の記事よりも、日常街頭や家庭に起りつつある、一見平凡でそうして多数の人が軽々に看過《かんか》していて、しかも吾人《ごじん》の現在の生活に対して重要な意味のあるような事実を指摘し報道して、いくらかでも人々の精神的の幸福を増し不幸を予防するように努めるだけは努めたいものである。

裏町の下水に落ちている犬を子供が救《たす》けてやった事実でも、自転車が衝突して両方であやまっていた実例でも適当に描かれれば有意義である。公園の花便りでも動物園の鳥獣の消息でもなんらかの深い観察があれば何物かを読者に与える。それよりも起るべくしてわずかに起らないでいるあらゆる過失や危険の芽を摘発し注意を与える事が一層有益である。例えば電車や公共建築物設備の不完全あるいは破損のために将来当然に起るべき怪我《けが》や病害を、とかく不手廻《ふてまわ》りがちな当局者に先だって発見し注意したい。電車の不完全な救助網や不潔な腰掛け、倒れそうな石垣や崩れそうな崖《がけ》、病菌や害虫を培養する水溜《たま》りやごみ溜《ため》、亀裂が入りかかって地震があり次第断水を起すような水道溝渠《すいどうこうきょ》、こわれて役に立たぬ自働電話や危険な電線工事、こういう種類のものを報道して一般の用心と当局の注意を喚起《かんき》したい。

社会の風教を乱すような邪教淫祠《じゃきょういんし》、いかがわしい医療方法や薬剤、科学の仮面を被《かぶ》った非科学的無価値の発明や発見、そういうものに世人の多くが迷わされて深入りしない前にそれらの真価を探求したい。官衙《かんが》や商社における組織や行政の不備や吏員《りいん》の怠慢《たいまん》に対しても犀利《さいり》な批評と痛切な助言を加えたい。

これらのあらゆる探究摘発批評の動機が純粋に好意的のものでありたい。不備に対して当事者を攻撃し誹謗《ひぼう》する事よりもむしろ当事者の味方になり、そうして一般読者とともにその不備を除去する方法を講究する機関となる事を心掛けたいものである。そういう心持がもう少しはっきり現われていさえすれば、現在の新聞でももう少し気持のよいものになりはしまいか。

以上の理想を実現させるためには新聞社はあらゆる実務や学術技芸はもちろん一般思想上の各方面について第一流の人達を記者として網羅《もうら》しなければならない。これはずいぶん困難な事かもしれない。しかし私は「社会の先導者」としての新聞の本当の使命を果すためには、それはむしろやむを得ない当然の事ではないかと思っている。あらゆる方面の文化の先達となるためには、なるだけの根柢《こんてい》を作らなくては無理ではあるまいか。

このような考から私の「実験」は一つの夢のような大新聞の設立に移っていった。

この社の主脳を形成するものは、あらゆる官庁学校商社のみならず、各政党や宗教家思想家のあらゆる団体の代表的人物を網羅《もうら》したものでなければならない。そしてそれらの社員は単に寄書家という格で外様大名《とざまだいみょう》のような待遇を受けるのでなくて、その社の仕事の全体に参与しかつ責任を負うものでなくてはならない。これらの記者達はそれぞれ専門の方面で一般のために有益であるべきあらゆる重要事項の正確な報道紹介や、災害防止に関する適切な助言や注意を提供し、また公共事業に対する問題を提出して最善の方案を公衆に求める事を勉めなければならない。もちろんこれらの人々は一方ではそれぞれの本来の職務に従事しているが、その職務時間の若干《じゃっかん》を割いて公衆のためにこれらの記事を草するという事は少しも不都合とは思われないのみならず、むしろそういう事は職務に附帯した義務の一部分と考えられない事はない。またそういうものを記述する事によって各自の職務の遂行上有益な啓示《ヒント》を得る場合もかなり多いだろうと思われる。

こういう大新聞社の経営を少数な資本家の手に委《ゆだ》ねるのは穏当《おんとう》ではあるまい、これはむしろ全国民自身か、少くもその大部分の共同経営によるものとしなければなるまい。そうするためには経営維持に必要な費用は租税などと類似の方法で一般から集め、記者や編輯員らも適当に組織された選挙制度によって定めるべきであろう。しかしこういう選挙制度にいつも附き纏《まと》う弊害《へいがい》を防止するためにはこれらの記者の地位を決して物質的に有利なものにしてはならない。記者たる事によって一身の利益を計るに便宜を得るような可能性は始《はじめ》から除去するような制度組織が必要である。本当に社会の利益のみしか考えない人ばかりならばその必要はないが、この用心は誰も知るとおり今のところどうしても必要である。

もしこのような新聞社ができたとすれば、それは従来の意味の新聞社とはだいぶちがったものになる。むしろ国民社会一般の幸福安寧《あんねい》に資すべき調査研究報告機関のようなものになってしまう。こういうものは全国にただ一つあって、各地には適当に支局を分配して、中央を通じて相連絡すればよい。

政治経済教育宗教学芸産業軍事その他ありとあらゆる方面にわたる現実の正確な知識を与え、一般の輿望《よぼう》に基《もと》づいて各当局の手の廻らぬところを研究し補助して国家社会のあらゆる機関の円滑な融合を計るがために、こういう特別な一大組織を設けるという事は、むしろ一国の政府自身としても当然考えなければならない事のように思われる。単に小官衙の片隅の一課などに任しておくべきものではないとも思われる。

もっともいうまでもなく現在の新聞というものも本来はこの仮想的の一大機関と同じような役目を果すために生れたものであろう。ただそれが遺憾《いかん》ながら理想的にいっていないために、ここにこのような問題が起ったわけである。

私の思考実験はまだわずかにこの程度までしか進んでいない。充分な洗煉《せんれん》を経ない以上、基礎前提にもまた推考の論理にも欠陥《けっかん》が多いかもしれない。それにもかかわらず私はこれだけの「実験」によって新聞というものに対する自分の考に幾分かの進展を得、そして従来とはいくらか違った眼で新聞に対する事ができるようになった。

こんな実験をやっている矢先に都下の有力な新聞で旬刊が発行されるようになった。私の思考実験の一半《いっぱん》はすでに現実化されたようでもあるが、残る半分すなわち日刊の廃止という事はちょっと実現される蓋然性《がいぜんせい》が乏しい。

しかし旬刊週刊等の発行によって個人個人にこの実験を不完全ながらも遂行する事が可能になったように見える。すなわち旬刊、週刊だけを読んで日刊には手を触れない事にすれば目的は達せられそうである。

私は軽卒にこの実験を人に強《し》うる気はないが、ともかくもまず自分で試みたいという希望はもっている。しかし現在の旬刊や週刊が依然として日刊と並行して出ている限り、またその編輯方法が私の考えているのと同一でないとすると、結局私の考えている思考実験は到底実行する事はできそうもない。

日刊全廃というような問題を直ちに実行問題として考えるという事はあまりに現実を無視した痴人《ちじん》の夢であるかもしれない。しかし前にも述べたように、これをともかくも一つの思考実験としてできるだけ慎重に徹底的に考えてみるという事は、新聞読者にとってもまた新聞当事者にとってもかなり面白くもありまた有益な仕事であるに相違ない。そしてその結果はおそらく誰にもなんらの損害をも与えるような性質のものではないと信じている。

（大正十一年五月『中央公論』）

ジャーナリズム雑感

いつかある大新聞社の工場を見学にいってあの高速度輪転機の前面を瀑布《ばくふ》のごとく流れ落ちる新聞紙の帯が、截断《せつだん》され折畳《おりたた》まれ積み上げられていく光景を見ていたとき、なるほどこれではジャーナリズムが世界に氾濫《はんらん》するのも当然だという気がしないではいられなかった。あまり感心したために機械油でぬらぬらする階段で辷《すべ》ってころんで白い夏服を台無しにしたことであった。

現代のジャーナリズムは結局やはり近代における印刷術ならびに交通機関の異常な発達の結果として生まれた特異な現象である。同時に反応的にまたこれらの機関の発達を刺戟《しげき》していることも事実であろうが、とにかく高速度印刷と高速度運搬の可能になった結果としてその日の昼ごろまでの出来事を夕刊に、夜中までの事件を朝刊にして万人の玄関に送り届けるということが可能になった、この事実から、いわゆるジャーナリズムのあらゆる長所と短所が出発するのであろう。

ジャーナルという言葉には昔からいろいろな意味があることは字引《じびき》を見ると分かるが、ともかくも「日々」という意味から出て、それから日刊の印刷物、延《ひ》いてはあらゆる定期的週期的刊行物を意味することになったのだそうである。そういう出版物を経営し、またその原稿を書いて衣食の料として生活している人がジャーナリストであり、そういう人の仕事がすなわちジャーナリズムだとある。手近な字引で引いたところではたったこれだけの意味しか書いてないのである。しかし今日このごろ日本でいわゆるジャーナリズムという言葉には、これ以外にいろいろ複雑な意味や、余味や、後味や、またニュアンスがあってなかなか簡単に定義しひと口に説明することはできないようである。人に聞いてみても人によっていろいろと多少は解釈がちがう、のみならずまた同一人でも場合によっていろいろちがった意味にこの言葉を使うことがあるようである。文章の中に出現しているのでも前後関係で意味や価値にずいぶん大きな開きがあるようである。誠につかまえどころのない化物《ばけもの》のようなものであるが、ともかくもいわゆるジャーナリズムと称する「もの」があることだけは確実な事実である。ただ頭と尻尾《しっぽ》がどうもはっきり摑《つか》まえにくいだけである。この摑まえにくい頭と尻尾を摑まえようというのではないが、世間に疎《うと》い一学究の書斎の硝子《ガラス》戸の中から眺めたこの不思議な現象のスケッチを心覚えに書きとめておこうというのである。

ジャーナリズムの直訳は日々主義であり、その日その日主義である。今朝起った事件を昼過までにできるだけ正確に詳細に報告しようという注文もここから出てくる。この注文は本来はなはだしく無理な注文である。例えば一つの殺人事件があったとする。その殺人現場における事件の推移はもちろん、その動機から犯行までの道行《みちゆき》をたとえ簡単にでも正確につきとめるためには、実は多数の警察官や司法官の長日月の精査を要し、しかもそれでもなかなか容易には隅から隅まで明白にしにくいのが通例である。それを僅々《きんきん》数時間あるいはむしろ数分間の調査の結果から、さもさももっともらしく一部始終の顚末《てんまつ》を記述し関係人物の心理にまでも立入《たちい》って描写しなければならないという、実に恐ろしく無理な要求である。その無理な不可能な要求をどうでも充《み》たそうとするところから、ジャーナリズムの一つの特異な相が発達してくるのである。この不可能事を化して可能にする魔術師の杖《つえ》は何かと調べてみると、それは、いわば、具体的事実の抽象一般化、個別的現象の類型化とでも名づけるべき方法であると思われる。

殺人事件というものが古来一つもなかったらどうにもならない話であるが、幸か不幸か昔からありとあらゆる種類や型式の殺人事件の数が実に夥《おびただ》しい多数に上っており、そうしてそれらの一つ一つについてはまた実にいろいろの記録が残っている。古い昔から物語や小説や講談に、どこまでが本当でどこまでが嘘《うそ》かは分からぬようなものばかりではあるがとにかく記録が多数に残存し、吾々《われわれ》は知らず知らずそういうものに習熟していつの間にか頭の中にいろいろな殺人事件の類型を作り上げ仕舞込《しまいこ》んでいるのである。それで今日ただ今眼前に一つの事件が起ったとき、その事件の内容の一端だけを知れば、それだけのわずかな資料によって当該事件がおよそどの型に属するかという漠然《ばくぜん》たる見当をつけることができるように、そういう準備がいつでもできているのである。その見当が当っているか狂っているかは別問題であるが、見当をつけ得られるということが肝心の問題である。そこで某殺人事件の種取《たねとり》を命ぜられた記者は現場に駆付《かけつ》けてとりあえずその材料を大急ぎで掻集《かきあつ》めた上で大急ぎでそれを頭の中の型《カタ》録函《ログばこ》の前に排列してそうして差当《さしあた》って一番よい嵌《は》まりそうな類型のどれかにその材料を嵌込《はめこ》んでしまう。そうするとともかくもそこに一つのもっともらしい殺人物語が出来上る。もちろん事実の真相とどれだけ懸け離れているかはこの際問題にしている暇はないので、ただいかにももっともらしくその場限りの辻褄《つじつま》が合っているということが大切なのである。さて、こういう記事を読む読者の方の頭の中にもやはり同じ物語や小説やから蒐集したあらゆる類型がちゃんと用意されてあるのだから、新聞の類型的描写が自然にぴったりと此方の持参の型のどれかに嵌まり整合する。したがってそれで完全に納得し、満足し、そうして自分では容易にできないのを他人のしてくれた殺人のセンセーションを享楽《きょうらく》することができるのである。それがたとえ事実とどれほど離《り》反《はん》していても、そんなことは元来加害者にも被害者にも縁故《えんこ》のない赤の他人の一般読者にはどうでもよいのである。「どこかに人殺しがあった」という事実だけが正確で嘘でなければ、それ以外の間違いについて新聞社に苦情を持込《もちこ》むほど物数寄《ものずき》な読者は稀《まれ》であろうと思われる。真相が少し分かりかけるころには読者も記者ももう綺麗《きれい》に忘れているのであろう。

そうはいうものの、同じ事件に関する甲乙二つの新聞の記事が、一つ一つ別々に見れば実にもっともらしく辻褄が合っているのに、両方を比較してみるとまるで別の事件のように思われるほどかけ違ったり事柄が反対になったりしている場合も決して少《すくな》くはないので、そういう時にはさすが楽天的な吾々読者もいくらかの不安と不満を感じないわけにはゆかないようである。

昔の新聞にはずいぶん面白い例が多かった。心中者の二人が死ぬ前に話し合った言葉などがさも傍で速記者が立聴《たちぎ》きでもしていたかのように記録されていたりしたものである。それが近松《ちかまつ》や黙阿弥《もくあみ》張りに面白く綴《つづ》られていたものである。これは実に愉快な読物《よみもの》であったが、さすがにこのごろはそういうのは、少くも都下の新聞には稀なようである。しかし、本質的にはこれと同様な記事は今でも日々の新聞に捜せばいくらでも発見されるのである。

ある役所で地方技術官の集合があって、その第何日目かに大臣が出席して演説する予定になっていたところ、当日差支えができて大臣は欠席した。しかしその日の夕刊を見ると大臣がちゃんと出席して滔々《とうとう》と演説をしたことになっていた。

ある若い学者がある日ある学会である論文を発表したその晩に私の宅へ遊びに来て

トリオの合奏をやっていたら、突然某新聞記者が写真班を引率《いんそつ》して拙宅《せったく》へ来訪しそうして玄関へその若い学者T君を呼出《よびだ》し、その日発表した研究の要旨を聴取《ききと》り、そうしてマグネシウムの閃光《せんこう》をひらめかし酸化マグネシウムを含んだ煙を玄関の土間に残して引上げていった。翌朝の新聞に宅の下手《へた》な合奏の光景が暴露されているかと思って読んでみると「……同学士をH町の自邸に訪《と》えば」云々《うんぬん》、とあって、ちゃんとそのT氏の自宅においてT氏と会談したことになって記述されていたのである。

この二つの実例から見ても新聞記事にはちゃんとした定型が確立されていて、いかなる場合にでもそれを破ることが禁ぜられているらしく思われるのである。自分らのようなつむじ曲りの読者にとっては、むしろ来るはずの大臣がその日来なかったという偶然の個別現象に興味があり、また論文を発表したある若い学者がちょうどその晩他所《よそ》へ遊びにいってそこで合奏をやっていた事実に意義を認めるのであるが、それを事実ありのまま書いたのでは、ジャーナリズムの鉄則に違反するものと見える。こういう事実を初めて発見してひどく感心してしまったことがあったのである。

このジャーナリズムの一相と見らるる「事実の類型化」はある意味では確かに嘘をつくことであるが、しかしまたよく考えてみると、これは具体的個別から抽象され一般化された規準的事実の記述だと解釈されないこともない。

物理学の初歩の教科書を見ると、地球重力による物体落下の加速度は毎秒毎秒九・

八メートルであると書いてある。しかしデパートの屋上から落した一枚の鼻紙は決してこの方則には従わないのである。重力加速度に関する物理の方則は空気の抵抗や風の横圧や、偶然の荷電《かでん》や、そんなものの影響はぬきにして、重力だけが作用する場合の規準的の場合を捕えて言明しているのである。そうしてまた、加速度の数値を五桁《けた》六桁までも詳しく云為《うんい》する場合には、実測加速度から規準加速度を導出するためにいろいろさまざまの「補正《コレクション》」を要するのである。

　これと同じように、新聞記事の嘘も一種の「補正」と見れば見られないこともないような場合も慥《たしか》にありそうである。ただ不幸にしてこの場合には物理学の場合のように確実な物理の方則に準拠した「補正」の代りに、個々の記者のいわゆる常識による類型化の主観的方便によるよりほかに一つも頼りになるような根拠がないからいささか心細いと云わなければならない次第である。

　セザンヌが林檎《りんご》を描くのに決して一つ一つの林檎の偶然の表象を描こうとはしなかった、あらゆる林檎を包蔵する永遠不滅の林檎の顔をカンバスに止めようとして努力したという話がある。科学が自然界の「事実」の顔を描写するのはまさにかくのごとき意図によるものであろう。新聞記者が新聞紙上に日々の出来事を記載するにこの意図があるかどうかは明らかでないが、もしそういう意図があってそうしてそれを実行し成就《じょうじゅ》しようとするならば新聞記者というものは、セザンヌやまたすべての科学者をるのである。新聞記者になるのもなかなか大変なことである。

翻《ひるがえ》って考えてみると、科学者自身の間にもまたこのジャーナリズムのそれのような類型的の見方をする傾向が多分に存在している。従来用い古るした解析的方法に容易にかかるような現象は誰も彼も手をつけて研究するが、従来の方法だけでは手におえないような現象はたとえ眼前に富士山のように聳《そび》えていてもいっさい見て見ぬふりをしているという傾向が慥にあるのである。しかし、誰か一人のパイオニアーがその現象に着眼して山開きの鶴嘴《つるはし》を揮《ふる》って登山道がつき始めると、そうすると、始めて我れも我れもとその麓《ふもと》に押しかけるようになるのである。これも科学的ジャーナリズムの発達のお蔭《かげ》で世界じゅうの学者の研究が迅速に世界じゅうの学者の机上に報道されるからである。三原山《みはらやま》投身者が大都市の新聞で奨励されると諸国の投身志望者が三原山に雲集《うんしゅう》するようなものである。ゆっくりオリジナルな投身地を考えているような余裕はないのみならず、三原山時代に浅間《あさま》へ行ったのでは「新聞に出ない」のである。

このように、新聞はその記事の威力によって世界の現象自身を類型化すると同時に、その類型の幻像を天下に撒《ま》き拡げ、あたかも世界じゅうがその類型で充ち満ちているかのごとき錯覚を起こさせ、そうすることによって、さらにその類型の伝播《でんぱ》をますます助長するのである。ジャーナリズムが恐るべき性能を十分に発揮するのはこの点であろうと思われる。例えば大新聞が一斉にある瀆職事件《とくしょくじけん》を書立てると全国の新聞がこれに呼応してたちまちにして日本全国がその瀆職事件でいっぱいになったような感じを抱かせる。冷静なる司直の手もまた幾分これに刺戟されてその活動を促進されることがないとも限らない。また例えば忠犬美譚《びだん》で甲新聞が人気を呼ぶと、あとからあとからいろいろな忠犬物語がほうぼうから出てきて、日本じゅうが犬だらけになり昭和八犬伝ぐらいは瞬《また》くひまに完成するのである。一犬は虚を吠えなくても残る万犬の中には嘘八百を吠えるようなのもたくさんに交じるのであるが、それがみんな実として伝えられるのである。ジャーナリズムの指はミダスの指のように触れる限りのものを金に化することもあり、反対に金もダイアモンドもことごとく石塊《いしころ》とすることもある。キルケのごとくすべての人間を動物に化することもあるが、また反対にとんでもない食わせものの与太者《よたもの》を大人物に変化させることもできるのは天下周知の事実であって事新らしく述立《のべた》てるまでもないことであろう。そうして誰しもそれを承知していながら知らず知らずこのジャーナリズムの魔術にかかってしまうのは実に恐るべきことと云わなければならない。

しかし、現在の日本のジャーナリズムがその魔術の呪縛《じゅばく》に破綻《はたん》を示してときどき醜《みにく》い尻尾《しっぽ》を露出《ろしゅつ》するのはいわゆる科学記事の方面において往々《おうおう》に見受けられるのは注意すべき現象である。

もっとも二十年も昔と比べては今の新聞の科学記事は比較にならぬほど進歩したものである。昔ある大新聞の記者と称する人が現在の筆者を訪ねてきて某地の地震についていろいろの奇問を連発したことがある。あまりの奇問ばかりで返答ができないからほとんど黙っていたのであるが、翌日のその新聞を見るとその記者の発した奇問がすべて筆者によって肯定された形で、しかもそれは記者の問に対する筆者の答としてではなく筆者自身が自発的に滔々《とうとう》と弁じたような形式で掲載されていた。そうして「異変」という言葉がなんべんとなく記事の間に繰返されているのをなんのことかとよく考えてみたら、それは「イオン」のことであったのである。

このごろの新聞の科学記事には、そういうのは容易に見当らない。それというのも大概は科学者自身に筆を執《と》らせてそれを掲載するという賢明な方法をとっているので、そんな滑稽《こっけい》な記事はありにくいわけである。しかし今でも科学者でない新聞記者の手になったらしい記事の中には時々面白い実例が見つかるようである。例えば、つい近ごろ二、三新聞に「重い水」のことが出ていた。たぶん外国からの通信の反訳であろうと思うが、あの記事なども科学者の眼には実に珍妙なものであった。よくよく読んでみるとなるほど重い水素Dからできた水のことと了解されるが、ちょっと読んだくらいでは実に不思議な別物のような感じを起こさせるという書きぶりであった。歪《ゆが》んだ鏡に映った自分の顔をはじめは妙な顔だがなんだか見たような顔だと思って熟視しているとだんだんにそれが自分の映像だと分かってくるようなものである。このように歪められた事実の横顔の描写が単に科学記事だけに限られているのならば幸《さいわい》であるが、こういうのを見るたびに、吾々読者は、同じような歪曲《わいきょく》が政治外交経済あらゆる方面の記事にも多少ちがった程度で現われているであろうと想像しないわけにはいかないのである。有限な型の中のどれかにすべてのものを押込もうとすればどうしても少々押し曲げなければうまく嵌まるはずはないのである。ただ社会人事に関する限り定型のストックが科学記事の場合とは比較にならぬほど豊富だからたいていの場合にはそれほどひどく曲げなくても収まるようなちゃんとした型が見つかりやすいのに、科学方面はあまりの「かたなし」であるから事実の顔はだらしなく崩れてしまうのであろうと思われる。

新聞の科学記事で一番科学者を辟易《へきえき》させるものはいわゆる「世界的大発見」や「大発明」の記事である。十年も前に発見されている事実が昨日発見されたことになったり、至る処で以前から使い古るされているものが一昨日発明されたりしたことになったりして現われるのはきわめて普通なことである。どうしてそういう間違いが起るかについては、例えば十年前に発見されたある事実に関するある一局部のきわめて特殊な研究が新たに成功したというような場合に、新聞記事ではその研究者がその昔発見された事実自身を今日始めて発見したこととして誤伝される場合もしばしばある。例えば太陽黒点と日本の一部分のある特定の気象要素との間にある相関を見つけたというのが、太陽黒点が地球の気象に関係するという事を始めて見つけたかのごとく報ぜられるような種類のものがはなはだ多いのである。これは担任記者の専門知識の欠乏によるのはもちろんであるが、それよりも科学的研究というものの本質に関する極端な無理解がもとであると思われる。もっともそういう無理解は、何も新聞記者だけとは限らず、一般世間の相当教養ある人士の間にも共通であって、その根源は結局日本における科学的普通教育に非常な欠陥のあることを物語るものであって、何も新聞記者諸氏のみの罪ではないのである。しかし、せめて大新聞の記者だけでも、たとえ具体的の科学知識はもたずとも、一人の学者の科学的研究というものは譬《たと》えていわば道《みち》傍《ばた》に落ちた財布を拾うたような簡単なものではなくて例えばツェペリンの骨組を作り上げるための一本一本のリベットに丹念な仕上げをかけるようなものだとくらいには考えてもらいたいものである。そうすれば、リベット一本仕上げた人を、あたかもツェペリン全部を一人で一夜に完成したように誤報する心配だけはなくなるであろう。

新聞の科学記事で往々世界的「大発明」として報ぜられるものの中には、専門家でないアマチュアの多年の苦心の結果と称するものが往々ある。そういう場合にはきっと、その発明者が素人《しろうと》であるという事自身が、その発明が専門家の発明よりも立派なものであることを証明するかのごとき錯覚を起こさせるような麻酔剤が記事の行文の間に振りかけられている。また苦心の年月の永かったこと自身がその発明の巧妙さを裏書きするかのごとき暗示がほのめかされている。しかし実際には多くの場合にこういう発明はかなり不完全なものであったり、実は新らしくもなんでもないものであったりする。今の科学的な利器は単に独創的な素人の思付きや苦心だけで完成するにはあまりに多くの専門的知識の素養を必要とする、という明白な事実が日本のジャーナリストに一般には認識されていないのである。

こういう状況であるから多くのアカデミックな真面目な学者達は、その仕事が「世界的大発見」「大発明」として新聞に発表されることを何よりも怖がっている。どうかして間違ってこの災害にかかると、当人は冷汗《ひやあせ》を流して辟易《へきえき》し、友人らは面白がってからかうのである。せっかくの研究が「いかもの」の烙印《らくいん》を押されるような気味が感ぜられるからである。それでも気の広い学者は笑って済ますが気の狭い潔癖《けっぺき》な学者のうちには、しばしば「新聞的大発見」をするような他の学者に対してはなはだしく反感と軽侮《けいぶ》を抱くような現象さえ生じるのである。こうなるとジャーナリズムはむしろ科学の学海の暗礁《あんしょう》になり得る心配さえ生じるのである。

純粋な物理学や化学の方面の仕事はどんな立派な仕事でも素人にはむつかし過ぎて分からないために、「こうした大発見」になる心配がまずまず少いのであるが、例えば気象や地震の方面だとその心配が多分にあるのである。そういう心配のありそうな論文でも発表しようとする場合には、その論文の表題を少し素人分かりの悪いものにしておけば、決してジャーナリストにつかまる心配がないということである。

発明発見、その他科学者の業績に関する記事の特種は、たった一日経過しただけで、新聞記事としての価値を喪失するという事実がある。この事実もまたジャーナリズムのその日その日主義を証拠立てる資料となるであろう。学者の仕事は決して一日に成るものでなく、それを発表した日で消失するものでもないのであるが、新聞ニュースとしては一日過ぎれば価値はなくなる。しかも記者が始めて聞き込んだその日を一日過ぎるとニュースでなくなるのである。それで、誤ってジャーナリストの擒《とりこ》となった学者はそのつかまった日一日だけどうにかして遁《の》がれさえすればそれでもう永久に遁《に》げ了《おお》せることができるのは周知の事実である。

こういう実に不思議な現象の原因の一つは新聞社間の種取り競争に関連して発生するものらしく思われる。その日に種にしなければどこか他の新聞に出し抜かれているという心配がある。しかし翌日の新聞をことごとく点検する暇などはない。そうして翌日は翌日の仕事が山積しているのである。

このようなただ一日を争う競争はまたジャーナリズムの不正確不真実を助長させるに有効であることもよく知られた事実である。他社を出し抜くためにあらゆる犠牲が払われ、結局は肝心の真実そのものまでが犠牲にされて惜しいとも思われないようである。事実の競争から出発して結果が嘘較べになるのは実に興味ある現象と云わなければならない。

新聞社のニュースの種取り競争が生み出す喜悲劇はこれには止まらない。甲社の特種に鼻を明かされて乙社がこれに匹敵するだけの価値のある特種を捜すのに「涙ぐましい」努力を払うというのは当然である。嘘か真かは保証できないが、ある国でこんなことがあった、すなわち「あったこと」のニュースが見つからない場合に、面倒な脚色と演出によって最もセンセーショナルな社会面記事に値いするような活劇的事件を実際にもちあがらせそれがために可愛相《かわいそう》な犠牲者を幾人も出したことさえ昔はあったという噂《うわさ》を聞いたことがある。ジャーナリストの側から云わせると、これも読者の側からの強い要求によって代表された時代の要求に適応するためかもしれないのである。

昔はまたよく甲社で例えば「象の行列」を催して、その記事で全紙の大部分を埋め、そのほとんど無意味な出来事が天下の一大事であるかのごとき印象を与えると、乙社で負けてはいないで、直ちに「河馬《かば》の舞踊会」を開催してこれに酬《むく》ゆるといったような現象の流行した国もあったようである。

またある「小新聞」である独創的で有益な記事欄を設け、それがある読者のサークルで歓迎されたような場合に、それを「大新聞」でも採用するようにと切望するものがかなりに多数あっても、大新聞では決してそれはしないという話である。これも人の噂で事実は慥でないが、しかし至極もっともなありそうな話である。これも強者の悲哀の一例であろう。

こういういろいろの不思議な現象は、新聞社間の生命《いのち》がけの生存競争の結果として必然に生起するものであって、ジャーナリズムが営利機関の手にある間はどうにも致し方のないことであろうと思われる。

ジャーナリズムのあらゆる長所と便益とを保存してしかもその短所と弊害を除去する方法として考えられる一つの可能性は、少くも主要な新聞を私人経営になる営利的団体の手から離して、国民全体を代表する公共機関の手に移すということである。それが急には実行できないとすれば、せめて、そういう理想に少しでも近づくようにという希望だけでも多数の国民が根気よくもち続けるよりほかに途《みち》はないであろう。

現在のジャーナリズムに不満を抱く人はかなりに多いようであるが結局みんなあきらめるよりほかはないようである。雨や風や地震でさえ自由に制御することのできない人間の力では、この人文的自然現象をどうすることもできないのである。この狂風が自分で自分の勢力を消尽《けしつく》した後に自然に凪《な》ぎ和らいで、人世を住みよくする駘蕩《たいとう》の春風に変る日の来るのを待つよりほかはないであろう。

それにしても毎日毎夕類型的な新聞記事ばかりを読み、不正確な報道ばかりに眼を曝《さら》していたら、人間の頭脳は次第に変質退化《デジエネレート》していくのではないかと気づかわれる。昔のギリシア人やローマ人は仕合《しあわ》せなことに新聞というものをもたなくて、その代りにプラトーンやキケロのようなものだけをもっていた、そのおかげであんなに利口であったのではないかという気がしてくるのである。

ひと月に何度かは今でも三原山投身者の記事が出る。いったいいつまでこのおさだまりの記事をつづけるつもりであるのかその根気のよさには誰も感心するばかりであろう。こんな事件よりも毎朝太陽が東天に現われることが遙かに重大なようにも思われる。もう大概で打切りにしてもよさそうに思われるのに、そうしないのは、やはりジグスとマギーのような「定型」の永久性を要求する大衆の嘱望によるものであろう。しかし、たまには三原山記事を割愛したその代りに思切って『古事記《こじき》』か『源氏物語《げんじものがたり》』か『西鶴《さいかく》』の一節でも掲載した方がかえって清新の趣を添えることになるかもしれない。毎日繰返される三原山型の記事にはとうの昔に黴《かび》が生えているが、たまに眼を曝す古典には千年を経ても常に新らしいニュースを読者に提供するようなあるものがあるような気もする。昨日の嘘は今日はもう死んで腐っている。それよりは百年前の真の方がいつも新らしく生きて動いているのである。

スコットランドの湖水に怪物《かいぶつ》が現われたというのでえらい評判であった。しかし現代のジャーナリズムは、まだまだ恐ろしいいろいろの怪物を毎朝毎夕製造しては都大路から津々浦々に横行させているのである。そうして、それらの怪物よりも一層恐ろしくもまた興味の深い不思議な怪物はジャーナリズムの現象そのものであるかもしれない。

しかし、象牙《ぞうげ》の塔の硝子窓の中から仮想ディノソーラス「ジャーナリズム」の怪奇な姿を、こわごわ観察している偏屈な老学究の滑稽なる風貌《ふうぼう》が、さくら音頭の銀座《ぎんざ》から遠望した、本職のジャーナリストの眼にいかに映じるかは賢明なる読者の想像に任せるほかはないのである。

（昭和九年四月『中央公論』）

レーリー卿（Lord Rayleigh）

レーリー家の祖先は一六六〇年ごろエセックス（Essex）州のモルドン（Maldon）附近に若干の水車を所有して粉磨業《こなひきぎょう》を営んでいた。一七二〇年ごろターリング（Terling）に新しく住家を求め、その後 Terling Place の荘園を買った。その邸宅はもとノリッチ僧正（Bishops of Norwich）の宮殿であった。その後ヘンリー八世の所有となったこともあった。その時の当主ジョン・ストラット（John Strutt）は Maldon からの M. P. として選出された。この人の長子は早世し、次男の Joseph Halden Strutt（一七五八—一八四五）が家を継いだ。彼は陸軍大佐となり王党の国会議員となり、Duke of Leinster の娘の Lady Fitzgerald と結婚した。これがここに紹介しようとする物理学者レーリー卿《きょう》の祖父である。勲功によって貴族に列せられようという内意があったが辞退したので、爵位はその夫人に授けられ、夫人からその一人息子の John James Strutt（一七九六—一八七三）に伝えられた。これが最初の Lord Rayleigh となったわけである。Rayleigh は附近の小都市の名で、口調がいいというだけの理由でこの名を採用したものらしい。彼は Clara Elizabeth La Touche Vicars と結婚して、Langford

に住んでいた。ここで John William Strutt が生れた。これがすなわち物理学者のレーリー卿である。

レーリーの血筋に科学的な遺伝があるとすればそれはこの外戚《がいせき》のヴィカース家から来ているらしい。すなわち外戚祖父とその兄弟は工兵士官であり、また外戚祖母の先祖にも優れた砲工兵の将官がいた。また祖母 Lady Fitzgerald は有名なボイル(Robert Boyle) の兄弟の裔《すえ》だそうである。

一八四二年の十一月十二日に John William を生んだときに母は年わずかに十八歳であった。そうしてこの子はいわゆる七月子《ななつきご》として生れたのである。三歳になるまで物が云えなかった。しかし物事にはよく気がついて、なんでも指さして「アー、アー、アー」と云った。そうして「あれはお家《うち》です」、「犬です」という返事を聞かないうちはなかなか満足しなかった。祖父の大佐がこの子を始めて見たときに「これはよほど利口か、それとも大馬鹿だ」と云った。それはこの児の頭蓋《ずがいこつ》骨の形を見てそう云ったものらしい。

生れて二十箇月後に階段から転がり落ちて、頭に青や黒の斑点ができた。その後にも海岸の波止場《はとば》から落ちて溺《おぼ》れかかった事もあった。また射的《しやてき》をしている人の鉄砲の筒口の正面へ突然顔を出して危《あやう》く助かった事もあった。大きくなるに従って物を知りたがり、卓布にこぼれた水が干上《ひあが》るとどうなるかなどと聞いた。内気でそして涙脆《もろ》く、ある時羊が一匹群《ぴきむれ》に離れて彷徨《さまよ》っているのを見て不便《ふびん》がって泣いたりした。記憶がよくて旧約全書の聖歌を暗誦《あんしょう》したりした。環境には何ら科学的の刺戟《しげき》はなかったが、塩水に卵の浮く話を聞いて喜んで実験したり、機関車二台つけた汽車を見てその効能を考えたりした。伯母《おば》に貰《もら》った本で火薬の製法を知り、薬屋でその材料を求めて製造にかかっているところを見つかって没収された話もある。

一八五二年すなわち十歳のとき学校へ入るために Eton に行ったが、疱瘡《ほうそう》に罹《かか》りまた百日咳《ひゃくにちぜき》に煩《わずら》わされたりした。それで Wimbledon Common にあった George Murray という人の私塾のような学校に入って、そこで代数や三角や静力学初歩を教わったが、そのころからもう彼の優れた学才が芽を出して師を感嘆させた。同時にいたずら好きの天分をも発揮して、瓦斯《ガス》管内に空気を押込《おしこ》み、先生の祈禱《きとう》が始まると灯火が自然に消えるという趣向を案出し実行した。そのころ彼の父は彼に農業の趣味を養うために郷里で豚を飼わせ、その収入を彼の小使銭に充てた。この銭は多くは化学材料を買うために費《ついや》され、ある時は燐《りん》で指を焼いた。後年ケルヴィン卿が化学会の晩餐《ばんさん》演説でこの事を引合に出し、レーリー卿は十二歳のときに燐で指を焼いたそうだが、自分は八十二歳のときに全く同じ火傷《やけど》をしたと云った。

十四歳のとき Harrow に入ったが、二年級になってから胸の病を得て退学した。生命もどうかと気づかわれたが幸《さいわい》に快癒《かいゆ》したので今度は Rev. G. T. Warner の学校に入ってそこで四年間の修業をした。その間に一度 Cambridge の Trinity College におけるある Minor Scholarship の試験を受けたが失敗した。師の Warner は「今度はいけなかったが決して二度とは失敗しまい」と云った。そのころの彼の悪戯《いたずら》の傑作《けっさく》は、Milton の sonnets をそのまま自作のような顔をして田舎《いなか》新聞に投書したことである。もちろん新聞は夢にも知らずにそれを掲載した。

十五歳のころから写真を始めてかなり身を入れてやった。そのほかの娯楽は乗馬、クリケット、フートボール、クロケー、射的等であった。そのころ彼は休暇のたびに近親の年上の誰かに淡い恋をしたが、次の休暇には前の恋人はすっかり忘れて、また別の初恋をするのであった。またある時は若い婦人に扮装《ふんそう》して午餐会に現われ、父の隣席に坐《すわ》って一座を驚かせた。

いよいよ Cambridge に入った。貴族の子弟であるので、Fellow Commoner として入学した。しかしきわめて質素な生活をしていた。ここで有名な Routh の下に厳しい数学的訓練を受けた事が、後年の彼のために非常に有益であったことは彼自身も認めている。そのころ彼はよく長椅子《ながいす》に凭《もた》れてぼんやりしていることがあった。友人には、面白い作り話を考えているんだと云ったが、実は数学の問題を考えていたらしい。彼は生涯喫煙はしなかった。

一八六四年の秋には Sheepshanks Exhibitioner に選ばれた。これは大変な名誉なことであったが、これについて母に送った手紙には「試験官が私の書いたナンセンスに感服したのは可笑《おか》しい」とあった。この秋から彼は始めてストークスの光学の講義に出席し、特にその講義でやってみせる実験を喜んだ。ストークスの考え方や表現の仕方がすっかり気に入ってしまった。そのうちに Mathematical Tripos の試験が近づいた。彼の伯母が心配して師のラウスに見込みを聞いたら、ラウスは "He'll do." と答えたそうである。

在学中の彼は試験官のめいめいの癖をよく呑込《のみこ》んで、例えばトドハンター先生の出す問題を予知したりした。ある試験官は「ストラットの答案は多くの書物よりもいい」と云った。

一八六五年の正月に彼はついに Senior Wrangler の栄冠を獲《え》た。その表彰式に彼の母も参列したが、人々は「我 Senior Wrangler の姉君のために万歳《ばんざい》を三唱《さんしょう》」した。実際母は彼よりただ十八歳の年長者であったのである。彼の郷閭《きょうりょ》の人々のうちには彼の学者として立つ事が彼の Lord としての生活と利害の相反することを恐れるものもあった。この学位を得た後に二人の友人とイタリア旅行をしたが、美術見物にはたいした興味がないようであった。

一八六五年の四月に始めての講演をした。ひどく「はにかみや」であったのでこの時の演説はよく聞き取れないくらいであった。しかし晩年はかなり講演がうまくなり、政治演説なども相当有効にやってのけるようになった。

自分の研究をする自由は得たが、実験を始めようとしても器械や道具が手に入れられなかった。定性分析のコースを一学期やらせてもらったくらいのものであった。しかし読物には事を欠かなくてマクスウェルの電磁気論（一八六五）や、マクスウェルおよびヘルムホルツの色の研究、それからストークスやウィリアム・タムソンの主要な論文を読み、傍《かたわ》らまたミルの論理学や経済論を読んでいた。

一八六六年二十四歳で Trinity の Fellowship を獲た。そのころの友人の中には George Darwin もいたが、違った方面の友では Arthur Balfour すなわち後の首相バルフォーア卿と親交を結んだ。これが彼の生涯に大きな影響をすることになったのである。

一八六七年の八月に始めて大西洋を越えてアメリカの旅をした。帰ってみると彼の郷里では窒扶斯《チフス》が流行していたので家族と共に五マイル離れた Tofts へ転地し、父のレーリー卿がただ一人 Terling に止《とど》まっていた。これが動機となって後にこの荘園内にあった「白鳥池」を利用して水道工事ができ、これが後に水力学の実験に利用されるようになったのである。

そのころ彼は国会議員として政治生活に入るように彼の父その他からも勧められた。そうして政治に対する興味はかなりあったが国会議員として立つ事は好まなかった。

テートやマクスウェルなどと文通をしながら研究をしていた。またチャールス・ダーウィンとも知合になった。後年彼の書いたものの中にこんなことがある。「一八七〇年にダーウィンと一緒になったとき、あるアメリカ人からよこした手紙のことを話した。それは『失礼ですが貴方《あなた》の顔が著しく猿《さる》に似ているという事実が貴方の学説をひどく左右したのだと思います』というのであった。」

一八六八年の米国旅行から帰ってから、彼は自分の実験に着手した。ルムコルフコイル、グローヴ電池、無定位電流計、大きな電磁石、タムソンの高抵抗ガルヴァなどを買入れた。最初にやった実験は、電流計の磁針が交流でふれることに関するものであって、その結果は同年の British Association で報告している。その外の実験は色に関するものや、電気感応と惰性とのアナロジーなどに関するもので、これに関するマクスウェルとの文通が保存されている。

一八七一年に、ケンブリッジに新設されたキャヴェンディッシ講座に適当な人を求める問題がおこった。その時レーリーからマクスウェルに送った手紙を見ると、ウィリアム・タムソンは決定的に辞退したから、ぜひともマクスウェルが就任してくれるようにと勧誘している。その手紙の中でこう云っている。「この地位に望ましい人は、ただ講義をするだけの先生ではなくて、実験に体験をもった数学者で、そうして若い学者達の活動を正しい道に指導することができる人でなければならない。」マクスウェルはついに承諾して最初の Cavendish Professor となった。その年にタムソンがヘルムホルツに送った手紙によると、もしマクスウェルが断ったら、この椅子はレーリーに廻《まわ》るのであったらしい。

この年にマクスウェルの紹介で、共鳴に関する彼の論文が Phil. Trans. に出た。この論文が評議会を通過したことを告げたのは、ソリスベリー卿であった。「この間評議会で君の破《わ》れ徳利《とくり》が出たよ」と云ったそうである。これが音響に関するレーリーの研究の序幕となったのである。彼が音響の問題に触れるようになった動機は、ある先生からぜひともドイツ語を稽古《けいこ》しろと勧められ、その稽古のためにヘルムホルツの *Tonempfindungen* を読んだのが始まりだそうである。この最初の研究実験はターリングの邸宅の古いグランドピアノの上で行われたのである。

色の研究をしているうちに、空の色の影響に気がつき、それから、空の色そのものの研究に移り、ついに有名な λ^4 の方則に到達した。そうしてクラウジウスやティンダルの説を永久に否定してしまった。

これより先、一八六九年にロンドンで彼の学友アーサー・バルフォーアの二人の姉妹エリーノア（Eleanor）とイヴリン（Evelyn）とに紹介され、その後しばしば出遭う機会があった。イヴリンは音楽を好んでいたので、レーリーはヘルムホルツの書物を貸してやり、それが二人に共通の興味ある話題を提供した。そのころ彼はソリスベリー卿の実験室を訪れて磁気に関する実験を見せられたりした。その時母に送った手紙に「あんなに不器用では実験家として成効しそうもない」と云ってこの政治家の余技を評している。このころまたグラドストーンにも会った。そうしてこの大政治家の能力と独創的天分とに感服すると同時に、科学的考察力の欠乏を認めた。グラドストーンは雪が長靴の革を滲透《しんとう》する特殊な力があるということを主張した。レーリーは、それは靴の上部にかかった雪が靴の中へ落ち込むのだと云って説明したが、結局どうしても了解を得ることができなかった。

一八七一年の五月にイヴリン・バルフォーアと婚約し、七月十九日に結婚式を挙げた。大学における fellowship は未婚者のみに許されるという規則であったので、結婚と同時に大学との縁は切れることになった。これは「まさに来らんとする私の生活の転機の暗黒面だ」と云った。新婚旅行の途次にエディンバラの British Association に出席し、そこで始めてウィリアム・タムソンやテートと親しく言葉を交わした。旅行後ターリングに帰って秋と冬を送った。その間に彼等の新家庭を営むべき Tofts (Little Baddow における邸宅の名) の工事を監督するため毎週二、三度は新郎新婦駒を並べて出かけていった。

一八七二年正月ケント州の Bedgebury の親戚の宅で泊っているうちに劇烈な熱病

(rheumatic fever) に罹《かか》り、一時は心許《こころもと》ない容態であった。関節と肺とを冒《おか》されたのであった。幸《さいわい》に治癒《ちゆ》したが、急に年を取ったように見えた。Tofts の新居に実験室を造ろうと考えてマクスウェルの知慧を借りたりしたが、結局ここにはわずかに四箇月ぐらいしかいないことになった。ここでは主に廻折格子《かいせつこうし》を写真で複製する実験をやったのである。後年この家の後継者はこの実験室を玉突き室に改造したそうである。

　病後の冬の寒さを避けるためにエジプト旅行に出掛けた。夫人の姉エリーノアも同道した。そのころはまだ珍しかったスエズ運河を見、蜃気楼《しんきろう》に欺《だま》されたりして、カイロに着き、そこから小船に乗ってナイル河を遡《さかのぼ》った。南京虫《なんきんむし》や蚤蚊《のみか》に攻められながら、野羊《やぎ》の乳を飲み、アラビア人のコックの料理を食って、一八七二年の十二月十二日から翌年三月中旬にわたる単調な船住いをつづけた。この退屈な時間を利用して彼はその名著 *Theory of Sound* の草稿を書いていた。午前中はたいていキャビンに籠《こも》ってこの仕事に没頭していた。しかしすっかり戸口を締め切って蠅《はえ》を殺してしまってから仕事にかかる必要があったのである。義姉のエリーノアはレーリーの机の前に坐って彼から数学を教わっていた。どんな面白い見物があっても午前中はなかなか上陸しようとしなかった。午後にはデッキへ出てエジプトコーヒーをすすりながら、エジプトロギーをひやかしなどした。

帰途はギリシアからブリンディシ、ヴェニスを経て一八七三年五月初旬にロンドンに着いた。そうしてアーサー・バルフォーアの近ごろ求めた No.4 Carlton Gardens に落着いた。これが晩年までも彼のロンドンでの定宿となり、ほとんど毎年数週ないし数月をここに送ることになったのである。

旅から帰った翌月、すなわち六月十四日に彼の父のレーリー卿が死んだ。これは彼にとって大きな悲しみであったのみならず、父の遺産の管理という新《あらた》な責任が彼の科学的生活の前途を妨《さまた》げはしないかという心配があった。

一八七三年の秋に新しきレーリー卿となった彼はトフッの邸《やしき》から父祖の荘園ターリングに移った。それまでは石油ランプを使っていたのを瓦斯灯にし、また実験用の吹《すい》管《かん》や何かに使用するために、新に自家用の瓦斯発生器を設備した。その他には客間にあったオルガンを書斎に移したくらいで、ほかには別に造作を加えるようなことはしなかった。晩年に到るまで、彼はこの旧宅に手を入れることは容易に承諾しなかった。そうして彼の幼時の思出のかかっている家具の一つでも取除けることを許さなかった。

この年に彼は F.R.S. に選ばれた。一八七四年の夏ごろ始めていわゆる心霊現象（spiritualistic phenomena）の研究に興味をもつようになった。それはクルックス（W. Crookes）がターリングの邸で暮していた。一八七四年から一八七九年までは平穏にこの方面の研究に熱心であったのに刺戟されたものらしい。彼は、もしこれらの現象が本当であれば、それはあらゆる他の科学的の発見よりも遥《はるか》に重要であると考えたのであった。しかしいろいろの実験に立合ったりした結果は彼を失望させた。もしそうでなかったら、彼はおそらく生涯をこの方面の研究に捧《ささ》げたかもしれないということである。しかし彼が最後までこの方面の興味を捨て切れなかったことは、彼の死んだ年一九一九年に心霊現象研究会の Presidential Address をやっているのを見ても分るであろう。何事も容易に信じない代りに、また疑わしいものでも容易には否定しないのが彼の特長であった。

一八七五年に上院で演説をさせられた。それは衛生問題に関することであったが、云いたいと思うことは皆口止めされて結局何も云うことがなくて困ったと云ってこぼした。これはソリスベリー卿が彼を政治界へ送り出す初舞台としてやらせたらしいのであるが、当時すでにレーリーの心は科学の方へ決定的に傾いていた。一八七六年には動物虐待防止法案の修正を提出した。一八七二年にはグラドストーンから大学の財政に関する調査委員会の一員となることを勧められた。一八七七年大学令の改正委員が選ばれた時も、彼は仲間に入れられた。旧師のストークスもその員に加わっており、わざわざアイルランドから出かけてきたが、会議中ただの一語も発せずに坐っていたそうである。レーリーも会議にはあまり熱がなかったと見えて、ある人が彼にある科学上の問題を話しかけたとき、それは午後の委員会のときにゆっくり考えてみようと云った。この点「職務不忠実」であったのである。

一八七五年八月、ブリストルの大英学術協会に出席中に郷里から電報で呼びかえされた。彼の長子で現在のレーリー卿たるRobert John Struttが生れたのであった。

一八七五年から七六年にわたる冬の数箇月間ビーチャム・タワー（Beauchamp Tower）というエンジニアーを助手として水力学の実験をした。この人は有名なフルード（William Froude）の弟子《でし》であった。前に述べた「白鳥池」を利用して水力実験室を作り、いろいろの形の穴から水を流出させるときの孔内《こうない》の圧力分布を測ろうというのであった。この実験はその後にマロック（Arnulph Mallock）が完成し、しかしてレーリーの理論的の計算と一致する結果を得た。

一八七六—七七年の冬には、やはりフルードの弟子で、また親戚であった前記のマロックを助手として液体力学の実験をした。不思議なことにはこの時やった実験のことをすっかり忘れてしまって、四十一年後になって同様な実験をやることの提案をしている。

タワーやマロックのような、自分で独立の研究のできるような人は彼の助手としてはあまり適当でなかった。それで一八八〇年までは全く助手なしで独《ひと》りで実験していた。しかし後ではやはり助手のなかった事を悔いた。

一八七六年のCambridge Mathematical Triposの試験には補助試験官に選ばれた。

その試験問題の討究のために試験官仲間をターリングに招待したがそのためにソリスベリー卿とディスレリーとの和解の饗宴《きょうえん》という歴史的のシーンに出席する機会を逸《いっ》した。レーリーの出した試験問題（*Coll. Pap.*, 1, p. 280）にはオリジナルな点があった。問題が急所に触れていてただの elegant academic exercise ではなかった。

一八七三年にレーリーが家督を相続したころは農業も相当有利であったが、一八七四年に外国貿易の頓挫《とんざ》した影響から、引いて農民の窮迫を来たし、したがって地主の財政もきわめて不利になったが、一八七九年から翌年へかけては小作人がだんだん土地を返上してきたので、地主は自作するよりほか途《みち》がなくなった。この財政の困難ということが、レーリーをしてケンブリッジの教授としての招聘《しょうへい》に応じさせた主要な原因であったと云われている。

相続後の家政は大概、書記や執事や代言人に任せてあって、彼自身は大審院の役をつとめるだけであった。家作の修理などを執事がすすめてもなかなか受入れなかった。農業に関する知識は相当にあって、人工肥料の問題にも興味があり、この点ではかえって旧弊《きゅうへい》な執事等より進取的《しんしゅてき》であった。

弟の Edward Strutt が大学卒業後農事に身を入れるようになったので、一八七六年に家産全部の管理を弟に一任し、生涯再び家事には煩《わずら》わされなくてもいいようになった。この時弟のエドワードはわずか二十二歳であったのである。吾々《われわれ》はこのエドワードに感謝したい気がする。

一八七七年の春はマデイラへの航海をした。昔夫人の父が肺病でここに避寒《ひかん》に行って亡くなったのである。その時の乗船にケルヴィンの羅針盤《らしんばん》が三台備えてあった。タムソンはレーリーに手紙をやって、どうかこの器械を見て意見を聞かせてくれと頼んだ。その手紙に添えて彼の測深器の論文も送るとある。マデイラの断崖《だんがい》で気流の実験をして鳥の飛翔《ひしょう》の問題を考えたりした。帰途プリモースに上陸し、そこからフルードの船型試験室を訪問した。レーリーはフルードの才能と人柄を尊敬していた。二人の行き方はどこか共通なところがあった。最も簡単な推理によって問題の要点を直進するところが似ていると、今のレーリー卿が評している。

一八七八年の五月に王立研究所（Royal Institution）で色に関する講演をした。十月二日には次男の **Arthur**（後に海軍士官）が生れた。一八七八—七九年には王立研究所の評議員を務めた。

一八七七年に彼の *Theory of Sound* の初版がマクミラン（Macmillan）から出版された。一八七三年のナイル旅行の船中で稿を起したのが、足かけ五年目に脱稿したのである。書いていく間にいろいろの新しい問題が続出する、それをいちいち追究してはその結果を別々の論文で発表していた。この著書の草稿は Mathem. Trip. の試験答案の裏面を利用して書いたのであった。ヘルムホルツは『ネーチュアー』誌上にこの書の紹介を書き、この書はまさにタムソン、テートの『物理学』に比肩《ひけん》すべき名著であると云った。タムソン、テートの書物がついに完結せずに了《おわ》った一つの理由は、レーリーのこの書とマクスウェルの『電磁気学』が出て、それでだいたい書くべきことは尽されたからというのであった。これはタムソン自身の言明したことである。ヘルムホルツもまた出版者もこの『音響論』の第三巻を書くことを勧め、自分でもその気はあったが、ついに書かずに了った。しかし再版のときにいろいろな増補をした。

レーリーの初期の研究の中で、かなり永い間の手しおにかけて育て上げたものの一つは、廻折格子の問題と分光器の分解能（resolving power）に関する問題とであった。初めは大きく画いた格子を写真で縮写しようと試みたがうまくいかなかった。しかしその研究の副産物としていわゆる **zone plates**（光を集中する円形格子）を得た。しかし、別に発表するほどの珍らしいこととも思わなかったらしい。それから四年後にソレー（Solet）、七年後にウッド（R. W. Wood）がこれについて論じたので世に知られたが、レーリーのやったことは誰も知らない。

当時の格子といえばナベルト（Nabert）の作った硝子製《ガラスせい》のものしかなかった。オングストレームの太陽スペクトルの図版もこれで取ったのであった。レーリーは縮写に失敗した後（一八七二）、この硝子格子を写真種板に直接に重ねて焼付けることを試みたらすぐ成功してたいそう嬉《うれ》しがった。粒の粗い今のゼラチン乾板ではおそらく不成効であったであろうが、タンニン、蛋白《たんぱく》、塩化コロジオンを使う古い方法がちょうど適当であったのである。また重クローム酸ゼラチン法を用いて著しい結果を得た。そうして透明な棒の生ずる光波位相の反転に気づいた。この考えは後に発展して階段格子（échelon grating）となったのである。

その後アメリカでローランド、マイケルソン、アンダーソン等によって優秀な金属製格子が作られ、またソープ、ウォーレス（Thorpe & Wallace）のセルロイド鋳型《いがた》などができて、レーリーの転写は実用にはならなくなった。しかしレーリーの貢献はこの研究から導かれた分光器の分解能に関する理論的研究であった。今から見れば誰でも気のつきそうなこの問題に当時まだ誰も気がついていなかったのである。レーリーは五年かかってこの研究を完成し、格子のみならず、プリズムの場合をも補足した。これらの結果を纏《まと》めてPhil. Mag. に出したとき“I wonder how it will strike others. To me it now seems too obvious.”と私信の中に書いている。これも一つのコロンバスの玉子であろう。

一八七九年の十一月五日にマクスウェルが死んだので、ケンブリッジではキャヴェンディッシ講座の後任者が問題となった。ウィリアム・タムソンは到底引受ける見込がなかったので、人々の目指すところはレーリー卿であった。タムソンはレーリーに手紙を書いた。「自分は生涯グラスゴーを離れられない因縁がある。貴方が引受けてくれれば誠に喜ばしい。しかし教授の職に附帯したうるさい仕事のために研究ができなくなるという心配があれば、また適当な後任者のできるまで当分の間だけ引受けるというのだったら、むしろお断りになる方がいいと思う」という意味のことを忠告した。万事控え目なストークスはいっさい黙っていた。

当時レーリーの家の財政は前述のようにかなり困難な状態にあった。相続当時計画していたような大規模な研究室を作り、数人の有給助手をおくような望《のぞみ》は絶えてしまった。こういう環境の下《もと》にレーリーはついに就任を承諾した。そうして一八七九年十二月十二日にこの名誉な椅子に就いた。

当時のキャヴェンディッシ研究室はかなり貧弱なものであった。日常の費用はマクスウェルの小使銭《こづかいせん》から出るような始末であったので、レーリーはとりあえず研究資金の募集にかかった。まず自分で五〇〇ポンド、当時の名誉総長デヴォンシャヤー公が五〇〇ポンド出した。その他の寄附を合計して一五〇〇ポンドを得た。また教授のポケットにはいる学生の授業料も此方につぎ込むということにした。

学生に一般的な初歩の実験を教えるという案を立てたが、そのころまだ学生用の器械などは市場になかった。幸にジェームス・スチュアルト教授の器械工場の援助を得て、簡単で安いガルヴァなどをたくさん作らせることができた。

マクスウェルから引継いだ助手は、事務家ではあったがあまり役に立たなかった。それが間もなく死んだので後任者を募集したときに出てきたのがジョージ・ゴルドン(George Gordon)であった。もとリヴァプールの船工であっただけに、木工、金工に通じていたのみならず、暇さえあれば感応コイルを巻いたり、顕微鏡《けんびきょう》のプレパラートを作ったりするような男であった。田舎弁で饒舌《しゃべ》り立てるには少し弱ったが、しかし大変気に入って、これがとうとう終《おわり》までレーリーの伴侶《はんりょ》となったのである。レーリーの立派な仕事の楽屋にはこの忠実な田舎漢《でんしゃかん》のかくれていた事を記念したい。

レーリーは器械が役に立ちさえすれば体裁などは構わなかった。それでゴルドンがいよいよ最後の「仕上げ」にかかるころには、早速召し上げていって使った。

マクスウェル付きの **demonstrator** が辞任したあとへグレーズブルックとショー(R. T. Glazebrook & W. N. Shaw)が就任した。この二人の手を借りて学生の実験演習の系統的なコースを設立した。この、現在我国の大学でもやっているような規則正しいコースが、ケンブリッジに無かったのである。このコースを書物に纏めたのがすなわち Glazebrook & Shaw : *Practical Physics* である。感じ炎の実験などがあるところにレーリーの面影が出ている。

レーリーの最初の講義は「物理器械使用法」で次は「湿電気(galvanic electricity)と電磁気」であった。当時まだ **galvanic electricity** などという語が行われていたのである。聴講者はただの十六人であった。この数は彼の在職中あまり変化はなかった。当時の思出を書いたシジウィック夫人（レーリー卿夫人の姉エリーノア）の記事によると「彼が人々の研究を鼓舞《こぶ》し、また自分の仕事の援助者を得るに成効したゆえんは、主に彼の温雅な人柄と、人の仕事に対する同情ある興味とであった」。彼はこの教授としての仕事を充分享楽しているように見えた。「彼の特徴として、物を観《み》るのに広い見地から全体を概観した。樹を見て森を見遁《みのが》すような心配は決してなかった。」「いつでも大きな方のはしっこ（big end）をつかまえてかかった。」「手製の粗末な器械を愛したのも畢竟《ひっきょう》同じ行き方であった。無用のものはできるだけなくして骨まで裸にすることを好んだ。」

ナイルの河船でレーリーから数学を教わったエリーノア嬢は、その後シジウィック夫人となってからはケンブリッジに居を構えていた。そうしてレーリーの在職中は絶えず彼の研究の助手となって働くことを楽しみとしていた。することが綿密丹念で手《て》綺麗《ぎれい》で、面倒な計算をチェックしたり、実験の読取《よみとり》を記帳し、また自分でも読取をやった。レーリーの論文にこの婦人と共著になったものがいくつかある。

就任当時は従来やりかけていた「水のジェットに対する電気の作用」などをやっていたがそのうちに彼の頭の中では大規模の仕事の計画が熟しつつあった。すなわち電気単位の測定を決定的にやり直すことであった。まず最初にオームの測定にかかった。

一八六三―六四年にマクスウェルその他の委員によって設定されたB. A. 単位はその後コールラウシュ、ローランド、ウェーバー等の測定で十二パーセントの開きを生じていたのである。この仕事にはアーサー・シュスターが加担し、シジウィック夫人も手伝った。B. A. の方法によって一八八一年に得た結果は、これと同時にグレーズブルックが他の方法でやったものとよく一致した。またこの結果が熱の器械的等量の電気的測定の結果と器械的測定の結果との齟齬《そご》を撤回したので、ジュールはたいそう喜んだ手紙をレーリーに寄せた。しかしレーリーはこれだけでは満足せずにさらにロレンツ (Lorenz) の方法によってやり直しをして、その結果を確かめた。結局三年かかって得た彼の結果は、その後多数の優秀な学者によって繰返された測定によっても事実上なんらの開きを生じなかった。

次にはアンペーアの測定にかかった。この際クラーク電池の長所を認めていわゆるH型のものを工夫した。レーリーの定めたこの電池のe. m. f. の価もその後の時の試《し》煉《れん》に堪えたのである。

電気単位に関する国際的会議のいきさつはここには略するが、この問題に関してレーリーの仕事が重要な要石《かなめ》となったことは明《あきら》かである。

彼の指導を受けていたジェー・ジェー・タムソンが引続いてe. s. u. とe. m. u. との比を測定することにかかった。タムソンの仕事ぶりを見ていたレーリーは、

"Thomson rather ran away with it" と云っていっさいをこの若者の手に任せてしまった。後進の能力を認めこれに信頼することのできない大御所的大家ではなかったのである。

ケンブリッジ在職中の私生活も吾々にはなかなか興味がある。ここでもソリスベリーの別荘に住んでいた。講義のない日の午前はたいてい宅で仕事をしていた。昼飯の時には子息のためまた自分の稽古《けいこ》のために、なるべく仏語で話すことを主張した。それから二頭の小馬をつけた無蓋馬車《むがいばしゃ》をレーリー男爵《だんしゃく》夫人が自ら御《ぎょ》して大学へ出勤し、そこで午後中、時には夜まで実験をやった。午後のお茶は実験室内の教授室で催され、夫人と姉のシジウィック夫人もしばしば列席した。茶瓶の口が欠けていたので夫人が新しいのと取換えようと云ったが、「これでも結構間に合う」と云って、そのままになった。夕食前の数分間には子供部屋をおとずれている彼を見かけた。一八八〇年七月には三番目の子息のジュリアンが生れた。その年の八月にはスコットランドに旅してアルジル公の客となり、ヨットに乗って「長湖」に浮んだり、公爵の子供の時に見たという狐火（will-o'-the-wisp）の話に興味をもったりした。

一八八一年三月に Trinity の Honorary Fellow になった。マクスウェルの後を継いだのである。ちょうどヘルムホルツも学位を受けに来合《きあわ》せて夫婦連れで二晩泊った。「ヘルムホルツは対話ではさっぱり要領を得なかったが、しかし彼は very fine head

をもっている」と評した。

一八八二年サザンプトンにおける大英学術協会では Section A の座長をつとめた。その時の座長の演説の中に物理学者の二つの流派、すなわち実験派と理論派との各自の偏見から来る無用の争《あらそい》を誡《いまし》めた一節は、そのまま現代にもあてはまるべきものである。会のあとでプリモースへ行ってそこで始めて電話というものを実見した。そして何よりもその器械の簡単さに驚いた。「これは確《たしか》に驚くべき器械である。しかしたいした実用にはなりそうもない」と云っているのは面白い。

一八八二年十月に発熱性のリューマチスに罹《かか》って数週間出勤ができなかった。ちょうどこの時に王立協会から恩賜賞《おんししょう》(Royal Medal) を貰ったが受取りに出ることができなかった。実験室ではグレーズブルックとショーが引受けていて時々病床へ何かの相談に来た。加減のいい時は小説『巌窟王《がんくつおう》』を読んでいた。二、三年後長子と散歩していたときにこの話をして聞かせた。そしてこの主人公の復讐《ふくしゅう》はクリスチャンとしてはあまりひど過ぎると云った。

病後の冬休みにはイタリアへ転地し、フロレンス近くのバルフォーア家の別荘に落着いた。ピサの傾塔《けいとう》やガリレーの振子《ふりこ》よりも彼を喜ばせたものはその浸礼堂の円塔の不思議な反響の現象であった。

この病気は時々再発の気味があったので、再び転養のためにホンブルク (Homburg)

に行った。そこで毎午前はマクスウェルの色の図に対する面倒な対数表計算をやった。夫人がいちいち験算をした。レーリーはこういう計算はあまり得意でなかったのである。ホンブルクからハイデルベルクへ行ってクインケ（Quincke）を訪ねた。ク教授は新醸のワインを取出して能書《のうがき》を並べた。スイス行を思立ってムルレン（Murren）まで行ったら病気が再発して動けなくなった。四日目に少しよくなったので、四人舁《がき》の椅子にのって山を下り一路ケンブリッジに帰った。それで次のクリスマスの休暇にはバス（Bath）に行って温泉療養をすることになった。浴槽《よくそう》の中で掌《てのひら》を拡げたまま動かすと指が振動する現象を面白がった。その時に浮んだ考《かんがえ》が三十年後の論文となっている（全集、五、p. 315）。

一八八四年カナダのモントリオルで大英学術協会が開かれたときにレーリーが会長に選ばれた。当時彼は四十二歳、こんなに若くて President になった例は珍しかった。彼は承諾はしたが、しかしその President Address が苦になり、その予想にうなされ、そうしてひどく悄気《しょげ》たりした。アーサー・バルフォーアは手紙で彼を激励した。「科学と英国と貴族とを代表しなければならない」と云い、また眼前の政治的危機に対するカナダ新聞界の判断は、レーリーの印象によって左右されるだろうと云ったりした。クェベックまでの航海中のある夜ロバート・オースチンがナンセンス科学演説をやった。レーリーはたいそう感心し、また乗客のあるものがそれを本気に受取っているのを見て嬉しがっていた。

いよいよ彼の座長演説をやる日に、入場券を持たずに会場へ行って門番と押問答《おしもんどう》をやった。この時の演説の一部は科学者の教育問題に触れ、古典的死語に代えるべき仏独語の効能を述べている。また、科学はマテリアリズムに導く、という一般的謬見《びゅうけん》を排し、計算や実験では解けない"higher mysteries of being"のあることを暗示した。この会のエキスペジションで彼はインディアンの国土を見舞い、シカゴで始めて電車を見、またマイケルソンやローランドと親しく言葉を交わしまたエジソンの有名な昼寝を驚かした。ケルヴィンの有名なBaltimore Lectureの一部にも顔を出した。これについてレーリーが後に息子にこんな話をした。「実にあの講義は驚くべき芸当だった。午前の講義を聞いていると、たった今、朝食のとき吾々の話していた問題がもう講義の種子になっているのを発見することがしばしばあった。」また母への手紙にもこの講義が「例のタムソン式で、つまり情熱的で、とりとめもなく声を出しながら考えるという行き方」であったと評している。

カナダから帰るとすぐケンブリッジへ辞表を出した。在職五年間に出した論文の数は六十余あった。「あの調子で永くはとても続けられなかった」というのが後年の述懐《じゅっかい》であった。

郷里ターリングに引上げてから、自分の研究室の準備にかかった。廐《うまや》の二階の物置を二つに仕切って一方を暗室とし、壁と天井を、煤《すす》とビールの混合物で塗った。この室の両窓にヘリオスタートを取付け、ここへ分光器その他の光学器械を据付《すえつ》けた。片方の仕切りにはテプラーポンプや附属のマノメーターなどを置いた。後にアルゴンの発見されたのはこの室であった。感応コイルの第一次電路をピストルで切る実験もここで行われた。この室と煉瓦《れんが》壁を隔てた一室が寝室であって、この隔壁に穴をあけて音響学実験の際に便利なようにした。実験室の階下が工場で、その隣室の「学校部屋」に棚を吊《つ》って薬品をならべた。ここで、液体運動の実験が行われ、また写真現像もできた。彼の書斎は無頓着《むとんちゃく》にいつでも取り散らされ、大きな机の上は本や論文でおおかた埋められてほんのわずかの面積だけが使われていた。机の片隅には彼が元服《げんぷく》祝《いわい》に貰った鳶色《とびいろ》の革函《かわばこ》が載っており、これに銭と大事な書類がしまってあった。右手の書架には学生中のノートブックがあり、ストークスの講義の筆記もその中にあった。自著『音響学』が一部、これは紙片にかいたノートがいっぱい這入《はい》っていた。彼が何かたいそう熱心に読んでいると思ったらたいてい自分の書いたものだと云って家族達はよく笑った。室の照明は私設瓦斯タンクの瓦斯によって、倹約と保守的な気分と面倒がりとのために電灯設備をしないでしまった。

雑誌類は人に貸さなかった。ケルヴィンが Phil. Mag. を借りようとしたときも許さなかった。古い包紙やボール函や封筒なども棄《す》てずに取っておいて使った。

地下室の物置部屋へ行く隧道《すいどう》が著しい反響を示すことは彼の『音響学』に書いてある。この隧道の一端で、水面による干渉縞《かんしょうじま》の実験や、マイケルソン干渉計の実験が行われた。

ターリングでやろうと計画していた研究の一つは、主要な瓦斯元素の比重を精密に測定してプラウト方則を験しようというのであった。これはなんでもないようでなかなかの大仕事であった。レーリーの手一つでは間に合わないので、ケンブリッジの助手前記のゴルドンを呼び寄せた。彼は家族を挙げてターリングの邸内に移り、死ぬまでここでレーリーの片腕となって働いた。村人は時々「旦那様の遊戯部屋」の「実験室」についてゴルドンに質問し"That ain't much good, is it?"などと云った。

瓦斯比重測定は、一八四五年レニョー(Regnault)の発表したもの以来誰もやらなかった。レーリーはレニョーの実験における浮力の補正に誤《あやまり》のあることに気づいたので、もう一度詳しくやり直す必要を感じたのである。

地下室の中に作った天秤室《てんびんしつ》の空気を乾かすのに、毛布を使ったりしたところにレーリーの面目が現われている。二つの硝子球の容積の差を補正するために添えたU字管に、眼に見えぬくらいの亀裂があったのを気づかないでいたために不可解な故障が起って、ほとんど絶望しかけたとき、珍しい低気圧がやって来て、その時の異常な結果からやっとこの故障の原因が分ったというような挿話《そうわ》もあった。

酸素対水素の比重に関する最初の論文を出したのは一八八八年で、つまりこの仕事を始めてから三年の後である。その後のは一八八九年と一八九二年に出た。結果の比は一五・八八二であった。水素の純度について苦心していたとき、デュワー（Dewar）はスペクトル分析をすすめた。それに関するレーリーの手紙に「スペクトロスコピーの泥沼に踏込むことになっても困るが」と書いてある。

このころ『大英百科全書』の第九版の編輯《へんしゅう》が進行していた。これにレーリーの「光学」と「光の波動論」が出ることになった。彼の原稿があまり専門的であった上に予定の頁数を超過するので編輯者の方から苦情が出た。そのために一部を割愛して後に“Aberration”と題して『ネーチュアー』誌に掲載した。後日彼は、あるアメリカの農夫が『百科全書』を買ってAからZまで通読しているという噂をして「私の波動論をどう片付けるか見ものだ」と云った。

一八八四年にレーリーは王立協会の評議員をつとめたことがあった。その後当時の幹事ストークスが会長になることになったので後任幹事の席があき、それにレーリーが推挙された。いろいろの雑務をなるべく他の人にやらせるからという条件で彼を説き伏せた。主な仕事は論文の審査であった。彼は四十年前の審査員に握り潰《つぶ》されていた論文反古《ほご》の中からJ. J. Waterstonという男の仕事を掘出し、それが瓦斯論に関するジュール、クラウジウス、マクスウェルの仕事の先駆をなしていることを発見して、これを出版し、同時に隠れたこの著者の行衛《ゆくえ》を詮索《せんさく》したりした。この奇人は数年前行衛不明になっていた。

協会の集会に列席する以外はたいていターリングにいて書信で用を足した。そうして一八九六年まで十一年間この職をつとめた。協会幹事として彼はウィラード・ギブスの酬《むく》われざる貢献を認めこれを表彰したいと望んだが、化学方面の評議員が「あれは化学じゃない」と云って承知せず、ケルヴィン卿までも反対した。レーリーはこう云ってこぼした。「ケルヴィンは、自分の考がいろいろあるからだろうが、それならそれで、ちゃんとそれを発表すべきだと思う。」しかしずっと後になって最高の栄誉と考えられるコプリー賞牌《しょうはい》が授与されることになったのである。それ以前にギブスがレーリーに送った手紙に「自分でもこの論文は長過ぎるのが難だと思う。しかしこれを書いたときは、自分のためにも読者のためにも、時間の価値など考えなかった」とある。

王立協会幹事在職中に色盲検査法に関する調査委員会の委員長をつとめた。一方ではこの期間に彼は政治界の嵐に捲込《まきこ》まれ、郷里で演説をしたり、弟の立候補の声援運動を助けたりした。義兄弟のバルフォーア、当時のアイルランド政務総監がターリングへ遊びにきた時は護衛の警官が十二人もついてきたりした。スコットランドへ旅行して鳶色をした泥炭地の河水の泡に興味を感じていろいろ実験をしたのもこの時代のことであった。

家産の管理を引受けた弟のエドワードは始めは月給を貰っていたが、後には利益配当の方法によった。小麦が安くなったので、乳牛を飼い始め、一八八五年に十二頭だったのが一九一九年レーリーの死んだ年には八〇〇頭の牝牛《めうし》と六十人の搾乳夫《さくにゅうふ》がいた。ロンドン中に八箇所の牛乳配達店をもっていた。王立美術協会の絵画展覧会に彼の肖像が出品された時に、観客の一人が「三四二号、ロード・レーリー、アー、あの牛乳屋か」と云っているのを聞いた友人があった。ある時は営業上の事で警察へ呼ばれたが、出頭しなかったので五ポンドの罰金を取られた。

酸素と水素の比重を定めた次の仕事は当然窒素の比重を定めることであった。その結果がアルゴンの発見となったのは周知の事実である。空気から酸素と水素を除いて得たものと、Vernon-Harcourt法で得たものとのわずかな差違を見逃がさなかったのが始まりである。彼はその結果を『ネーチュアー』誌に載せて化学者の批評と示教を乞《こ》うた。そうしてあらゆる方法で、あらゆる可能性を考慮して、周到な測定を繰返した後に、結局空気から得たあらゆる窒素と化学的に得られるあらゆる窒素とが、それぞれ一定のしかも異なる比重をもつという結果に到着した。その間に彼は、昔キャヴエンディッシが自分と同じ道をあるいていたことを知って驚いたりした。ラムゼーが同時に同じ目的の研究を進めていることが分ったが、喧嘩《けんか》にはならないで、二人は手を携えて稀有瓦斯《けうガス》発見の途を進んでいった。「空気中の新元素アルゴン」と題する論文が王立協会で発表されたのは一八九五年の正月であった。これと一緒にこの瓦斯の性質に関するオルツェウスキーとクルックスの論文も出た。同時に、この新元素に対する疑惑の眼も四方から光っていたためにいろいろな不愉快も経験しなければならなかった。後年彼は「この仕事で得たものは愉快よりもむしろ苦痛の方が多かった」とつぶやいていた。しかし模範的に周到な注意によって築き上げた結果は、時の試煉に堪えて、あらゆる懐疑者は泣寝入りとなった。アルゴンに次いで他の稀有瓦斯が発見された。今日帝都の夜を飾るネオンサインを見る時に、吾々はレーリー卿の昔の辛苦を偲《しの》ぶ義務を感ずるであろう。

一八九四―九六年に『音響学』の第二版が出た。これに増補された交流に関する章の一節は、十年ほど前に大英学術協会に提出したものであるが、その時どうしたわけか出した論文原稿に著者の名が抜けていた。審査委員はつまらぬ人の寄稿だと思って危くこの論文を落第《らくだい》させようとした。しかし著者の名が判ってから、早速及第《きゅうだい》ということになったのである。

一八九五年に彼は再び心霊現象の実験に携わったが、やはり失望するほかはなかった。この年の八月には Dieppe で疲労を休めた。その時母への手紙に “I suppose however that one's brain has a chance of recruiting itself.”と書いた。

一八九七年に王立研究所（Royal Institution）の自然科学教授になった。先任者ティンダルが病気でやめたその後を継いだのである。主な仕事は毎年復活祭の前の土曜の午後六回の講演をするのと、そのほかに一回金曜の晩専門的な研究結果の講演をするだけであった。講義にはいろいろの実験をやってみせるのでその助手には例のゴルドンが任命された。ここの設備はきわめて貧弱で、例えば標準抵抗一つさえなかった。午後の通俗講演の聴衆三百人ほどの中には専門家もいれば素人《しろうと》もいた。彼は一枚の紙片に書いた覚え書によって講演し、実験をやってみせる時にはちょっと手品師のような所作《しょさ》をして聴衆を喜ばせたりした。一八九九年このインスティテューションの創立百年記念式にはトーマス・ヤングの業績について講演した。レーリーが深くヤングに私淑《ししゅく》していたであろうということは、二人の仕事の一体のやり口を比較すれば自ら首肯《しゅこう》されるであろう。レーリーの持っていたヤングの『自然科学講義』（一八〇七）は鉛筆でつけたしるしがいっぱいである。一九〇五年にこの椅子を去ったが、その後にも一九一〇年と一九一四年に金曜の講演をつとめた。

ターリングにおける日常生活を紹介する。朝九時家族が集って祈禱、寝坊して出ないものは睨《にら》まれた。それから朝飯まで書斎で書信の開封。朝飯中は手紙を読むか、さもなくばたいてい黙っていたが、子供等には冗談を云ったり一緒に騒いだりした。朝飯後書斎で手紙の返事、十時に助手のゴルドン出勤、その日の仕事の打合せ、午前中はたいてい読書か書きもの、Phil. Mag. か Ann. d. Ph. が来ると安楽椅子で約半時間それに目を通してから書棚へ入れる。書卓で実験の結果の計算、数式の計算または論文原稿執筆、途中で時々安楽椅子へ行って参考書を読んだり紙片へ鉛筆で何か書きながら黙想したり、天気のいい日は温室や庭を行ったり来たりして、午前中一、二度実験室をのぞいて何かと指図をする、昼飯前三十分ぐらい子供や孫に数学の教授、詰込主義でなくて子供等を自然に導くというやり方であった。昼飯時に午後のプランをきめた。例えば夫人と馬車でドライヴする相談、何時にどこへ行くというような事でも必ずまず相手に意見を出させ、あとから自分の説を出すのが彼の流儀であった。食後新聞を一通り読む。新聞を熟読するのが彼の生涯の楽しみの一つであった。昼飯後コーヒーを出す習慣が始まったころ、どうもだんだん世の中が贅沢《ぜいたく》になって困ると云い云いコップを手にした。午後の散歩には農園を見巡る事もあった。豚とその習性に興味があった。夏は散歩の代りにローンテニスもやった。かなりうまかったが、五十歳後は止めてしまった。実験室で一、二時間仕事をしてからお茶になる。一杯の茶が有効な刺戟剤であった。仕事の難点が一杯の茶をのんでしまうとするすると解決するということも珍しくなかった。お茶の後、ことに冬季はよく子供達と遊んだ。『ポンチ』の漫画を見せたり、また Engineering 誌の器械の図を見せたり、また「ロンドンを見せてやる」と称して子供に股覗《またのぞ》きをさせ、股の間から出した腕をつかまえて、ひっくら返す遊戯をした。しかし子供の不従順に対しては厳格であった。「子供を打擲《ちょうちゃく》するのはいやなものだ、あと一日気持が悪い」と云った。六時に実験室へ行って八時まで仕事。着物を更《か》えて晩餐、食後新聞、雑誌、小説など。トランプもやった。若いうち就寝前の一時間を実験室か書卓で費したが、晩年はやめた。そうして、十一時から十二時ごろまでは安楽椅子でうたた寝をしてから寝室へ行くという不思議な癖《くせ》があった。

煙草は生涯吸わず、匂いも嫌いであった。音楽は好きであったが深入りはしなかった。政治上の談論に興味があった。

ターリングの家の来訪者名簿には、内外の一流の学者の名前のほかに英国一流政治家の名前も見える。

一八九二年にはソリスベリー卿の懇請《こんせい》でエセックス州の名誉知事（Lord Lieutenant）を引受けさせられた。一九〇一年ボーア戦争後軍隊組織に関する新しい職責が加わったので辞職した。その時の辞表が一枚の紙片に鉛筆で書いたものであったので当局者は苦い顔をしたそうである。彼はそのころ色鉛筆を愛用していた。

一八九五年にはトリニティ・ハウス（海事協会）の学術顧問に聘《へい》せられた。かつてはファラデー、ティンダルの務めた職である。一八九七―一九一三年の間、しばしば所属のヨット、イレネ号に、国王や王子その他のいわゆる Elder Brethren と一緒に乗込んで灯台の検分をしたり灯光や霧報（fogsignals）の試験をした。これには色や音に関する彼の知識が役に立ったのである。

国民科学研究所（National Physical Laboratory）の設立が問題となって調査委員会ができたときにレーリーが議長に選ばれ、いよいよ設立となったときには副委員長となった。研究所長にグレーズブルックが推挙されたのは、レーリーの考から出たに相違ない。この創立に際して中心人物となるにはレーリーは最も適任であった。科学者の側からも信頼されると同時に政府側の有力者、また貴族の間に信用が厚かったからである。

一九〇三年に「肝油事件」というのが起った。それは所長が知人から頼まれて肝油の分析をしてやった、その分析表が訴訟事件の証拠物件となり、分析業者や化学者の団体から抗議が出てだいぶ面倒な問題になったのである。これが動機となって研究所の存在の理由に関する質問が議会に出たりしたが、これに対する答弁には同所で出版された論文集二巻が役に立った。その後もこの研究所の財政問題などで心を煩《わずら》わすことが多かったようである。純粋な自由研究と政府の要求に応ずるような功利的研究との融和塩梅《あんばい》も最も痛切な困難であったらしい。一九一九年彼の死ぬる少し前に辞表を出し、まもなくグレーズブルックも停年で退職した。

一八九七年ごろレーリーは自分の仕事が少しだれ気味になるのを自覚した。それで気を変えるために休暇の必要を感じた。一八九八年の初めにインドのプーナー(Poonah) で皆既日蝕《かいきにっしょく》が見られるというので思立って十月末にコロンボ行の船に乗って出掛けた。インドでは到る処で歓迎されたが、それは貴族としてであって、彼を迎えた人達は彼の科学上の仕事などは全く知らないように見えた。彼はインド魔術を面白がり、夫人がいろいろの、彼から見ると無駄な買物をするのを気にしたりした。

一九〇〇年軍務局で爆発物調査委員会が設置されたとき、レーリーが委員長に選ばれた。彼の好みにはあまり合わないこの仕事を、彼は愛国的感情から引受けたといわれている。無煙火薬の形を管状にする方が有利であるということを論じた論文が全集の第五巻に出ているのはこういう機縁に因るのである。

一九〇一年には Chief Gas Examiner（瓦斯受給に関する監督局の長官）に任命され、瓦斯法規修正案の調査会の議長となり、また訴訟問題の判定に参与したりした。この職には死ぬまで停《とど》まっていたのである。

一九〇一年にロンドンのチューブ地下鉄道が開設されたが、このために家が振動して困るという苦情が出たので、政府はそのために調査委員を設け、レーリーが委員長になった。いろいろ実験の結果モーターの取付けに適当な弾条《ばね》をつけただけで、この問題は容易に解決された。

青年時代に手をつけた「空の青色」に関する問題が、二十六年後の一八九九年に現われた論文で取扱われている。空気分子自身による光の分散によって青色が説明され、それから分子数が算定される事を示した。

永い間レーリーの手足となって働いてきたジョージ・ゴルドンが一九〇四年の暮に病死した。それから一年ほどは助手なしであったが、子息すなわち現在のレーリー卿が休暇で帰っているときは父を助けて硝子吹や金工をやっていた。一九〇五年に新しい助手J. C. Enockを得たが、この人は一九〇八年にターリングを去った。

一八七六年ごろから昔の方向知覚の問題に興味を感じていたが、一九〇六年に到って、両耳に来る波の位相の差がこの知覚に重要な因子であることをたしかめた。

一八九九年に彼の全集の第一巻が出た。この巻頭に聖歌の一節"The works of the Lord are great, ……"を刷るつもりであったが、出版所の秘書が云いにくそうに「これでは、ひょっとすると、Lordすなわち貴方《あなた》だと読者が思うかもしれませんが」と注意した。なるほどというのでこの句は別の句に移した。

全集の終《おわり》の第六巻は彼の死んだ翌年に出た。論文の総数四六六である。彼の論文のスタイルはコンサイスで一種独特の風貌《ふうぼう》がある。数学的論文と純実験的論文とが併立しているのも目に立つ。彼はまた論文の終に短い摘要を添えるのが嫌いであった。理由は、摘要だけ見たのでは実験の内容にはないものまでも責を負わされる虞《おそれ》があるというのであった。

彼は自分でもしばしば言明したように全く自分の楽しみのために学問をし、研究をした。興味の向くままにむつかしい数学的理論もやれば、甲虫《かぶとむし》の色を調べたり、コーヒー茶碗をガラス板の上に滑らせたりした。彼にはいわゆる専門はなかった。しかしなんでも、手を着ければ端的《たんてき》に問題の要点に肉迫した。

彼自身は楽しみにやっていても、学界はその効績を認めないわけにはいかなかった。一九〇二年エドワード王が Order of Merit を設けた時に最初に選ばれた十二人の中にレーリーの名も入っていた。ケルヴィンやキチナー将軍や画家のワッツなども顔を並べていた。また一九〇四年にはノーベル賞を受けた。一九〇五年には王立協会の会長に選ばれたが、五年の期限が満たない三年後に辞任した。その理由は、長い海外旅行をしたいというのと、少し耳が遠くて困るというのと、外国語がよくしゃべれないので外国人との交渉に不便だというのであった。一九〇八年ケンブリッジで名誉総長デヴォンシャヤー公が死んでその椅子がレーリーに廻ってきた。就任式の仰々《ぎょうぎょう》しい行列は彼にいささか滑稽《こっけい》に思われたようであった。見物人の群衆の中に交った自分の息子を発見した時、眼をパチパチとさせて眼くばせをした。そういう心持を眼で伝えたのである。この時の記念としてレーリー賞の資金が集められた。彼はまた大学財政の窮乏を救うためにカーネギーを説いたり、タイムス紙を通して世間に訴えたりした。一九〇九年のダーウィン百年祭はレーリー総長の司会で行われたが、その時の彼の追懐演説に現われたダーウィンの風貌は興味が深いものであった。また一九一一年に出た版権法修正案が大学の権利を脅《おびや》かすものであったので、総長レーリーは上院で反対演説をした。

レーリーは前から南洋の島々を見たいという希望をもっていた。一九〇八―九年の冬の間に南アフリカへ遊びに来ないかという招待を、時の南阿の長官セルボーン卿から受けたので、そのついでに南洋へも廻る気で出かけた。しかしケープからシドニーへの荒い旅路はついに彼の南洋行を思い止まらせた。アフリカでキンバーレー、ヴィクトリア滝を見てプレトリアへの途上赤痢《せきり》に罹り、その報知はロンドンを驚かせた。それからナタル、ザンジバールをも見舞った。アフリカ沿岸航海中に深海の水色についていろいろの観察をした。その結果を一九一〇年に発表したが、彼の説は後にラマン等の研究によって訂正された。この旅行の帰途ナポリでカプリの琅玕洞《ろうかんどう》を見物したのであった。

南阿旅行から帰ったときは、病後のせいもあったが、あまり元気がなかった。もう仕事をする気力がなくなったのではないかという気がした。それでも帰るとから水の色に関する実験をぽつぽつ始めた。このころから以後は全く実験助手なしであったから仕事は思わしく進まなかった。したがって自然に数学的な方面の仕事に傾いていった。彼は六十七歳になったが研究の興味も頭脳の鋭さも、少しも衰えなかった。ただ全く新しい馴れぬ方面の仕事に立入る気はなくなっていた。ある時彼の長子が「科学者も六十過ぎると、役に立たないばかりか、むしろ害毒を流す」と云ったハクスレーの言葉を引いて、どう思うかと聞いたら、「それは、年寄って若い人の仕事を批評したりするといけない事になるかもしれないが、自分の熟達した仕事を追究していくなら別に悪い事はあるまい」と答えた。

一九一二年の暮にレーリーの末男が死んで、幸福な彼の晩年にも一抹《いちまつ》の黒い影がさした。一九一三年の春は肋膜《ろくまく》を病んだ。そのとき「もう五年生きていたいのだが」と云った。一九一四年ルムフォード賞牌を受けたときに人への手紙に「私の光学上の仕事が認められたのは嬉しい。あれはほかの仕事よりも一層道楽半分にやったのだが」と書いている。

大戦中ターリングは軍隊の駐屯所となった。ある時はツェペリンの焼け落ちるのが見えたり、西部戦線の砲声が聞こえたりした。音響学における彼の深い知識は戦争の役に立った。飛行機や潜航艇の所在を探知する方法について絶えず軍務当局から相談を受け、また一方では国民科学研究所と航空研究顧問委員会の軍事的活動の舞台でも主役を勤めていたので、そのころの彼の書斎は机の上も床の上もタイプライターでたたいた報告書類などで埋まっていた。

レーリーの航空趣味は久しいものであった。子供の時分に灯火をつけた紙鳶《たこ》を夜の空に上げて田舎の村人を驚かし、一八九七年には箱形の紙鳶を上げ、糸を樹につないだまま一晩揚げ切りにしておいたこともあった。一八八三年には鳥の飛翔について、『ネーチュアー』誌に通信を寄せた。これがリリエンタールの滑翔《かっしょう》の研究を刺戟したことは本人からレーリーに寄せた手紙で分る。ライト兄弟もまたレーリーの影響を受けたらしい形跡がある。一九〇〇年マンチェスターでの講演では飛行機の原理を論じ、ヘリコプテルや垂直スクリューにも論及した。それで航空研究顧問委員会が組織されたときに彼が委員長になったのも偶然ではない。航空研究に関して彼のきわめて重要な貢献は「力学的相似の原理」(Principle of dynamical similarity)の運用であった。これがなくてはすべての模型実験は役に立たないのである。短い論文ただ二つではあったが、これがこの方面の研究の基礎となった。

レーリーが公衆の面前に現われた最後は心霊学会の会長就任演説(一九一九)をした時であった。この演説も全集に収められている。

一九一七—一八年の冬ごろからどうも脚が冷えて困ると云ってこぼしていた。一九一八年の夏は黄疸《おうだん》で二箇月寝込んだ。彼は自分の最期の日のあまり遠くないのを悟ったらしかった。それでもやはり仕事を続け、一九一八年には五篇、一九一九年には七篇の論文を出した。

一九一八年の暮バキンガム宮で大統領ウィルソンのために開かれた晩餐会《ばんさんかい》に列席した。明けて一九一九年正月の国民科学研究所の集会に出た時に所長の重職を辞したいと申出たが、一同の強い勧誘でひとまず思い止まった。その時のついでに彼はインペリアルカレッジの実験室に長子をおとずれた。ちょうどその時子息が実験していた水銀灯を見たときに、彼は、干渉縞の写真を撮《と》って、それで光学格子を作るという、自分で昔考えた考察を思出した。しかしターリングの設備では実行ができないのであった。それで、次にロンドンへ来た折に二人で一緒にやってはどうかという子息の申出を喜んだように見えた。それから帰宿の途中、地下鉄の昇降器の中で卒倒《そっとう》したが、その時はすぐに回復した。

一九一九年五月十八日の日曜、例のとおり教会へ行ったが気分が悪いと云って中途で帰宅し、午後中ソファで寝ていた。翌朝は臥床《がしょう》を離れる元気がなかった。五月二十七日と二十八日とは好天気であったので、戸外の美しい日光の下でお茶に呼ばれるために、二階からやっと下りてきた。六月一日長子が週末で帰省したときに、自分はもう永くはないが、ただ一つ二つ仕上げておきたいことがあると云った。六月二十五日には「移動低気圧」に関する論文の最後の一節を夫人に口授して筆記させ、出来上った原稿を Phil. Mag. に送らせた。六月三十日には少し気分がよさそうに見えた。晩餐後ミス・オーステンの小説『エンマ』を読んでいた。しかし従僕が膳部を下げにはいって見ると、急に心臓《しんぞう》麻痺《まひ》を起していたので、急いで夫人を呼んできた。それからまもなくもうすべてが終ってしまった。

葬式はターリングで行われた。キングは名代を遣わして参列させ、その他ケンブリッジ大学や王立協会の主要な人々も会葬し、荘園の労働者は寺の門前に整列した。墓はターリング・プレースの花園に隣った寺の墓地の静《しず》かな片隅にある。赤い砂岩の小さな墓標には“For now we see in a glass darkly, but then face to face.”と刻《しる》してある。その後ウェストミンスター・アベーに記念の標石を納めようという提議が大学総長や王立協会会長などの間に持出され、その資金が募集された。標石の上の方には横顔を刻したメダリオンが付いている。レーリーの私淑したと思わるるトーマス・ヤングの記念標とちょうど対称的に向合っている。除幕式は一九二一年十一月三十日、ジェー・ジェー・タムソンの司会の下《もと》に行われた。その時のタムソンの演説はさすがにレーリー一代の仕事に対する簡潔な摘要とも見られるものである。その演説の要旨の中から、少しばかり抄録してみる。

「レーリーの全集に収められた四四六篇の論文のどれを見ても、一つとしてつまらないと思うものはない。科学者の全集のうちには、時のたつうちには単に墓石のようなものになってしまうのもあるが、レーリーのはおそらく永く将来までも絶えず参考されるであろう。」

「レーリーの仕事はほとんど物理学全般にわたっていて、何が専門であったかと聞かれると返答に困る。また理論家か実験家かと聞かれれば、そのおのおのであり、またすべてであったと答えるほかはない。」

「彼の論文を読むと、研究の結果の美しさに打たれるばかりでなく、明晰《めいせき》な洞察力で問題の新しい方面へ切り込んでいく手際の鮮かさに心を引かれる。また書き方がいかにも整然としていて、粗雑な点が少しもない。」「優れた科学者のうちに、一つの問題に対する『最初の言葉』を云う人と、『最後の言葉』を述べる人とあったとしたら、レーリーは多分後者に属したかもしれない。」

しかし彼はまたかなり多く「最初の言葉」も云っているように思われる。

（附記）以上はほとんどすべて Robert John Strutt すなわち現在のレーリー卿の著書 "*John William Strutt, Third Baron Rayleigh*" から抄録したものである。ここでは彼の科学的な仕事よりはむしろこの特色ある学者の面目と生活とを紹介する方に重きをおいた。

近ごろの流行語で云えば彼は代表的のブールジョア理学者であったかもしれない。しかし彼の業績は世界人類の共有財産に莫大《ばくだい》な寄与を残した。彼はまた見方によれば一種のディレッタントであったようにも見える。しかしいかなるアカデミックな大家にも劣らぬ古典的な仕事をした。彼は「英国の田舎貴族」と「物理学」との配偶によってのみ生み出され得べき特産物であった。吾々は彼の生涯の記録と彼の全集とを左右に置いて較べてみるとき、始めて彼の真面目が明《あきら》かになると同時に、また彼のすべての仕事の必然性が会得されるような気がする。科学の成果は箇々の科学者の個性を超越する。しかし一人の科学者の仕事がいかにその人の人格と環境とを鮮明に反映するかを示す好適例の一つを吾々はこのレーリー卿に見るのである。

冒頭に掲げた写真（省略）は一九〇一年五十九歳のときである。マクスウェルとケルヴィンとレーリーとこの三人の写真を比べてみると面白い。マクスウェルのには理智が輝いており、ケルヴィンのには強い意志が睨《にら》んでおり、レーリーのには温情と軽いユーモアーが見えるような気がする。これは自分だけの感じかもしれない。

（昭和五年十二月『物理学及び化学』）

マルコポロから

マルコポロの名は二十年前に中学校の歴史で教わって以来の馴染《なじみ》ではあったが、その名高い『紀行』を自分で読んだのはつい近ごろの事である。読んでみるとやはり面白い。もっとも書いてある記事のあまり当てにならないという証拠は自分の狭い知識の範囲内からでも容易に列挙されるくらいであるが、事実という事は別問題として、単に昔の人の頭に描かれた観念として見るだけでもいろいろの意味で面白い事がたくさんにある。

始めのうちはただ読みっ放しにしていたが、あまり面白いから途中からは時々手帳へ覚え書に書き止めておいた。その備忘録の中から少しばかりの閑談の種を拾い出してここに紹介してみようと思う。以下に挙げてある頁数は、エヴェリーマンス・ライブラリーの中のこの書物の頁数である。

一

二四八頁にこんな話がある。

カラザンという土地には奇妙な風習があった。異郷から来た旅人が宿泊した時に、その人が風采《ふうさい》も立派で勇気があって優れた人物だと思うと、夜中に不意を襲って暗殺してしまう。暗殺の目的は金や持物ではなくて、その旅人のもっている技能や智慧や勇気が魂魄《こんぱく》と一緒に永久にその家に止《とど》まって、そのおかげでその家が栄えるようにという希望からだという事である。

これはずいぶん思い切って虫のよ過ぎる話である。

しかしよく考えてみると今の世でも多少これに似た事実がないでもない。例えば有為の青年を金や権勢や義理合やでとって抑えて本人のあまり気のすすまぬ金持の養子にしたり、あるいはあまり適当でない地位に縛り付けたりする事があるとすれば、これはいくらかカラザン人の遣《や》り口《くち》に共通なところがありはしまいか。

この悪習は忽必烈《クビライ》が厳禁してやっと止まったとある。

この地方の人は始終毒を携帯して歩いている。もし何か自分の悪事が見つかって罰せられそうになると、大急ぎでその毒を仰いで自決をしようとする。これは存外見上げたものだと思われる。ところが困った事にはそういう罪人をつかまえる為政者の方でもちゃんとそれを承知しているから、あらかじめ犬の糞《ふん》を用意していて、すぐにそれを食わせ、そうしてすっかり毒を吐き出させてしまう。これではせっかくの毒もなんの役にも立たなくて、結局犬の糞を食わされるだけがよけいな事になるわけである。それにもかかわらずこのような事が繰り返されていたとすれば、犬の糞の効力の及ばない場合が相当に多かったかもしれない。

これと同じ章に足をもった蛇《へび》の記載が出ている。多分鰐《わに》の事だろうが、その説明がかなり面白いものである。

二

二四八頁にはカルダンダンという地方の風俗が述べてある。その中に、この地方の人は男女ともに黄金の薄い板を歯にかぶせて飾りにするとある。

この金の板の着せ方がよく分らないのであるが、とにかく現代の吾《われ》らの同胞の中にも健全な歯に黄金の板をかぶせて装飾としている人がかなり多数にある。

三

三二八頁にある日本《ジパング》に関する記事の中にこんな事がある。

この国の人に、なぜそんないろいろの形の神像を作るかと聞くとこれは先祖からのしきたりだと答えた。吾々《われわれ》に先立った人がこういうふうにして吾々に残した。それで吾々もこうして子孫に伝えるのだと云ったとある。

その話のすぐ下には、日本人の間に食人の風俗があるように書いてあるくらいだから、上の話も当てにはならない。しかしオリジナリティを尊ばない国民性のようなものが上の話の中に表われているのは不思議である。

四

三三九頁を見ると、
フェレチ王国の人々は朝起きた時に一番先きに眼に触れたものを、その一日中崇拝するという事が書いてある。
新輸入の思想の初物を崇拝する現代の多数の人達とこの昔の王国の人とどこか似た

ところがあるような気がする。こういうふうにしていけば頭がいつでも新鮮で、沈殿《ちんでん》したり黴《かび》が生えたりする心配がなくていいかもしれないが、ただ少し忙し過ぎて困るような気もする。

これとは関係はないが、次の頁の脚註に、中世の博物学書に記述されたウニコール捕獲法というのが書いてある。純潔な処女をこの一角の怪獣の棲家《すみか》へ送り込むと、ウニコールがすっかり大人しくなって処女の胸に頭をすりつけてくる。そこを猟師がつかまえるのだという。相手がウニコールであるとは云いながらはなはだ罪の深い仕業であると云わなければならない。

五

三四三頁にはこんな事がある。

スマトラのドラゴイア人の中で病人ができると、その部落の魔法使いを呼んできて、その病気が治るか治らないかを占《うらな》わせる。もし不治と云えばその病人の口を蒸《む》して殺してしまう。そして親類じゅうが寄ってその死体を料理して御馳走《ごちそう》になる云々《うんぬん》。

役人や会社銀行員があるただ一人の長上から無能と宣言されただけで首をきられる。するとその下の地位にいる同僚達は順繰りに昇進してみんな余沢《よたく》に霑《うるお》うというような事があるとすると、それはいくらかはこのドラゴイアンの話に似ている。

六

三四四頁には尻尾《しっぽ》のある人間の事が出ている。犬の尻尾くらいの大きさだが毛が生えていないとある。譬喩的《ひゆてき》には今でも大概の人間がみんな尻尾をぶら下げて歩いている。これは誰も知るとおりである。

三五八頁には右の手を清浄な事に使い、左の手を汚《けが》れに使う種族の事がある。これもある意味では世界じゅうの文明人が今現にやっている習俗と同じ事である。

三五九頁にはこんな事がある。

債務者が負債を払わないでいろいろな口実を設けて始末のわるい場合がある。そういう場合に債権者は債務者の不意を襲うてその身辺に円を画《えが》く。すると後者はその債務を果たすまでその円以外に踏み出す事ができない。もし出れば死刑に処せられる。

こういう法律は今日では賛成者が少なそうに思われる。債務者の方が多数だから。

七

三七二頁には次のような話がある。

ある宗派の修道者が、人から、なぜ死体を火葬にするかという理由を聞かれた時にこう答えた。死骸をそのままにしておけば蛆《うじ》がわく。然《しか》るに蛆が食うだけ食ってしまってしまいにその食物が尽きるとそれらの蛆がみんな死んでしまわなければならない。これははなはだ殺生《せっしょう》であるからいけない。

同じような立場から云うと、基礎の怪しい会社などを始めから火葬にしないでおいたためにおしまいに多数の株主に破産をさせるような事になる。これも殺生な事であると云わなければならない事になる。

こんな話の種を拾い出せばまだまだ面白いのがいくらでも出てくる。

あまりあてにならないような古い昔の異郷の奇習の物語がいちいち現代の吾々の生活にかすかながらある反響のようなものを伝えるのが不思議と云えば不思議でもある。「天《あめ》が下《した》に新しいものはない」というのはこういう事を指していうのかもしれない。

もう少しよく捜したら貴重な未来の新思想の種子がこの忘れられた古い書物の中からいくらも拾い出せそうな気もする。

（大正十一年四月『解放』）

アインシュタインの教育観

近ごろパリにいる知人から、アレキサンダー・モスコフスキー著『アインシュタイン』という書物を送ってくれた。「停車場などで売っている俗書だが、退屈しのぎに……」と断ってよこしてくれたのである。

欧米における昨今のアインシュタインの盛名は非常なもので、彼の名や「相対原理」という言葉などがいろいろな第二次的な意味の流行語になっているらしい。ロンドンからの便りでは、新聞や通俗雑誌くらいしか売っていない店先にも、ちゃんとアインシュタインの著書（英訳）だけは並べてあるそうである。新聞の漫画を見ていると、野良《のら》むすこが親爺《おやじ》の金をごまかしておいて、これがレラチヴィティだなどと済ましているのがある。こうなってはさすがのアインシュタインも苦い顔をしている事であろう。

我邦《わがくに》ではまだそれほどでもないが、それでも彼の名前は理学者以外の方面にも近ごろだいぶ拡まってきたようである。そして彼の仕事の内容は分らないまでも、それが非常に重要なものであって、それをしとげた彼が非常な優れた頭脳の所有者である事を認め信じている人はかなりに多数である。そうして彼の仕事のみならず、彼の「人」について特別な興味を抱いていて、その面影を知りたがっている人もかなりに多い。そういう人々にとってこのモスコフスキーの著書ははなはだ興味のあるものであろう。

モスコフスキーとはどういう人か私は知らない。ある人の話ではジャーナリストらしい。自身の序文にもそうらしく見える事が書いてある。いずれにしても著述家として多少認められ、相当な学識もあり、科学に対してもかなりな理解をもっている人である事は、この書の内容からも了解する事ができる。

この人のアインシュタインに対する関係は、一見ボスウェルのジョンソン、ないしエッカーマンのゲーテに対するようなものかもしれない。彼自身も後者の類例をある程度まで承認している。「琥珀《こはく》の中の蠅《はえ》」などと自分で云っているが、単なるボスウェリズムでない事は明《あきら》かに認められる。

時々アインシュタインに会って雑談をする機会があるので、その時々の談片を題目とし、それの注釈や祖述、あるいはそれに関する評論を書いたものが纏《まと》まった書物になったという体裁である。むろん記事の全責任は記者すなわち著者にあることが特に断ってある。

いったい人の談話を聞いて正当にこれを伝えるという事は、それが精密な科学上の定理や方則でない限り、厳密に云えばほとんど不可能なほど困難な事である。たとえ言葉だけは精密に書き留めても、その時の顔の表情や声のニュアンスは全然失われてしまう。それだからある人の云った事を、その外形だけ正しく伝えることによって、話した本人を他人の前に陥《おと》しいれることも揚げることも勝手にできる。これは無責任ないし悪意あるゴシップによって日常行われている現象である。

それでこの書物の内容も結局はモスコフスキーのアインシュタイン観であって、それを私が伝えるのだから、さらに一層アインシュタインからは遠くなってしまう、はなはだ心細いわけである。しかし結局「人」の真相も相対性のものかもしれないから、もしそうだとすると、この一篇の記事もやはり一つの「真」の相かもしれない。そうでない場合でも、何かしら考える事の種子くらいにはならない事はあるまい。

余談はさておき、この書物の一章にアインシュタインの教育に関する意見を紹介論評したものがある。これは多くの人にいろいろな意味でいろいろな向きの興味があると思われるから、その中から若干《じゃっかん》の要点だけをここに紹介したいと思う。アインシュタイン自身の言葉として出ている部分はなるべく忠実に訳するつもりである。これに対する著者の論議はわざと大部分を省略するが、しかし彼の面目を伝える種類の記事は保存することにする。

アインシュタインはヘルムホルツなどと反対で講義のうまい型の学者である。のみならず講義講演によって人に教えるという事に興味と熱心をもっているそうである。それで学生や学者に対してのみならず、一般人の知識欲《よく》を満足させる事を煩わしく思わない。例えば労働者の集団に対しても、分りやすい講演をやって聞かせるとある。そんなふうであるから、ともかくも彼が教育という事に無関心な仙人肌でない事は想像される。

アインシュタインの考《かんがえ》では、若い人の自然現象に関する洞察の眼を開けるという事が最も大切な事であるからしたがって実科教育を十分に与えるために、古典的な語学のみならず「遠慮なく云えば」語学の教育などは幾分犠牲にしても惜しくないという考らしい。これについて持出されたSo viele Sprachen einer versteht, so viele Male ist er Mensch. というカール五世の言葉に対しては彼は、「語学競技者《シュプラハ・アトレーテン》」は必ずしも「人間」の先頭に立つものではない、強い性格者であり認識の促進者たるべき人の多面性は語学知識の広い事ではなくて、むしろそんなものの記憶のために偏頗《へんぱ》に頭脳を使わないで、頭の中を開放しておく事にある、と云っている。

「人間は『鋭敏に反応する』(subtil zu reagieren) ように教育されなければならない。いわば『精神的の筋肉』(geistige Muskeln) を得てこれを養成しなければならない。それがためには語学の訓練《ドリル》はあまり適しない。それよりは自分で物を考えるような修練に重きを置いた一般的教育が有効である。」

「もっとも生徒の個性的傾向はむろん考えなければならない。通例そのような傾向は、かなりに早くから現われるものである。それだから自分の案では、中等学校《ギムナジウム》の三年ごろからそれぞれの方面に分派させるがいいと思う。その前に教える事はきわめて基礎的なところだけを、偏しない骨の折れない程度に止《とど》めた方がいい。それでもし生徒が文学的の傾向があるなら、それにはラテン、グリーキも十分にやらせて、その代り性に合わない学科でいじめるのは止《よ》した方がいい……」

これは明かに数学などを指したものである。数学嫌いの生徒は日本に限らないと見えて、モスコフスキーの云うところに拠《よ》ると、かなりはしっこい頭でありながら、数学にかけてはまるで低能で、学校生活中に襲われた数学の悪夢に生涯取り付かれてうなされる人が多いらしい。このいわゆる数学的低能者についてアインシュタインは次のような事を云っている。

「数学嫌いの原因がはたして生徒の無能にのみよるかどうだか私にはよく分らない。むしろ私は多くの場合にその責任が教師の無能にあるような気がする。大概の教師はいろんな下らない問題を生徒にしかけて時間を空費している。生徒が知らない事を無理に聞いている。本当の疑問のしかけ方は、相手が知っているか、あるいは知り得る事を聞き出す事でなければならない。それで、こういう罪過の行われるところでは大概教師の方が主な咎《とが》を蒙《こうむ》らなければならない。学級の出来栄は教師の能力の尺度になる。いったい学級の出来栄には自ら一定の平均値があってその上下に若干の出入がある。その平均が得られれば、それでかなり結構なわけである。しかしもしある学級の進歩が平均以下であるという場合には、悪い学年だというより、むしろ先生が悪いと云った方がいい。たいていの場合に教師は必要な事項はよく理解もし、また教材として自由にこなすだけの力はある。しかしそれを面白くする力がない。これがほとんどいつでも禍《わざわい》の源になるのである。先生が退屈の呼吸《いき》を吹きかけた日には生徒は窒息してしまう。教える能力というのは面白く教える事である。どんな抽象的な教材でも、それが生徒の心の琴線《きんせん》に共鳴を起させるようにし、好奇心をいつも活《い》かしておかねばならない。」

これは多数の人にとって耳の痛い話である。

この理想が実現せられるとして、教案を立てる際に材料と分布をどうするかという問に対しては、具体的の話は後日に譲ると云って、話頭を試験制度の問題に転じている。

「要は時間の経済にある。それには無駄な生徒いじめの訓練的な事はいっさい廃するがいい。今日でもいっさいの練習の最後の目的は卒業試験にあるような事になっている。この試験を廃しなければいけない。」「それは修学期の最後における恐ろしい比武競技のように、遥《はる》かの手前までもその暗影を投げる。生徒も先生も不断にこの強制的に定められた晴れの日の準備にあくせくしていなければならない。またその試験というのが人工的にむやみに程度を高く捻《ね》じり上げたもので、それに手の届くように鞭撻《べんたつ》された受験者はやっと数時間だけは持ちこたえていても、後ではすっかり忘れて再び取りかえす事はない。それを忘れてしまえば厄介な記憶の訓練の効果は消えてしまう。試験さえすめば数ヵ月後には大丈夫綺麗《きれい》に忘れてしまうような、また忘れて然《しか》るべきような事を、何年もかかって詰め込む必要はない。吾々《われわれ》は自然に帰るがいい。そして最小の仕事を費《つい》やして最大の効果を得るという原則に従った方がいい。卒業試験はまさにこの原則に反するものである。」

それでは大学入学の資格はどうしてきめるかとの問に対して、

「偶然に支配されるような火の試煉《フォイアプローベ》でなく、いったいの成績によればいい。これは教師にはよく分るもので、もし分らなければ罪はやはり教師にある。教案が生徒を圧迫する度が少なければ少ないほど、生徒は卒業の資格を得やすいだろう。一日六時間、そのうち四時間は学校、二時間は宅で練習すればたくさんで、それすら最大限である。もしこれで少な過ぎると思うなら、まあ考えてみるがいい。若いものは暇な時間でも強い興奮努力を経験している。なぜと云えば、彼らは全世界を知覚し認識し呑《の》み込まなければならないから。」

「時間を減らして、その代りあまり必須でない科目を削るがいい。『世界歴史』と称するものなどがそれである。これは通例乾燥無味な表に詰め込んだだらしのないものである。これなどは思い切って切り詰め、年代いじりなどは抜きにして綱領だけに止《とど》めたい。特に古い時代の歴史などはずいぶん抜かしてしまっても吾人《ごじん》の生活にたいした影響はない。私は学生がアレキサンダー大王そのほか何ダースかの征服者の事を少しも知らなくても、たいした不幸だとは思わない。こういう人物が残した古文書的の遺産は、無駄なバラストとして記憶の重荷になるばかりである。どうしても古代に遡《さかのぼ》りたいなら、せめてサイラスやアルタセルキセスなどは節約して、文化に貢献したアルキメーデス、プトレモイス、ヘロン、アポロニウスの事でも少し話してもらいたい。全課程を冒険者や流血者の行列にしないために発明家や発見家も入れてもらいたい。」

歴史の時間の一部を割《さ》いて、実際の国家組織に関する事項、社会学や法律なども授けてはどうかという問に対してはむしろ不賛成だと答えている。彼自身個人としては公生活の組織に関してかなりな興味をもっているが、学校で政治的素養を作る事は面白くないと云っている。その理由は第一こういう教育は官辺の影響のために本質《ザハリヒ》的にできにくいし、また頭の成熟しないものが政治上の事にたずさわるのはいったい早過ぎるというのである。その代り生徒に何かしら実用になる手工を必修させ、指物《さしもの》なり製本なり錠前なりとにかく物になるだけに仕込んでやりたいという考である。これに対してモスコフスキーが、いったいそれは腕を仕込むのが主意か、それとも民衆一般との社会的連帯の感じを持たせるためかと聞くと、

「両方とも私には重要に思われる。その上に私のこの希望を正当と思わせるもう一つの見地がある。手工はもちろん高等教育を受けるための下地にはならないでも、人間(sittliche Persönlichkeit)として立つべき地盤を拡げ堅めるために役に立つ。普通学校で第一に仕立てるべきものは未来の官吏、学者、教員、著述家でなくて「人」である。ただの「脳」ではない。プロメトイスが最初に人間に教えたのは天文学ではなくて火であり、工作であった……」

これに和してモスコフスキーは、同時に立派な鍛冶《かじ》でブリキ職でそして靴屋であった昔の名歌手《マイステルジンガー》を引合に出して、畢竟《ひっきょう》は科学も自由芸術の一つであると云っている。しかしアインシュタインが、科学それ自身は実用とは無関係なものだと言明しながら、手工の必修を主張して実用を尊重するのが妙だと云うのに答えて次のような事を云っている。

「私が実用に無関係と云ったのは、純粋な研究の窮極目的についてである。その目的はただきわめて少数の人にのみ認め得られるものである。それでせいぜい科学の準備ぐらいなところまでこの考を持っていくのは見当違いである。むしろ反対に私は学校で教える理科は今日やっているよりずっと実用的にできると思う。今のはあまりに

非実際的《ドクトリネーア》過ぎる。例えば数学の教え方でも、もっと実用的興味のあるように、もっとじかに握まれるように、もっと眼に見えるようにやるべきのを、そうしないから失敗しがちである。子供の頭に考え浮べ得られる事を授けないでその代りにむつかしい「定義」などをあてがう。具体的から抽象的に移る道を明けてやらないで、いきなり純粋な抽象的観念の理解を強《し》いるのは無理である。それよりもこうすればうまく行ける。まず一番の基礎的な事柄は教場でやらないで戸外で授ける方がいい。例えばある牧場の面積を測る事、他所《よそ》のと比較する事などを示す。寺塔を指してその高さ、その影の長さ、太陽の高度に注意を促がす。こうすれば、言葉と白墨《はくぼく》の線とによって、大きさや角度や三角函数《かんすう》などの概念を注ぎ込むよりも遥かに早く確実に、おまけに面白くこれらの数学的関係を呑み込ませる事ができる。いったいこういう学問の実際の起原はそういう実用問題であったではないか。例えばタレースは始めて金字塔《きんじとう》の高さを測るために、塔の影の終点の辺へ小さな棒を一本立てた。それで子供にステッキを持たせて遊戯のような実験をやらせれば、よくよく子供の頭が釘付け《フエルナーゲルト》でない限り、問題はひとりでに解けていく。塔に攀《よ》じ上らないでその高さを測り得たという事は子供心に嬉《うれ》しかろう。その喜びの中には相似三角形に関する測量的認識の歓喜が籠《こも》っている。」

「物理学の初歩としては、実験的なもの、眼に見えて面白い事のほかは授けてはいけない。一回の見事な実験はそれだけでもう頭の蒸餾瓶《レトルト》の中でできた公式の二十くらいよりはもっと有益な場合が多い。やっと現象の世界に眼のあきかけた若いものの頭に公式などはいっさい容赦してやらねばいけない。公式は、ちょうど世界歴史の年代の数字と同様に、彼らの物理学の中に潜む気味の悪い怖ろしい幽霊である。よくわけのわかった巧者な実験家の教師が得られるならば中ごろの学級からやり始めていい。そうしてラテン文法の練習などではめったに出逢《であ》わないような印象と理解を期待する事ができるだろう。」

「ついでながら近ごろやっと試験的に学校で行われ出した教授の手段で、もっと拡張を奨励したいのがある。それは教育用の活動フィルムである。活動写真の勝利の進軍は教育の縄張りにも蹈《ふ》み込んでくる。そしてそこで始めて、多数の公開観覧所が卑猥《ひわい》なものやあくどい際物《きわもの》で堕落しきっているのに対して、道徳的なものをもって対抗させる機会を得るだろう。教授用フィルムに簡単な幻灯でも併用すれば、従来はただ言葉の記載で長たらしくやっている地理学などの教授は、世界漫遊の生きた体験にも似た活気をもって充《み》たされるだろう。そして地図上のただの線でも、そこの実景を眼《ま》のあたりに経験すれば、それまでとはまるで違ったものに見えてくる。また特にフィルムの繰出し方を早めあるいは緩《ゆる》めてみせる事によっていろいろの知識を授ける事ができる。例えば植物の生長の模様、動物の心臓の鼓動、昆虫の羽の運動の仕方などがそうである。それよりも一層重要だと思うのは、万人の知っているべきはずの主要な工業経営の状況をフィルムで紹介する事である。動力工場の成り立ち、機関車、新聞紙、書籍、色刷挿画はどうして作られるか、発電所、硝子《ガラス》工場、瓦斯《ガス》製造所にはどんなものがあるか。こんな事はわずかの時間で印象深く観せる事ができる。さらに自然科学の方面で、普通の学校などでは到底やってみせられないような困難な実験でも、フィルムならば容易にしかも実際と同じくらい明瞭《めいりょう》に示すことができる。要するに教育事業を救うの道はただ一語で「もっと眼に浮ぶようにする」(die erhöhte Anschaulichkeit)という事である。できる限りは知識（Erlernen）が体験（Erleben）にならねばならない。この根本方針は未来の学校改革に徹底さるべきものである。」

大学あたりの高等教育についてはあまり立入った話はしなかったそうである。しかしアインシュタインは就学の自由を極端まで主張する方で、聴講資格のせせこましい制定を撤廃したいという意見らしい。演習なり実習なりである講義を理解する下地のできたものは自由に入れてやって、普通学の素養などは強要しない。ことに彼の経験では有為な徹底的な人間は往々一方に偏する傾向があるというのである。したがって中等学校では生徒がある特殊な専門に入るだけの素養ができ次第その学科に対するだけの免状をやる事にすればいい。前に中学卒業試験全廃を唱えたのは、つまりこうして高等教育の関門を打破する意味と思われる。もっとも彼も全然あらゆる能力験定をやめるというのではない。医科学生になるための予備試験などは止めた方がいいが、しかし将来教師になろうという人で、見込のないようなのは早く験出してやめさせる方がいいと云っている。これは生徒に寛で教師に厳な彼としてさもあるべきことだと著者が評している。

ここで著者はしばらくアインシュタインをはなれて、これらの問題に対するこの理学者の権威のいかんについて論じている。理論物理のような常識に遠いむつかしい事を講義して、そして聴衆を酔わせ得るのは、彼自身の内部に燃える熱烈なものが流れ出るためだと云っている。彼の講義には他の抽象学者に稀《まれ》に見られる二つの要素、情調と愛嬌《あいきょう》が籠っている、とこの著者は云っている。講義のあとで質問者が押しかけてきても、厭《いや》な顔をしないで楽しそうに教えているそうである。彼の聴講者は千二百人というレコード破りの多数に達した。彼の講義室は聞くまでもなくすぐ分る。みんなの行く方へついていけばいい、と云われるくらいだそうである。この人気に対して一種の不安の色が彼の眉目《びもく》の間に読まれる。のみならず「はやりものだな」という言葉が彼の口から洩《も》れた。しかしこれは悪く取ってはいけない、無理のないところもあると著者が弁護している。

それから古典教育に関する著者の長い議論があるが、日本人たる吾々には興味が薄いから略する事にして、次に女子教育問題に移る。

婦人の修学はかなりまで自由にやらせる事に異議はないようだが、しかしあまり主唱し奨励する方でもないらしい。

「他の学科と同様に科学の方も、なるべく道をあけてやらねばなるまい。しかしその効果については多少の疑《うたがい》を抱いている。私の考では婦人というものに天賦のある障害があって、男子と同じ期待の尺度を当てるわけにはいかないと思う。」

キュリー夫人などがいるではないかという抗議に対して

「そういう立派な除外例はまだほかにもあろうが、それかといって性的に自ら定まっている標準は動かされない。」

モスコフスキーは、四十年前の婦人と今の婦人との著しい相違を考えると、知識の普及に従っておいおいは婦人の天才も輩出するようになりはしないか、と云うと「貴方《あなた》は予言がお好きのようだが、しかしその期待は少し根拠が薄弱だと思う。単に素養が増し智能が増すという『量的』の前提から、天才が増すというような『質的』の向上を結論するのは少し無理ではないか。」こう云った時にアインシュタインの顔が稲妻のようにちょっとひきつったので、何か皮肉が出るなと思っていると、はたして「自然が脳味噌のない『性』を創造したという事も存外無いとは限らない」と云った。これはむろん笑談であるが彼の真意は男女の特長の差異を認めるにあるらしい。

モスコフスキーはこれを敷衍《ふえん》して「婦人は微分学を創成する事はできなかったが、ライブニッツを創造した。純粋理性批判は産めないが、カントを産む事ができる」と云っている。

話頭は転じて、いわゆる「天才教育」の問題にはいる。特別の天賦あるものを選んで特別に教育するという事は、原理としては多数の承認するところで、問題は程度いかんにある。これは元来ダーウィンの自然淘汰《とうた》説に縁をひいていて、自然の選択を人工的に助長するにある。もっともこの考はオリンピアの昔から、あらゆる試験制度に通じて現われているので、それ自身別に新しいことではないが、問題は制度の力で積極的にどこまで進めるかにある、と著者は云っている。これに対するアインシュタインの考は試験嫌いの彼に相当したものである。「競技《スポルト》かなんぞのようにやる天才養成」(quasisportmässig gehandhabte Begabtenzüchtung) はいけないと云っている。結果はいかものか失敗かである。しかしこの選択も適度にやれば好結果を得られない事はあるまい。これまでの経験ではまだ具体的な案は得られないが、適当にやれば、従来なら日影でいじけてしまうような天才を日向《ひなた》へ出して発達させる事もできようというのである。

著者はこれにつづいて、天才を見つける事の困難を論じ、また補助奨励と天才出現とは必ずしも並行しない事などを実例について論じている。そしていったい天才の出現を無制限に望むのがいいか悪いかという根本問題に触れたところで、アインシュタインの独特な社会観をほのめかしている。しかしこれらの点の紹介は他の機会に譲ることにしたい。

（大正十年七月『科学知識』）

『徒然草』の鑑賞

『文学』の編輯者《へんしゅうしゃ》から『徒然草《つれづれぐさ》』についての「鑑賞と批評」に関して何か述べよという試問を受けた。自分の国文学の素養はようやく中学卒業程度である。何か述べるとすれば中学校でこの本を教わった時の想い出話か、それを今日読み返してみた上での気まぐれの偶感か、それ以上のことはできるはずがない。しかし、それでもいいからと云われるので、ではともかくもなるべくよく読み返してみてからと思っているうちに肝心な職務上の仕事が忙しくて思うように復習もできず、結局瑣末《さまつ》な空談をもって余白を汚《けが》すことになったのは申訳《もうしわけ》のない次第である。読者の寛容を祈るほかはない。

中学校の五年で『徒然草』を教わった後に高等学校でもう一度同じものを繰返して教わったので比較的によく頭に沁《し》み込んでいると見える。その後ほとんどこの本を読み返したような記憶がなく、昔読んだ本もとうの昔に郷里の家のどこかに仕舞い込まれたきり見たことがない。それだのに今度新《あら》たに岩波文庫で読み返してみると、実に新鮮な記憶が残っていた。昔の先生の講義の口振り顔付きまでも思出されるので驚いてしまった。「しろうるり」などという声が耳の中で響き、すまないことだが先生の顔がそのしろうるりに似てくるような気がしたりするのである。

もう一つ気のついて少し驚いた事は、この『徒然草』の中に現われていると思う人生観や道徳観といったようなものの影響が自分の現在のそういうものの中にひどく浸《しん》潤《じゆん》しているらしいことである。もっとも、この本の中に現われているそれらの思想は畢竟《ひつきよう》あらゆる日本的思想の伝統を要約したようなものであるから、おそらくこの本を読まされなくてもやはり他の本や他のいろいろの途《みち》から自然に注入されたかもそれは分からないと思われる。しかしその時代に教わった『論語』や『孟子《もうし》』や、マコーレーの伝記物や、勝手に読んだいろいろな外国文学などを想い出して点検してみても、なるほどそれらから受けた影響もかなり多く発見されはするが、どうもこれほどぴったりはまるものは少《すく》ないような気がする。つまり、中学時代の染《し》みやすい頭にこの『徒然草』が濃厚に浸み込んでしまったには相違ないであろうが、しかし、それにはやはりそれが浸み込みやすいようなふうに自分の若い時の頭の下地ができていたのかもしれないと思われる。そういう下地はしかしおそらく同時代の日本の少年の、皆までなくとも大多数の中に、多少でも通有なものではなかったかと疑う。もしもそうであったとしたら、この『徒然草』が中学校の教科書として広く行われていたという事が、一時代の国民思想といったようなものに存外かなりの影響を及ぼしたのかもしれないと思われる。

『徒然草』から受けた影響の一つと思わるるものに自分の俳諧に対する興味と理解の起原があるように思う。この本のところどころに現われる自然界と人間の交渉、例えば第十九段に四季の景物を列記したのでも、それが『枕草子《まくらのそうし》』とどれだけ似ているとか、ちがうとかいう事はさて措《お》いて、その中には多分の俳諧がある。型式的概念的に堕《だ》した歌人の和歌などとは自《おのず》からちがった自由な自然観が流露《りゅうろ》している。「青葉になりゆくまで、よろづにたゞ心をのみぞなやます」というような文句でも、国語の先生の講義ではとても述べられない俳諧がある。同じことを云った人が以前に何人あろうがそんなことは問題にならない。この文句が『徒然草』の中のこの場所にあって始めて生きて、そうして俳諧となるのである。ここで自分のいわゆる俳諧は心の自由、眼の自由によってのみ得られるものなのである。

兼好《けんこう》はこの書の中でいろいろの場所で心の自由を説いている。例えば第三十九段で法然上人《ほうねんしょうにん》が人から念仏の時に睡気《ねむけ》が出たときどうすればいいかと聞かれたとき「目のさめたらんほど念仏し給へ」と答えたとある。またいもがしらばかり食った盛親僧都《じょうしんそうず》の話でも自由風流の境に達した達人の逸話である。自由に達して始めて物の本末を認識し、第一義と第二義を判別し、末節を放棄して大義に就くを得るということを説いたのには第百十二段、第二百十一段などのようなものがある。反対にまた、心の自由を得ない人間の憐《あわれ》むべく笑うべくまた悲しむべき現象を記録したものが非常にたくさんに収集されていて、それがまたこの随筆集中の最も面白い部分をなしているのである。似非《えせ》風流《ふうりゅう》や半可通《はんかつう》やスノビズムの滑稽《こっけい》、あまりに興多からんことを求めてかえって興をさます悲喜劇、そういったような題材のものの多くでは、これをそのままに現代に移しても全くそのままに適合するような実例を発見するであろう。十四世紀の日本人に比べて二十世紀の日本人はほとんど一歩も進んでいないという感を深くさせるのはこれらの諸篇である。新らしがることの好きな人は「一九三三年である。今ごろ『徒然草』でもあるまい」と云うが、そういう諸君の現在していることの予報がその『徒然草』にちゃんと明記してあるのである。

鼎《かなえ》をかぶって失敗した仁和寺《にんなじ》の法師の物語は傑作《けっさく》であるが、現今でも頭に合わぬイズムの鼎をかぶって踊って、見物人をあっと云わせたのはいいが、あとで困ったことになり、耳も鼻も捥《も》ぎ取られて「からき命まうけて久しく病みゐる」人はいくらでもある。

心の自由を得てはじめて自己を認識することができる。そこから足ることを知る節制謙譲《けんじょう》が生まれるであろう、と教える東洋風の教《おしえ》がこの集のところどころに繰返して強調されている。例えば第百三十四段から第百三十七段までを見ただけでもだいたいたいのものの考え方がわかる。第百三十七段の前半を見れば、心の自由から風流俳諧の生まれるゆえんを悟ることができよう。

このような思想はまた一面において必然的に仏教の無常観と結合している。これは著者が晩年に僧侶《そうりょ》になったためばかりでなくだいたいには古くからその時代に伝わったものをそのままに継承したにすぎないであろう。とにかく全巻を通じて無常を説き遁世《とんせい》をすすめ生死《しょうじ》の一大事を覚悟すべしと説いたものがはなはだ多い。このような消極的な思想は現代の青年などにはおよそ縁の無いもののようにも思われるが、しかしよく読んでみると必ずしもそうでないようである。昭和の今日でも道を求め真を索《たず》ねるものの修業の道は本質的には昔の仏道修業者の道とそれほどちがったものではないようである。例えば第九十二段に弓の修業の心得から修道者の覚悟を説くのでも、直ちに移してもって吾ら科学研究者の坐右《ざゆう》の銘とすることができる。また第百十二段に大事の前に小事を棄《す》つべきを説く条でも同様である。国のために、道のために、主義のために、真理の探究のために心を潜《ひそ》めるものは、今日でも「諸縁を放下《ほうげ》すべき」であり、瑣々《ささ》たる義理や人情は問題にしないのである。それが善《よ》い悪いは別として、そうしなければ大願望が成就《じょうじゅ》しないことだけは慥《たしか》である。そういう「事実の方則」がこの書の到る処に強調されているのを見逃がすことはできないのである。

かように、一方では遁世を勧めると同時に、また一方では俗人の処世の道を講釈しているのが面白い。これは矛盾でもなんでもない。ただ同じ事のちがった半面を云っているのであろう。

世間に立交《たちま》じわって人とつき合うときの心得を説いたものが案外に多い。これも現代にそのまま適用するものが多い。いわゆる「成功の秘訣《ひけつ》」にでもありそうなことや、「英国風紳士道教程」の一つのチャプターといったようなもののあるのは面白い。第十二、三十六、三十七、五十六、七十三、百七等の諸段はその例である。いずれも平凡と云えば平凡のことであるが、この平凡事を忘れているために大きな損をしている人は現在の世間にでも存外多いらしい。

第百九十三段「くらき人の、人をはかりて、その智を知れりと思はん、更にあたるべからず、云々《うんぬん》」の条など現代の諸専門学者の坐右銘になる。ある一つの狭い専門の領域内でほんの少しばかり得るところができると、もうすっかり思い上がって、冷静な第三者から見ればその人とは到底比較にならぬほど優れた他の学者のほんの少しの知識の不足を偶然に発見でもすると、それだけでもう自分がその相手に比して全般的に優《まさ》ると思ったりするのは滔々《とうとう》として天下の風をなしている。人の書いた立派な著書の中から白玉《はくぎょく》の微瑕《びか》のような一、二の間違いを見つけてそれをさもしたり顔に蔭《かげ》で云いふらすのなどもその類《たぐい》であるかもしれない。これは悪口でなく本当にある現象である。

その次の第百九十四段および第七十三段に「嘘《うそ》のサイコロジー」を論じたものなども科学者の参考になる。これは「嘘」とは事変るが、アインシュタインの相対性原理が未だ十分に承認されなかったころ、この所論に対するいろいろな学者の十人十色の態度を分類してみると、この『徒然草』第百九十四段の中の「嘘に対する人々の態度の種々相」とかなりまでぴったり当嵌《あては》まるのは実に面白いと思う。科学の事でさえそうである。いわんや嘘か本当か結局証明の不可能な当世流行何々イズムなどに対する人々の態度にはなおさらよくあてはまるであろう。読者は試《こころ》みに例えば、マルキシズムに対する現代各人各様の態度を「あまりに深く信をおこして」以下の数行にあてはめてみるとなかなかの興味があるであろう。ありとあらゆる可能な態度のヴァリアチオンが列挙してあるので、それらの各種の代表者を現代の吾々《われわれ》の周囲から物色するとすぐにそれぞれの標本が見つかる、そうして最後に自分自身がやはりそのうちのどれかのタイプに属することを発見して苦笑する人が多いであろう。

このような人間の心理に関する分析的な考察も、すべてがこの著者のオリジナルなものではないであろう。清少納言《せいしょうなごん》から西鶴《さいかく》を通じて現代へ流れてきている一つの流れの途中の一つの淀《よど》みのようなものにすぎないかもしれないが、しかし、兼好法師《けんこうほうし》という人の頭がかなりこういう分析にかけて明晰《めいせき》であったことも慥であろうと思われる。

迷信に関する第九十一段なども頭の明らかなことを証する一例である。「吉日を選びてなしたるわざの、するとほらぬを数へてみんもひとしかるべし」というのは、現代の科学者が統計学の理論を持出してしかつめらしく論じることを、すらすらと大和《やまと》言葉《ことば》で云っているのである。この道理を口を酸くして説いても、どうしても耳に入らぬ人が現代のいわゆる知識階級や立派な学者の中にでもいくらでも見出《みいだ》されるのは面白い現象である。

もっとも、第二百三十段を見ると、狐《きつね》が化け得ることを認めているようであるが、これは当時の科学知識の水準から考えて当然の事である。今日の科学知識でも明日はどうなるか分からぬものはいくらでもあるし、また現代の科学者でも狐に化かされる人はいくらでもあるのである。狐の事は第二百十八段にもある。ここでは狐が喰付く動物になっている。

第六十八段、大根が兵士に化ける話は少し怪しいが、次の六十九段と合せて読んでみると寓意《ぐうい》を主として書いたものとも思われる。

迷信とは少し事変るがいわゆるゴシップの人を迷わす例がある。猫又《ねこまた》のゴシップの力で犬が猫又になる話や、ゴシップから鬼が生れて京洛《けいらく》をかけ廻る話などがそれである。現代の新聞のジャーナリズムは幾多の猫又を製造しまた帝都の真中に鬼を躍《おど》らせる。新聞の醸成したセンセーショナルな事件は珍らしくもない。例えば三原山の火口に人を呼ぶ死神などもみんな新聞の反古《ほご》の中から生れたものであることは周知のことである。

第三十八段、名利《みょうり》の欲望を脱却すべきを説く条など、平凡なありふれた消極的名利観のようでもあるが、しかしよく読んでみると、この著者の本旨は必ずしも絶対に名利を捨てよというのではなく「真の名利」を求めるための手段として各人の持つべき心掛けを説いているようにも思われる。それはとにかく、現代に活動している人でもこの一段の内容を適当に玩味《がんみ》することができれば名利の誘惑に逢って身を亡《ほろ》ぼすような災難を免れるだけの護符《ごふ》を授かるであろうと思われる。第百三十段もこれに聯関《れんかん》している。

名利観に限らず、この著者はいろいろな点で人間の人間らしい人間性というかあるいは弱点というか、そういうものを事実として肯定した上で、これに対するプラグマチックな処世道を説いているようなところがある。第五十八段に実用向遁世法を説いているのなどもその傾向を示すかと思う。この著者がどうかすると腥《なまぐ》さ坊主と云われるゆえんかもしれない。

一方では玉の卮《さかずき》に底あることを望んだり、久米《くめ》の仙人に同情したり、恋愛生活を讃《さん》美《び》したりしているが、また一方では(第百七段)ありたけの女性のあらを書き並べて痛快にこき下《お》ろしているのである。一種の弁証法を用いたのであろう。

色を説いた著者はまた第二百十七段で蓄財者の心理を記述しこれに対する短評を試みている。引用された大福長者の言葉は現代の百万長者でもおそらく云うことであろうし、金持になりたい人々の参考すべき「なんとか押切帖《おしきりちょう》」の類であろうが、またこれに対する著者の評は、金のたまらぬ人間の安心立命の考え方を示すものである。酒飲む人のだらしのなさを描いた第百七十五段も面白い。六百年昔の酒飲みも今日の呑んだくれとよく似ている。それで絶対に禁酒を強調するかと思っていると、「おのづから捨てがたき折もあるべし」などとそろそろ酒の功能を並べているのもやはり「科学的」なところがある。

勝負事を否定する（第百十一段）かと思うと、双六《すごろく》の上手の言葉を引いて（第百十段）修身治国の道を説いたり、ばくち打の秘訣（第百二十六段）を引いて物事には機会と汐時《しおどき》を見るべきを教えている。この他にも賭事《かけごと》や勝負に関する記事のあるところを見ると著者自身かなりの体験があったことが想像されて面白い。宿河原《しゅくがわら》のぼろぼろの仇討《あだうち》決闘の話でも、我執無慙《がしゅうむざん》を非難すると同時にまた「死を軽くして、少しもなづまざるかたのいさぎよさ」を讃《たた》えている。

これらの著者の態度は一方から云えば不徹底で生煮えのようでもあるが、ものの両面を認識して全体を把握し、しかもすべての人間現象を事実として肯定した上で、可と不可とに対する考えをきめようとしているらしく思われる。この点がどこか吾々科学者の心掛けるものの見方に類するところがあるように思われるのである。

以上述べたような項目のほかに著しく多数に散在しているのは有職故実《ゆうそくこじつ》その他あらゆる知識に関するノートといったものである。これらも分類的に研究したら面白そうであるが今回は暇がないから略する。とにかく一方では遁世守愚をすすめながらも、また一方では知識というものの効能を高く買っていることがよくわかる。第五十一段の水車の失敗は先日の駆逐艦進水式の出来損ねを思い出させる。

知識とは少しちがう「智恵」については第三十八段に「智恵出でては偽あり」とか「学びてしるは、まことの智にあらず」などと云っているのは現代人にも思い当るふしがあるであろう。

智恵の遊戯とも見られるウィティシズムの類例もいくつかある。第八十六、第百六、第百三十五などがそれであるが、これらにも多少の俳諧がある。

子供の時から僧になった人とちがって、北面武士から出発し、数奇の実生活を経て後に頭を丸めた坊主らしいところが到る処に現われている。そうしてそういう人間が、全く気任せに自由に「そこはかとなく」「あやしう」「ものぐるほしく」矛盾も撞着《どうちゃく》も頓着《とんちゃく》しないで書いているところに、この随筆集の価値があるであろう。これらの矛盾撞着によって三段論法では説けない道理を解説しているところにこの書の妙味があるであろう。

第八十段にディレッタンティズムに対する箴言《しんげん》がある。「人ごとに、我が身にうとき事をのみぞこのめる」云々の条は、まことに自分のような浮気ものへのよい誡《いまし》めであって、これは相当に耳が痛い。この愚《おろか》な身のほどをわきまえぬ一篇の偶感録もこのくらいにして差控えるべきであろう。
ある日の午前に日比谷近く帝国ホテルの窓下を通った物売の呼声が、ちょうど偶然そのときそこに泊り合わせていた楽聖クライスラーの作曲のテーマになったという話があったようである。自分の怪しう物狂おしいこの一篇の放言がもしやそれと似たような役に立つこともあれば、それによって幾分か僭上《せんじょう》の罪が償われることもあろうかと思った次第である。

（昭和九年一月『文学』）

人の言葉——自分の言葉

一

「大かた古《いにしえ》を考ふる事、更に一人二人の力もて悉《ことごと》く明らめ尽くすべくもあらず。又よき人の説ならんからに多くの中には誤《あやまり》もなどかなからん。必ずわろき事もまじらではえあらず。其のおのが心には、今は古の心ことごとく明らかなり、これをおきてはあるべくもあらずと思ひ定めたることも、思《おもい》の外《ほか》に又人の異なるよき考《かんがえ》もいで来るわざなり。あまたの手を経るまにまに、さきざきの考の上をなほよく考へきはむるからに、次々にくはしくなりもて行くわざなれば、師の説なりとて必ずなづみ守るべきにもあらず。よき悪《あ》しきをいはず、ひたぶるに古きを守るは、学問の道には、いふかひなきわざなり。」（本居宣長《もとおりのりなが》『玉かつま』）

この初めの「古を考ふる事」というのを「物理学上のいかなる問題にても」と改めて、もういっぺんはじめから読み返してみると面白い。この宣長の言葉を噛《か》みしめる事をすべての科学の研究者にすすめたい。これを味わってみれば、自分一人である問題を解決しようとして一生何も貢献せずに終り、あるいは恥をかく事もなく、めいめいの分に応じた仕事を楽しむ事ができそうである。

二

「今日本にあらゆる種類の全く無用な団体を作らうとする熱、一種の狂熱がある……文学芸術の研究は決してかゝる協会に伴なふものではない。文学芸術の研究は個人の努力と、それから独創的思索に頼るものだ。有名な書物を書き有名な絵を描いた偉大な日本人は、自分らを助ける協会などを要しなかつた。彼等は孤独で労作したのだ。……日本の会合は時間の有害な浪費であると自分は思ふと云つた。……研究を更に進めるため洋行する日本の青年学者を思つて見よ。……所で日本へ帰つて来ると、仕事をせよと奨励されずに、会合に出て宴会に出席して、雑誌を発刊して、演説をして、無報酬の講義をして、原稿を訂正して、仕事を妨げることに想像される有りとあらゆることをして、その時間を浪費せよと頼まれる。……そして出来るだけ早く疲労して仕舞ふのが落《おち》だ。……」（小泉八雲《こいずみやくも》の手紙。野口米次郎《のぐちよねじろう》、『小泉八雲伝』より）

科学の研究には設備と費用がかかるから、どうも孤独ではできない。しかしこのへルンのつむじ曲りの言葉の中には味わうべき何かはある。彼の言葉を少しばかり参考すると日本の科学はもう少し進みはしないか。

三

「私は云はば偶然にセリストになつた。事によつては、ヴァイオリニストにも又トロンボニストにもなつたかも知れない。音楽が第一に来るもので特別な楽器ではない。しかし自分のメディアムとして或《あ》る特別な楽器を選んだ以上は出来るだけ完全にそれを使用しなければならない。……私はあらゆるものから学んだ、ヴァイオリニストからも、唱歌者からも、器楽者からも。私の聞いた凡《すべ》ての音楽は私のセロに発想の上の新らしい途《みち》を開いた。私は名手から学ぶと同様に下手からも学んだ、それはどうしてはいけないかを学んだのである。私は私の生徒からも多くを学んだ。」(パブロ・カサルスの言葉。マルテンスの『ストリングマスタリー』より拙訳)

スペシアリストの本当の意義、その心得を説き尽したものと思う。スペシアリズムは結局コンヴェンションであって理想ではない。吾々《われわれ》はよくそれを忘れる。そして自分の専門外の事に興味を失いやすい。セリストもピアニストも目ざすところは音楽であるように、吾々物理学者も専門のいかんによらず目ざすところは物理であろう。

四

「京師《けいし》に応挙《おうきょ》という画人あり。生は丹波《たんば》の笹山《ささやま》の者なり。京にいでゝ一風の画を描出す。唐画にもあらず。和風にもあらず。自己の工夫《くふう》にて。新裳《しんしょう》を出しければ。京中妙手として。皆真似をして。甚《はなは》だ流行せり。今に至りては夫《それ》も見あきてすたりぬ。又江戸は奥州《おうしゅう》のかたへ属して。気質も京人のやうにはなし。唐画にも。和画にも似ぬ風は呑《の》み込まぬ事にて。吾が自身工夫《くふう》したりと云いては。夫は法がないと云ひて。請け取らず。然《しか》れども。画は其物の形を見て。其形に似るをよしとす。法手本とする処は。即其物なりと心得たる者も無きにもあらず。……」（司馬江漢《しばこうかん》、『春波楼筆記《しゅんぱろうひっき》』）

科学界にも京人と奥州人がある。ロマンチシズムとクラシシズムの両極の間に世界が廻転《かいてん》する。

五

「物理学はエキザクトサイエンスである。」この言葉ほどひどく誤解されてそしてそのおかげでエキザクトな物理学の進歩を阻害している言葉はない。

「量的に」この言葉も同様である。

六

「中等教科書に現われた物理ほど非物理的な物理はない」こんなパラドクシカルな事もある意味では云えない事はない。なんとなれば、本当はよく分らない事が、ちゃんと分っているかのように読まれうるから。同じような理由からこんな事も云われる。「良い書物ほど悪い書物である。」

七

A is B, A is not B. この二つの命題は両立しうる。なんとなればそれぞれの終りに if C is D, if C is E. という文句が抜けているのが普通である。吾々はこの事を忘れて果てのない議論に時間を空費している。

八

「唐土にても墨張とて学問に余り精を入れし故《ゆえ》に吊《つ》りし蚊帳《かや》が油煙にて真黒になりしという故事に引きくらべて文盲儒者の不性《ぶしょう》に身持ちをして人に誇るものあり。いかに学問するとても顔や手を洗ふひまのなき事やはある。」（柳里恭《りゅうりきょう》『ひとりね』）

少し耳がいたい。

（昭和二年十二月『理学部会誌』）

丸善と三越

子供の時分から「丸善《まるぜん》」という名前は一種特別な余韻《よいん》をもって自分の耳に響いたものである。田舎《いなか》の小都会の小さな書店には気の利《き》いた洋書などはもとよりなかった、何か少し特別な書物でも欲しいと云うと番頭は早速丸善へ注文してやりますと云った。中学時代の自分の頭には実際丸善というものに対する一種の憧憬《しょうけい》のようなものが潜んでいたのである。注文してから書物が到着するまでの数日間は何事よりも重大な期待となんとも知らぬ一種の不安の戦《たたかい》であった。そしてそれが到着した時に感じたあの鋭い歓喜の情はもはや二度と味わう事のできない少年時代の想い出である。

東京へ出るようになってからは時々この丸善の二階に上って棚の書物を隅から隅へと見ていくのが楽しみの一つであった。欲しい本はたくさんあっても財布《さいふ》の中はいつも乏しかった。しかしただ書棚の中に並んでいる書物の名を硝子《ガラス》戸越しに眺《なが》めるだけでも自分には決して無意味ではなかった、ただそれだけで一種の興奮を感じ刺戟《しげき》と鞭撻《べんたつ》を感ずるのであった。神社や寺院の前に立つ時に何かしら名状のできないある物が不信心な自分の胸に流れ込むと同じように、これらの書物の中から流れ出る一種の空気のようなものは知らぬ間に自分の頭にしみ込んで、ちょうど実際に読書する事によって得られる感じの中から具体的なすべてのものを除去したときに残るべきある物を感じさせるのであった。今でも覚えているがあのころここの書棚の前に立って物色《ぶっしょく》している時には自分の眼が妙に上釣りになって顔全体が緊張するのを明《あき》らかに自覚した。そして棚の硝子戸におぼろげに映る自分の顔をひそかに注意して見た事もある。それからまたある時自分にしては比較的高価な本を買った時に応接した店員の顔がどこかにちらと閃《ひらめ》いたと思われた冷笑の影が自分に不思議な興奮を与えた事も想い出される。あのころには書物の値段は正札でなく一種の符徴《ふちょう》で記してあった。もっともその符徴はたいてい誰れでも知っていたので、秘密の暗号でもなんでもなくただ数字の代りに片仮名を使ったというだけのものであった。例えばアンカナというのは一円二十五銭の事であったが、これが自分の頭によく残っている。イタリアの地名のようだと思った事があるからそのせいだか、あるいはこの符号のついた本を比較的に多く買ったためだか、とにかくこのアンカナの四字が丸善その物の象徴のように自分の脳髄の隅の方に刻み付けられている。

昔の丸善の旧式なお店《たな》ふうの建物が改築されて今の堂々たる赤煉瓦《あかれんが》に変ったのはいつごろであったか思い出せない。たぶん自分が二年ばかり東京にいなかった間の事であろうと思う。元の薄暗い窮屈な室に比べて、天井の高い窓の多い今の二階の室は比較にならないほど明るく気持がいい。しかし自分にはどういうものか昔の陰気な方が、少《すく》なくも自分の頭に巣くっている「丸善」という観念にはふさわしい。今の室はあまりに明るくあまりに楽に広々としているためにそこに陳列された書物が普通のデパートメントストアの商品のような感じがしないでもない。これに反して以前の窮屈な室へはいった時には、なんとなく学者の私有文庫を見せてもらうような気がした。これは、ある友人が評したように、つまり自分の頭が旧式であって、書物とその内容を普通の商品と同様に見なし得るほどに現代化し得ないためかもしれない。

いろいろの理由からいわゆる散歩という事に興味を持たない自分の日曜日の生活はほとんど型にはまったように単調なものである。昼飯をすませて少し休息すると、わずかばかりの紙幣を財布《さいふ》に入れて出掛ける。三田《みた》行の電車を大手町《おおてまち》で乗り換えたり、あるいはそこから歩いたりして日本橋《にほんばし》の四つ角《かど》まで行く。白木屋《しろきや》に絵の展覧会でもあると這入《はい》ってみる事もあるが、大概はすぐに丸善へ行く。別にどういう本を買うあてがあるわけではないが、ただ何かしら久しぶりで仲のいい友達を尋ねていく時のような漠然《ばくぜん》とした期待を懐《いだ》いて正面の扉を押しあける。

正面をはいった右側に西洋小間物を売る区劃《くかく》があるが自分はついぞここを覗《のぞ》いてみた事がない。どういうものか自分はここだけ、他所《よそ》の商人が店借《たなが》りして入り込んでいる気がする。どうしてこの洋品部が丸善に寄生あるいは共生しているかという疑問を出した時にP君はこんな事を云った。「書物は精神の外套《がいとう》であり、ネクタイでありブラシであり歯磨きではないか、ある人には猿股《さるまた》でありステッキではないか。」こう云われてみればそうであるが、自分はただなんとなくここを覗く気にならないでいつでもすぐに正面の階段を登っていく、そして二階の床に両足をおろすと同時に軽い息切れと興奮を感じるのである。

階段を上って右側に帳場《ちょうば》がある。ある人はこれを官衙《かんが》の門衛《もんえい》のようだと云ったが、自分もどちらかと云えば多少そんな気がしないでもない。これは建築者の設計の中に神経過敏な顧客の心理という因子を勘定に入れなかったためであろう。

自分はいつでもこの帳場の前を通ってまずドイツ書のある処へ行く。ここはちょっと一つの独立な区劃になっている、戦争前には哲学、美術、科学とそれぞれの部門にわたって系統的に分類して陳列されていたのが、このごろではもう目欲《めぼ》しいような物は大概売り切れてしまって、いろいろな部門のものが雑然と入り乱れている。ドイツ自身の欠乏と混乱とがこんな処までも波及しているかという気がする。実際鶏卵や牛乳や靴《くつ》の欠乏は聞くも気の毒な状態であるらしいが、ただ驚くのは彼《か》の国の科学者、特にペンと紙のほかには物質的材料を要しない種類の科学者が依然としてきわめて重要な研究の結果を着々発表している事である。

ドイツ書の棚の前で数分を費《ついや》した後にフランスの書物の処へ出た時はちょうどベル

リンから夜汽車でパリへ着いたというような心持がする。これはおそらくただ簡単に自分だけのある経験から生じる聯想《れんそう》のためばかりではあるまい。ドイツ書の装幀《そうてい》なり印刷なりにはドイツ人のあらゆる歴史と切り離す事のできないものがあると同様にフランスの本にはどうしてもパリジァンとパリジェンヌの匂いが浮動している。たとえ一字も読めない人に見せてもこの著しい区別は感じられないではいられまい。自分はドイツで出版された仏文の本をもっている。かなりフランス臭くこしらえてあるが、しかしどう見てもそれはやはりドイツの本である。表紙に画かれた人物にもクラナッハやジュラーの影法師《かげぼうし》が見える。

いつだったかこの仏書の処でフランスの飛行将校が小説か何かをひやかしているのを見かけた事がある。その時ただなんとなしにいい気持がした。この将校の顔から髪から髯《ひげ》からページを繰る手付きから、大きく肥《ふと》った指先までが、その書物と自然に調和して全体が一つの纏《まと》まった絵になっていた。今の日本の書物はどことなくイギリスやアメリカ臭いところがある、そして昔の経書や黄表紙がちょん髷《まげ》や裃《かみしも》に調和しているように今の日本人にはやはりこれがふさわしいような気がする。

フランスの文学美術書が科学書と一緒に露店式に並べてある処がある、シャバンヌやロダンが微分積分と雑居してそれにずいぶん塵《ちり》が積っている事もある。それはいいがその隣りにガラスの蔽蓋《おおいぶた》をして西洋向きの日本書を並べたのがある。あれを見ると自分はいつでもドイツで模造した九谷焼《くたにやき》を思い出す。

自分の専門に関係した科学の書籍を漁《あさ》って歩く時の心持は一種特別なものである。真面目であると同時に at home といったような心持であるが、しかしそこには自分の頭にある「日曜日の丸善」というものが生ずる幻影はなくてむしろ常住な職業的の興味があるばかりである。

英米の新刊書を並べた露店式の台が二つ並んでいる。ここを覗いてみると政治、経済、社会その他あらゆる方面にわたって重大な問題を取り扱ったらしい書物が並んでいる。ロイドジョージとかウィルソンとかいう名前が眼につく。そうかと思うと飛行機の通俗講義があったり探偵小説《たんていしょうせつ》があったり、ヘッケルの『宇宙の謎』の英訳の安値版がころがっていたりする。この露店の処へ来ると自分の頭が急に混雑してあまり愉快でない一種の圧迫を感じる。そして自分の日曜日の世界とはあまりにかけ離れた争闘の世界を覗いてみるような気がして、つい落着いて見る気になれない。また実際ここはいつでも人が込み合っていてゆるゆる見ていられないのである。考えてみると近ごろ世間で騒がしくなってきたいろいろな社会上の問題が一部の人の信ずるようにおもに外国から流れ込んできたとすると、そのような問題や思想の流れ込んだ少数な樋口《といぐち》のうちでも大きなのはこの丸善の方数尺の書籍台であるかもしれない。それにしてはあまりに貧弱な露店のような台ではあるが、しかし熱海《あたみ》の間歇泉《かんけつせん》から噴出する熱湯は方尺にも足りない穴から一昼夜わずかに二回しかも毎回数十分出るだけであれだけの温泉宿の湯槽《ゆぶね》を充《みた》している事を考えればこれも不思議ではないかもしれない。ここから流れ出すものがたくさんな樋に分流しそれにいろいろの井戸から出る水を混じて書物になり雑誌になって提供される。温度の下らないうちにと忙がしい人の手で忙がしく書かれた著書や論文が忙がしい読者によって電車の中や床屋の腰かけで読まれる。それで二、三ヶ月も勉強すれば誰れでもラッセルとかマルクスとかいう人の名前くらいは覚える事ができるのだろう。

街路に向った窓の内側に淋《さび》しい路次のようになって哲学や宗教や心理に関する書棚が並んでいる。

不思議な事に自分は毎年寒い時候が来ると哲学や心理がかった書物が読みたくなる。いったい自分の病弱な肉体には気候の変化が著しく影響する。それで冬が来ると身体は全くいじけてしまって活動の力が減退する代りに頭の方はかえって冴《さ》えてきて、心がとかくに内側へ向きたがる、そのせいかもしれない。こんな気分の時にはここの書棚を物色する事がしばしばある。読んでみたい本はいくらでもあるが、時間と金との欠乏を考えるために、めったに買って読む事はない。ただいろいろの学者の名前と本の名前をひとわたり見るだけで満足する場合が多い。誰れかが「過去の産出物のうちで、眼に見られ、手に触れる事のできる三つのもの」の一つとして書物を数えているが、この言葉をここでしばしば想い出す。そして書物に含まれているものは過去ばかりではなくて、多くの未来の種が満載されている事を考えると、これらのたくさんの書物のまだ見ぬ内容が雲のようにまた波のように想像の地平線の上に沸き上ってくる。その雲や波の形や色がなんであってもそれは構わない。ただそれだけで何かなしに自分の眼は遠い処高い処にひきつけられる。考えてみると自分も結局は一種の偶像崇拝者かもしれない。しかしこんな偶像さえも持たなかったら自分はどんなに淋しい事だろう。

P君は moral という文字と ethics という言語に対して不思議な反感を抱いている。そしてこれに相当する日本語に対しては一層烈《はげ》しいほとんど病的かと思われるほどの嫌悪《けんお》を感じるようである。それで自分は丸善の書棚でこの二つの文字を見るとよくP君を想い出すのである。P君はこれらの言語を見るか聞くか——特にある人達の口からこれを聞く場合には反射的に直《ただ》ちに非常に醜悪《しゅうあく》な罪と汚れを聯想するそうである。自分は充分にその異常《アブノーマル》な心持を酌《く》みとる事はできないが、ただ昔の宗教革命者などという人のうちには存外P君のような型の人があったのではないかという気がしているだけである。

この書棚の次には美術に関した書物がある。たいてい版が大きくて値段も高い。自分はここへ来た時によく余分な金が欲しいと思う事がある。この棚の前には安い小さい美術書を並べた台がある。ここで自分は時々買物をするが、そのたびにいつでも店員の中のあるものが一種の疑《うたがい》の眼をもって自分を注目しているような気がしたり、あるいは自分の美術に対する嗜好《しこう》に同情をもっていないらしいある人達の誰れかが、不意に自分の肩をたたいて「相変らずやってるね」とあびせかけられはしないかという気がする。いつかクルイクシャンククルイクシャンクの評伝を買った時に、傍に立っていた年少の店員が「クルイクシャンク」と云ってクスクス笑った。その時自分はなぜか顔面が急にほてるような気がした。この少年はたぶんこの画家の名前が可笑《おか》しいから笑っただけだろうが、自分はあの時どうしてあんな気がしたのだろう。こんな感じのする人はほかには少ないかもしれない。しかしよく考えてみると、自分は自分の手近な「義務」とあまり直接の関係のないあらゆる享楽《きょうらく》を味わう時には、たとえその事自身が卑近《ひきん》な感覚的なものでなくてもなんだか一種の不安を感じる場合が多い。いつか田舎から出てきた親戚《しんせき》の老婦人を帝劇へ案内して菊五郎《きくごろう》と三津五郎《みつごろう》の舞踊を見せた時に、その婦人が「あまり面白くて、見ているうちに、私はこんなに面白くてもいいのかしらんと思って、なんだかそら恐ろしくなりました」と云った。この婦人はずいぶん人生の不幸を嘗《な》め尽したような人であったから、特にそう思われたのかもしれない。しかしこの一例から考えても、同じような経験は存外多くの人に共通なものかもしれない。ウィリアム・ジェームスの心理学の中に「音楽の享楽に耽《ふけ》る事でさえも、その人が自分で演奏者であるか、あるいはその音楽を純理知的に受け入れるほどに音楽的の天賦を有するのでなければ、その人の人格を弛《ゆる》め弱めるという結果を生ずるだろう。……この弊《へい》を矯《た》めるには演奏会で受けた感動を、その後に何か主動的な方法で表現しないでは措《お》かないという習慣をつければいい。それはどんな些細《ささい》な事でも構わない。例えば自分の祖母にやさしい言葉をかけるとか、乗合馬車で座席を譲るとかいうくらいな事でもいいが、とにかく何かしないではおかないようにするがいい」という一節がある。これを読んだ時になるほどと思った。昔から世界のいろいろな人種の間に行われた禁欲主義の根本に横《よこた》わる一面の真理に触れているとも思った。しかし美しい芸術が人の心に及ぼす影響はすぐその場で手取《てっと》り早く具体的な自覚的行為に両替して、それで済まされるものだろうか。それではあまりに物足りない。たとえ音楽会の帰りに電車の中で喧嘩《けんか》をし、宅へ帰って家族を叱ったりする事があるとしても、その日の音楽から受けた無自覚な影響が、後に想いもかけない機会に、ある積極的な効果として現われる場合がかなり多いのではあるまいか。これは自分にとってはかなりに痛切な問題であるが、未だ充分腑《ふ》に落ちるような解釈に到着する事ができない。

丸善の二階の北側の壁には窓がなくて、そこには文学や芸術に関する書籍が高い処から脚元《あしもと》までぎっしり詰っている。文学書では、どちらかと云えば近代の人気作家のものが多くてそれらが最も眼につきやすい処に並んでいる。中学時代に吾々《われわれ》が多く耳にしたような著名な作家の名前はここではあまり目に立たない。ちょうど西洋の画廊で古い画ばかり見て、日本へ帰って始めてキュービストやフュチュリストを見せられたような心持がする事がある。実際今の日本の文学者の前でホーマーとかミルトンとかいう名前を持ち出すのは誰れでも気がひける事だろうと思う。文学に限らず科学の方面でも今どきベーコンやニュートンの書いたものを読むのは気がさすような周囲の状態である。古いものを新しい眼で見るのや、新しいものを古い眼で見るような閑《ひま》つぶしの仕事は、忙がしい今の時代には、閑人の道楽でなければ、能率の少い事業として捨てられなければならないと見える。

Everyman's Library などのぎっしり詰った棚が孤立して屏風《びょうぶ》のように立っている。自分が一番多く買物をするのはまずここらである。実際こんなありがたい叢書《そうしょ》はない。容易に手に入らないか、さもなければ高い金を払わなければならない物が安く得られるのである。戦争のために、この本の代価までが倍に近く引き上げられた事は、自分ばかりでなく多数の人の痛切に感じる損失であろうと思う。

この叢書の表紙の裏を見ると"Everyman, I will go with thee and be thy guide in thy most need to go by thy side."という文句が記されてある。この言葉は今日のいわゆる専門主義《スペシアリズム》の鉄門で閉《とざ》された囲いの中へはあまりよくは聞こえない。聞こえてもそれはややもすれば悪魔の誘惑する声としか聞かれないかもしれない。それだから丸善の二階でも各専門の書物は高い立派な硝子張りの戸棚《とだな》から傲然《ごうぜん》として見下《みおろ》している。片隅に小さくなっているむき出しの安っぽい棚の中に窮屈そうにこの叢書《そうしょ》が置かれている。

例えば、昔の人は、見晴しのいい岡の頂に建てられた小屋の中に雑居して、四方の窓から自由に外を眺めていた。今では宏大な建築が、たくさんの床と壁とで蜂《はち》の巣のように仕切られ、人々はめいめいの室のただ一つの窓から地平線のわずかな一部を見張っている。ただささえ狭い眼界は度の強い望遠鏡でさらに狭《せば》められる。これらの人のために、この大建築から離れた処に、小さな小亭《しょうてい》が建てられている。ここへ来れば自分の住っている建築が目ざわりにならずに、自由に四方が見渡される。しかるにせっかく建てたこの小亭があまり利用されないでいたずらに風雨に曝《さら》されているとすればこれは惜しい事である。これは人々があまり忙がし過ぎるせいかもしれない。そうだとすればこれらの人々を駆使している家主が責任を負わなければなるまい。しかし中には暇はあっても不精であったり、またわざわざ出かけるよりも室の片隅で茶をのんだり骨牌《カルタ》でもやる方がいいという人があるならばそれはその人々の勝手である。

この叢書のへんまで見てくるとかなりくたびれる。特にここで何か買いでもすると、もう急に根気がなくなって地理や歴史などの処はほんの覗いてみるだけでおしまいにする場合が多い。決してこの方面の書物に興味がないわけではないが、ただ自然に習慣となった道順の最後になるために、いつでもここが粗略になるのである。一度くらいは、このなんの理由もなしに定めた順序を変え、あるいは逆にしても、よさそうなものであるが、実際にはそのような試《こころ》みをした事はない。まさかに、右利《き》きの人間は右廻《まわ》りの傾向があるとかいうわけでもあるまいし、体操の時に「廻れ右」をするが「廻れ左」はやらない事と関係があるわけでもないだろうし、ただ自分に限られた習癖にすぎないかもしれない。しかし誰れか物好きな人があって、丸善の二階で見張っていて、たくさんの顧客の歩く道筋を統計的に調べてみたら存外面白い結果が得られはしまいか。心理学者や生理学者の参考になるような事が見つからないとも限らない。それほどでなくとも、少くも丸善の経営者が書棚の排列を変える時の参考には確かになるだろう。漁業者がたて網の中にはいった魚の廻游《かいゆう》する習癖を知っているから、一度はいった魚が再び逃げ出さないような網の形を設計すると同じように。

階段を下りる時に、新刊雑誌を並べた台が眼下に見下ろされる。ここには、同じような体裁で、同じような内容の雑誌が、発音まで似かよったいろいろの名前で陳列されている。表紙だけすりかえておいても人々はなんの気もつかずに買っていくだろう。少年や幼年の読物《よみもの》にしてもどれを開けてみても中は同じである。そして若い柔《やわらか》い頭の中から、美に対する正しい感覚を追い出すためにわざわざ考案されたような、いかにもけばけばしい、絵というよりもむしろ臓腑《ぞうふ》の解剖図のような気味の悪い色の配合が並べられている。このような雑誌を買う事のできないほどに貧乏な子供があれば、その子は少くもこの点で幸福であるかもしれない。なんというオリジナリティのない不健全な出版界だろう。

階下の日本書や文房具の部は、たいていもうくたびれてしまって、見ないですます事が多い。それにこの方は、むしろ神田《かんだ》あたりで別な日に見る方がいいという気がするので、すぐに表の通りへ出てしまう。そして大通りの風に吹かれると、別の世界に出たような心持になってほっとするのが通例である。

丸善を出てから銀座の方へぶらぶら歩いていく事もあるが、また時々三越《みつこし》へ行く事がある。

白木屋の辺から日本橋を渡っていく間によく広重《ひろしげ》の「江戸百景」を想い出す。あの絵で見ると白木屋の隣りに東橋庵《とうきょうあん》という蕎麦屋《そばや》がある。今は白木屋の階上で蕎麦が食われる。こんなつまらない事を考えたりする。「駿河町《するがちょう》」の絵を見ると、正面に大きな富士が聳《そび》えて、前景の両側には丸に井桁《いげた》に三の字を染め出した越後屋《えちごや》の暖簾《のれん》が紫色に刷られてある。絵に記録された昔の往来の人の風俗も、吾々の眼には珍しく面白い、中でも著しく自分の眼につくのは平和な町の中を両刀を挿《さ》して歩いている武士の姿である。

富士山の見える日本橋に「魚河岸《うおがし》」があって、その南と北に「丸善」と「三越」が相対しているのはなんだか面白い事のように思われる。丸善が精神の衣食住を供給しているならば三越や魚河岸は肉体の丸善であると云ってもいいわけである。

三越の玄関の両側にあるライオンは、丸善の入口にある手長と足長の人形と同様に、むしろない方がよいように思われる。玄関の両脇には何か置かなければいけないという規則でもあるのなら、そういう規則は改めた方がいいと思う。

入口をはいると天井が高くて、頭の上がガランとしているのは気持がいい。桜の時節だとここの空に造花がいっぱいに飾ってあったりして、正面の階段の下では美しい制服を着た少年が合奏をやっている事もあった。いろいろな商品から出る匂いと、多数の顧客から蒸し出される瓦斯《ガス》とで、すっかり入場者を三越的の気分にしてしまう。

自分が用のあるのは大概五階か六階であるから、多くの場合にすぐ昇降機で上ってしまう。しかし、時にはすべての階を隅から隅まで歩かせられる事もある。歩いてみるとやはり歩いてみるだけの価値は充分にある。ずいぶんいろいろの物を覚えいろいろの問題にぶつかる、そしていろいろの人間のいろいろの現象を見せてもらう事ができる。

世の中にはずいぶんいろいろな事が自慢になるものだと思う。ある婦人は月に幾回三越に行くという事を、時と場所と相手とにかまわず発表して歩く。またある学者は、未だ一度も三越に行った事がないという事を宣言するのを、その人のある主張を発表する簡易な方法の一つとして選んでいるように思われる。しかし自分のみならず多くの人は、三越に行く事を別に名誉とも恥とも思ってはいまい。

正面の階段の上り口の左側に商品切手を売る処がある。ここはいつでも人が込み合っていて数百円のを持っていく人もあれば数十円のを数十枚買っていく人もある。そうかと思うと一円のを一枚威張《いば》って買っていく人もある。ともかくもここには人間の好意が不思議な天秤《てんびん》にかけられて、まず金に換算され、次に切手に両替される、現代の文化が発明した最も巧妙な機関が据《す》えられてある。この切手を試に人に送ると、反響のように速《すみやか》に、反響のように弱められて反《かえ》ってくる。田舎から出てきた自分の母は「東京の人に物を贈ると、まるで狐《きつね》を打つように還《かえ》してくるよ」といって驚いた。これに関する例のP君の説はやはり変っている。「切手は好意の代表物である。しかしその好意というのは、かなり多くの場合に、自己の虚栄心を満足するために相手の虚栄心を傷《きず》つけるという事になる。それで敵から砲弾を見舞われて黙っていられないと同様に、侮辱《ぶじよく》に対して侮辱を贈り返すのである。速射砲や機関銃が必要であると同様に、切手は最も必要な利器である。」いかにもP君の云いそうな事ではあるが、もしやこれが幾分でも真実だとしたら、それはなんという情ない事実だろう。

一階から二階へ人を搬《はこ》ぶためにエスカレーターを運転している時がある。ある人は手《て》間違えてこれをライスカレーといった。これはあまり気持のいい物ではない。あの手欄《すり》の上を辷《すべ》っていくゴムの帯もなんだか蛇《へび》のようで気味が悪いと云った人もある。自分はある日ここで妙な聯想を起した事がある。自分の子供を小学校へ入れてやると、いつの間にか文字を覚える算術を覚える、六年ぐらいは瞬《また》く間に経って、子供はいつの間にかひとかど小さい学者になっている、実にありがたいものだと思わないではいられない。ちょうどエスカレーターの最下段に押して入れてやれば、あとは独《ひと》りで、少くも二階までは持っていってくれるのと同じようなものである。このごろは中学や高等学校の入学がだいぶ困難になってきたが、それでも一度入学さえすればとにかく無事にせり上っていくのが通例である。これから見ると、昔の人は、不完全な寺子屋の階段を手を引いてもらってやっと上ると、それから先きは自分で階段を刻んだり、蔓《つる》にすがって絶壁を攀《よ》じるような思いをしなければならなかった。それで大概の人は途中で思い切ってしまっただろうが、登りつめた人の腕や足は鉄のように鍊《きた》えられたに相違ない。

三越の商品の主《おも》なるものはなんと云っても呉服物である。こういう物に対する好尚《こうしょう》と知識のきわめて少ない自分は、反物《たんもの》や帯地やえりの処を永い時間引き廻わされるのはかなりに迷惑である。そしてこれほどまでに呉服というものが人間に必要なものかと思って、驚き怪しんだ事も一度や二度ではない。「東京の人は衣服を食っているか」と云った田舎のある老人の奇矯《ききょう》な言葉が思い出される。

何番という番号のついた売場に妻子をつれて買物に来ている人が幾組もある。細君《さいくん》の品物を選《よ》り分ける顔付きや挙動や、それを黙って見ている主人の表情はさまざまである。いろいろな家庭の一面がここに反映している。いわゆる写実小説を見るよりはこの方が遥《はる》かに興味があり、ためになる。同じ陳列台の前を行ったり来たりしている女の顔には、どうかすると迷《まよい》や悶《もだえ》やの気の毒な表情がありあり読まれる事もある。

婦人の美服に対する欲望は、通例虚栄心という簡単な言葉で説明されているようである。かつて何かの雑誌で「万引の心理」という題目で大いに論じたものを読んだ事がある、その中にもこの虚栄心の事がたいそう長たらしく書いてあったように記憶している。それを見ても通例女の虚栄心というものは、人間のあらゆる本質的欲求の団塊の、ほんの表面の薄膜に生ずる黴《かび》ぐらいのもののように取扱われているようであるが、はたしてそんなものだろうか。このような婦人が、美服に対した時に、あらゆる理知の束縛を忘れ、当然な因果を考える暇もなく、盗賊の所行をあえてするようになる衝動はそれほど浅薄な不真面目なものばかりとも思われない。その衝動の背後には、卑近な物質的の欲望のほかに、存外広い意味において道徳的な理想に対する熱烈な憧《しょう》憬《けい》が含まれているかもしれない。もし例えば社会の組織制度に関するある理想に心酔《しんすい》して、それがために奪い殺し傷ける事をあえてする団体があるとすれば、どこかそれと共通な点がないでもない。この婦人の行為は利己的である、社会的理想はそんなものと根本的にちがっているといると一口に云ってしまってもいいものだろうか。いったい普通に使われる利己と利他という両《ふた》つの言葉ほど無意味な言葉は少ない。元来無いものに附せられた空虚な言葉であるか、さもなければ同じ物の別名である。ただ人を非難したり弁護したりする時や、あるいは金を集めたり出したりする時に使い分けて便利なものだから誰れでも日常使ってはいるが、今自分の云っているような根本の問題にはなんの役にも立たないものである。誰れかこの疑問に対して自分の腑に落ちるような解釈をしてくれる人はないものだろうか。例えばいわゆる共産主義を論じる学者達が現在の社会に行われているこの万引というものをいかに取扱うかが聞きたいものである。

三越へ来て、数千円の帯地や数百円の指輪を見たり、あるいは万引の事を考えたりしていると誰れかが云った寝言のような謎のような言葉に、多少の意味があるような気がする。「富む事は美徳である。富者はその美徳をあまり多く享有する事の罪を自覚するがゆえに、その贖罪《しょくざい》のためにいろいろの痴呆《ちほう》を敢行《かんこう》して安心を求めんとする。貧乏は悪徳である、貧者はその自覚の抑圧に苦しみ、富の美徳を獲得せんと焦慮《しょうりょ》するために働きあるいは盗み奪う……」

呉服の地質の種類や品位については全く無知識な自分も、染織の色彩や図案に対しては多少の興味がある。それで注意してみると、近ごろ特に欧州大戦が始まって後に、三越などで見かける染物の色彩が妙に変ってきたような気がする。ある人は近ごろはこんな色が流行すると云った。しかしある人はまた戦争のために染料が欠乏したから拠《よんどころ》なくあんな物ばかり製造しているのだとも云った。もしこの二人のいう事がどちらも本当であるとすると、吾々の趣味や好尚《こうしょう》は存外外面的な事情によって自由に簡単に支配され得るものだと思う。もし試に十年ぐらいの期間でもいいから、あらゆる染料の製造と販売と使用を停止してみたら、吾々の社会的生活にどんな影響が生じるだろう。実行はむつかしいが、こういう仮設を前提として一つの思考実験を行ってみる事は、はなはだ面白くもあり有益でありはしまいか。もっともそんな事はもう社会学者や経済学者達がとうの昔にやってやり古した事かもしれない。たぶんそうだろうと思われる。そうでなくては成り立ちそうもない学説やイズムが吾々の眼に触れるほどだから。

三越の四階に食堂がある、たしか以前は小さな室であったのが、その後拡張されて今のような大きな部屋になったと思う。ちょっと清潔に簡便に食慾《しょくよく》を満足させ、そうして時間をつぶすに適当なようにできている。普通の日本人の食事時間でない時でも不断に賑《にぎ》わっている。草花鉢を飾ったり、夏は花を封じ込めた氷塊がいくつも据えられていて、天井には大きな扇風器が廻っている。田舎から始めて来た人などに、ここで汁粉《しるこ》かアイス一杯でも振舞うと意外な満足を表せられる事がある。ここの食卓へ座をとって、周囲の人達、特に婦人の物を食っているさまを見ると一種の愉快な心持になってくる。ある人のいうようにあさましいなどという感じは自分には起らない。呉服売場や陳列棚《ちんれつだな》の前で見るような恐ろしい険《けわ》しい顔はあまりなくって、非常に人間らしい親しみのある顔が大部分を占めている。この食堂を発案したのは誰れだか知らないが、その人はいろいろな意味でえらい人のように思われる。

食堂のほかには食品を販売する部が階下にある。人によると近所の店屋で得られると同じ缶詰《かんづめ》などを、わざわざここまで買いに来るということである。買物という行為を単に物質的にのみ解釈して、こういう人を一概に愚弄《ぐろう》する人があるが、自分はそれは少し無理だと思っている。

ベルリンのカウフハウスでは穀類や生魚を売っていた。ロンドンの三越のような家では犬や猿や小鳥の生きたのを売っていた。生魚はすぐ隣りに魚河岸《うおがし》があるからいいが、しかし三越でも猫《ねこ》や小猿やカナリヤを販売したら面白いかもしれない。少くも子供達に対する誘惑を無害な方面に転じる事になるだろうし、大人に対しても三越というものの観念に一つの新しい道徳的な隈取《くまど》りを与えはしまいか。生き物だから飼っておくのは面倒だろうが。

「三越に大概な物はあるが、日本刀とピストルがない」と何かの機会に大変興奮してP君が云った事がある。「帯刀の廃止、決闘の禁制が生んだ近代人の特典は、なんらの罰なしに自分の気に入らない人に不当な侮辱を与え得る事である。愚弄《ぐろう》に酬《むく》ゆるに愚弄をもってし、当てこすりに答えるに当てこすりをもってする事のできる場合には用はないが、無言な正義が饒舌《じょうぜつ》な機智に富んだ不正に愚弄される場合の審判者としてこの二つの品が必要である。」これには自分はだいぶ異論があったように記憶する。しかしその時自分の云った事は忘れてただP君のこの言葉のみが記憶に残っている。

五階には時々各種の美術展覧会が催される、今の美術界の趨勢《すうせい》は帝展や院展を見なくても幾分はここだけでも窺《うかが》われる、のみならずそういう大きな展覧会に出ない人達の作品まで見られる便利がある、そして入場は無料である。

ここではまたいろいろの新美術品が陳列されている。陶磁器・漆器・鋳物、その他大概のものはある。これも今代の工芸美術の標本でありまた一般の趣味好尚の代表である。なんでもどちらかと云えばあらのない、滑《すべ》っこい無疵《むきず》なものばかりである。いつかここで大変面白いと思う花瓶を見つけてついでのあるたびに覗いてみた。それは少し薄ぎたないようなものであったせいか、永い間買手もつかずそこに陳列されていた。これと始めのうちに同居していたたくさんの花瓶はだんだんに入り代っていくのに、これだけは木守の渋柿《しぶがき》のように残っていた。ところがこの間行ってみると、もうこの自分の好きな花瓶も見えなくなっていた。なんだかやっと安心したような気がしたがはたして売れたのか、あるいはあまり売れないのでどうにか処分されたのか、それも分らないと思った。

六階にあったいわゆる空中庭園は、近ごろ取り払われて、今では玩具《おもちゃ》の陳列所になっている。一階から五階までの間に群がっているたくさんの人の皮膚や口から出るいろいろの生温《なまぬる》い瓦斯がここまで登りつめたのを、上から蓋をしてしまったせいか、ここへ来ると空気が悪くて長くいるとこれが頭に利いてくる。そのせいでもあるまいが自分はここにある玩具に対してあまりいい気持はしない。例えばセルロイドで作ったキューピーなどのてかてかした肌合や、ブリキ細工の汽車や自動車などを見てもなんだか心持が悪い。それでも年に一度くらいは自分の子供らにこんな玩具を奮発して買ってやらないわけではない。玩具その物の効果については時々教育家や心理学者の講話を新聞や雑誌で読んでみるが、具体的に何商店のどの玩具がいいという事を教えてくれないのは物足りない。実際買おうと思って見渡す時に、自分が安心してこれならと思う品が誠に少い。こんな親父を持った子供らは不仕合《ふしあわ》せでないかと思う事もある。自分の子供の時代に田舎で弄《もてあそ》んだ自然界の玩具には充分な自信をもって子供らに与えたいと思うものがたくさんあるが、この三越にあるような玩具については、悲しい事に積極的にも消極的にも自信がない。玩具というものに関して書いた書物もずいぶんあるだろうと思うが、誰れかえらい人のそういう著書があれば読んでみたいものである、ついでに「大人の玩具」にまでも論及したのであればなおさら面白く有益であろう。

六階で以前のままなものは花卉《かき》盆栽を並べた温室である。自分は三越へ来てこの室を見舞わぬ事はめったにない。いつでも何かしら美しい花が見られる。宅の庭には何もなくなった霜枯れ時分にここへ来ると生れかわったようにいい心持がする。一階から五階までありとあらゆる人工的商品をこまごま見せられて疲れ渇《かわ》いた眼には特にこれらの草花が美しく見える。花ばかりでなくいろいろ美しい熱帯の観葉植物の燃えるような紅や、汚れのない緑の色や、典雅な形態を見れば誰れしも蘇生する心地のしない人はあるまい。そしてこの吾々の衣食住の必要品や贅沢品《ぜいたくひん》を所狭く煩《わずら》わしく置きならべた五層楼の屋上にこの小楽園を設くる事を忘れなかった経営者に対してたとえ無自覚にしろ一片の感謝を表しない人はないであろうと思う。

しかしこのごろだんだんいろいろの人に聞いてみると、中にはあの温室へはいると気持がわるくなるという人もあった、花だって貧弱なのばかりじゃないかと云った人もある。

丸善から三越へ廻って帰る時には、たいていいつも日本銀行まで歩いてそこから外《そと》濠《ぼり》線に乗る。どうかして電車がしばらく来ない時には、河岸《かし》の砂利置場へはいってお堀の水をながめたり呉服橋を通る電車の倒影を見送ったりする。丸善の二階で得たいろいろな印象や、三越で受けたさまざまな刺戟がこの河岸の風に吹かれて緊張の弛んだ時に、いろいろの変った形や響《ひびき》になって意識の上に浮び上ってくる。かねてから考えている著書を早く書き初めなければならぬと思う事もある。あるいは郷里の不幸や親戚《しんせき》に無沙汰《ぶさた》をしている事を思い出す事もある。

しかしまた時として向う河岸に繋《つな》がっている荷物船から三菱《みつびし》の倉庫へ荷上げをしている人足《にんそく》の機械的に動くのを見たり、船頭の女房が艫《とも》で菜の葉を刻んだり洗ったりするのを見たり、あるいは若芽を吹いた柳の風にゆらぐのを見たりしていると、丸善だとか三越だとかいうものが世にもつまらない無用の長物だという気がする時もある。

電車に乗って帰って宅の門を潜ると、もうこんな事はすっかり忘れてしまって、それで自分の日曜日、あるいは日曜日の自分は消えてしまうのである。

（大正九年六月『中央公論』）

鸚鵡のイズム

このころピエル・ヴィエイという盲目の学者の書いた『盲人の世界』というのを読んでみた。

私は自分の専門としている科学上の知識、したがってそれから帰納された「方則」というものの成立や意義などについていろいろ考えた結果、人間の五感のそれぞれの役目について少し深く調べてみたくなった。そのためには五感のうちの一つを欠いた人間の知識の内容がどのようなものかという事を調べるのも、最も適当な手掛りの一つだと思われた。それを調べた上で、もしできるならば世界中の人間がことごとく盲あるいは聾であったとしたらこれらの人間の建設した科学は吾々《われわれ》の科学とどうちがうか、という問題を考えてみたいと思っている。そういうわけで盲人や聾者の心理というものに多大な興味を感ずるようになった。

それでこの間この書物を某書店の棚に並んだ赤表紙の叢書《そうしょ》の中に見つけた時は、大《おお》いに嬉《うれ》しかった。早速読みかかってみるとなかなか面白い、ちょうど自分が知りたいと思っていたような疑問の解釈が到る処に出てきた。そしてさらに多くの新しい問題を暗示された。

しかし私が今ここに書こうと思ったのはこの書物の紹介ではない。ただこれを読んでいる間に出会った一つの妙な言葉と、それについてちょっと感じた事だけである。

この書物の第十五章は盲と芸術との交渉を述べたものであるが、その中に、盲で同時に聾のヘレン・ケラーという有名な女の自叙伝中に現われた視感的美の記述がどういう意味のものかという事を論じた一節がある。その珍らしい自叙伝中から二、三小節を引用してあるのを見ると、例えば雪の降る光景などがあたかも見るように空間的に描かれている。あるいは秋の自然界の美しい色彩が盲人が書いたとは思われないように実感的に述べてある。しかし著者はこのような光景はもとより盲者にとっては何らの体験にも相応しないヴァーバリズムにすぎないという事を論じ、それから推論して、ケラーが彫刻を撫《な》で廻せばその作者の情緒がよく分るといった言葉の真実性を疑っている。

私はこれを読んだ時になんだか物足りないような気がした。ケラーの主張が本当であり得るような気がすると同時に、そうであらせたいという気もした。しかし自分は盲でない。ヴィエイという優れた盲の学者の説に反対すべきなんらの材料も持ち合せない。しかし少《すく》なくもこれだけの事は云われると思う。すなわち芸術に対する感受性は必ずしも各人に普遍的なものではないから、ヴィエイが感得しないある物をケラーが感じるという可能性は残っている。

ヘレン・ケラーは生後十八ヶ月目に重い病のために彼女の魂と外界との交通に最も大切な二つの窓を釘付けされてしまったにかかわらず、自由に自国語を話し、その上独、仏、羅、希にも通ずるようになった。指先を軽く相手の唇と鼻翼に触れていれば人の談話を了解する事ができる。吾々の眼には奇蹟《きせき》のような女である。匂《におい》や床の振動ですぐに人を識別する女である。

しかし私が書こうと思ったのはケラーの弁護ではなかった。ヴィエイがケラー自叙伝中の記述に対して用いたpsittacismという言葉である。

私はこのイズムには始めて出会ったので、早速英辞書をあけて調べてみるとpsittaci（シッタサイ）というのは鸚鵡《おうむ》の類《たぐい》をさす動物学の学名で、これにイズムがついたのは、「反省的自覚なき心の機械的状態」あるいは「鸚鵡のような心的状態」という意味だとある。

私はこの珍らしい言葉を覚えるためになんべんも口の中で、シッタシズム、シッタシズムと繰り返した。それですっかり記憶してしまったがそれからは何かの拍子にこの妙な言葉が意外な時にひょっくり頭に浮んでくる。このような私の頭の状態もやはりこのイズムの一例かもしれない。

そういえば近ごろ世上でだいぶもてはやされるいろいろの社会的の問題に関する弁

論や主張や宣伝中の一、二パーセント、あるいは二、三十パーセント、事によるともっと意外に大きいパーセントがやはり一種のシッタシズムの産物ではあるまいかという疑《うたがい》が起った。

秋季美術展覧会が始まって私も見にいった。そして沢山の絵を見ているうちにまた同様な疑が起った。

それからそれへと考えていくと、日本国じゅう到る処にこの妙なイズムが転がっているような気がしてきた。

最も意外に感じた事は自分が比較的によく体験し体得しているつもりでいた専門の学問上の知識の中にもよくよく吟味してみると怪しい部分が続々発見された。他人の研究を記述した論文をいかによく精読したところで、その研究者自身の頭の中まで潜り込む事ができない以上は、その人の得た結果を採用するという事にはやはりこのイズムの匂がある。

しかしそこまで考えていくと、人間の知識全体から自分の直接経験から得たものを引去った残りの全部は、結局同じようなものではあるまいかと思われ出した。少くも仮りに私が机の上で例えば大根の栽培法に関する書物を五、六冊も読んで来客に講釈するか、あるいは神田へ行って労働問題に関する書物を十冊も買い込んできて、それについて論文でも書くとすればどうだろう。つまりはヘレン・ケラーが雪景色を描き、秋の自然の色彩を叙すると同じではあるまいか。

ここまで考えたが、事によるとこの最後の比較は間違っているかもしれないと思う。もう一度始めから考え直してみる必要がある。しかしもしこれが当を得ているとしたら、結局私は大根栽培法を論じていいものだろうか悪いものだろうか。もしこれが悪いとなると困るのは私ばかりではないかもしれない。

まあいずれにしても私の大根栽培法が巣鴨《すがも》の作兵衛氏に笑われる事だけは確《たしか》だろうと思った。

こんな事を考えたのが動機となって、ふと大根が作ってみたくなったので、花壇の鳳仙花《ほうせんか》を引っこぬいてしまってそのあとへ大根の種を蒔《ま》いてみた。二、三日するともう双葉が出てきた。あの小さな黒の粒の中からこんな美しいエメラルドのようなものが出てきた。

私はもう本ばかり読むのはやめてしばらく大根でも作ってみようかと考えている。

（大正九年十一月『改造』）

浅草紙

十二月始めのある日、珍らしくよく晴れて、そして風のちっともない午前に、私は病床から這い出して縁側で日向《ひなた》ぼっこをしていた。都会では滅多に見られぬ強烈な日光がじかに顔に照りつけるのが少し痛いほどであった。そこに干してある蒲団《ふとん》からはぽかぽかと暖《あたたか》い陽炎《かげろう》が立っているようであった。湿った庭の土からは、かすかに白い霧が立って、それがわずかな気まぐれな風の戦《そよ》ぎにあおられて小さな渦を巻いたりしていた。子供らは皆学校へ行っているし、他の家族もどこで何をしているのか少しの音もしなかった。実に静《しずか》な穏《おだやか》な朝であった。

私は無我無心でぼんやりしていた。ただ身体中の毛穴から暖い日光を吸い込んで、それがこのしなびた肉体の中に滲《し》み込んでいくような心持をかすかに自覚しているだけであった。

ふと気がついてみると私のすぐ眼の前の縁側の端に一枚の浅草紙《あさくさがみ》が落ちている。それはまだ新しい、ちっとも汚れていないのであった。私はほとんど無意識にそれを取り上げて見ているうちに、その紙の上に現われているいろいろの斑点が眼に付き出した。

紙の色は鈍い鼠色《ねずみいろ》で、ちょうど子供らの手工に使う粘土のような色をしている。片側は滑《なめら》かであるが、裏側はずいぶんざらざらして荒筵《あらむしろ》のような縞目《しまめ》が目立ってみえる。しかし日光に透《すか》して見るとこれとはまた独立な、もっと細かく規則正しい簾《すだれ》のような縞目が見える。この縞はたぶん紙を漉《す》く時に纖維を沈着させる簾の痕跡であろうが、裏側の荒い縞はなんだか分らなかった。

指頭大の穴が三つばかり明いて、その周囲から喰《は》み出した纖維がその穴を塞《ふさ》ごうとして手を延ばしていた。

そんな事はどうでもよいが、私の眼についたのは、この灰色の四十平方寸ばかりの面積の上に不規則に散在しているさまざまの斑点であった。

まず一番に気のつくのは赤や青や紫や美しい色彩を帯びた斑点である。大きいのでせいぜい二、三分四方、小さいのは虫眼鏡《むしめがね》ででも見なければならないような色紙の片が漉《す》き込まれているのである。それがただ一様な色紙ではなくて、よく見るとその上にはいろいろの規則正しい模様や縞や点線が現われている。よくよく見ているとその中のある物は状袋のたばを束ねてある帯紙らしかった。またある物は巻煙草《まきたばこ》の朝日の包紙の一片らしかった。マッチのペーパーや広告の散らし紙や、女の子のおもちゃにするおすべ紙や、あらゆるそういった色刷のどれかを想い出させるような片々が見出《みいだ》されてきた。微細な断片が想像の力で補充されて頭の中にはいろいろな大きな色彩の模様が現われてきた。

　普通の白地に黒インキで印刷した文字もあった。大概やっと一字、せいぜいで二字くらいしか読めない。それを拾って読んでみると例えば「一同」「円」などはいいが「盪」などという妙な文字も現われている。それが何かの意味の深い謎ででもあるような気がするのであった。「蛉《ぼ》かな」という新聞の俳句欄の一片らしいのが見つかった時は少しおかしくなってきてつい独《ひと》りで笑った。

　どうしてこんな小片が、よくこなれた繊維の中で崩れずに形を保ってきたものか。この紙の製造方法を知らない私には分らない疑問であった。あるいはこれらの部分だけ油のようなものが濃く浸み込んでいたためにとろけないで残ってきたのではないかと思ったりした。

　紙片のほかにまださまざまの物の破片がくっついていた。木綿糸の結び玉や、毛髪や動物の毛らしいものや、ボール紙のかけらや、鉛筆の削り屑《くず》、マッチ箱の破片、こんなものは容易に認められるが、中にはどうしても来歴の分らない不思議な物件の断片があった。それからある植物の枯れた外皮と思われるのがあって、その植物がなんだということがどうしても思い出せなかったりした。

　これらの小片は動植物界のものばかりでなく鉱物界からのものもあった。斜めに日光にすかしてみると、雲母《うんも》の小片が銀色の鱗《うろこ》のようにきらきら光っていた。

だんだん見ていくうちにこのたくさんな物のかけらの歴史がかなりに面白いもののように思われてきた。なんの関係もないいろいろの工場で製造されたいろいろの物品がさまざまの道を通ってある家の紙屑籠で一度集合した後に、また他の家から来た屑と混合して製紙場の槽から流れ出すまでの径路に、どれほどの複雑な世相が纏綿《てんめん》していたか、こう一枚の浅草紙になってしまった今では再びそれをたどってみるようはなかった。私はただ漠然と日常の世界に張り渡された因果の網目の限りもない複雑さを思い浮べるにすぎなかった。

あらゆる方面から来る材料が一つの釜《かま》で混ぜられ、こなされて、それからまた新しい一つのものが生れるという過程は、人間の精神界の製作品にもそれに類似した過程のある事を聯想《れんそう》させないわけにはゆかなかった。

そのような聯想から私はふとエマーソンが「シェークスピア論」の冒頭に書いてある言葉を思い出した。「価値のある独創《オリジナリティ》は他人に似ないという事ではない。」「最大の天才は最も負債の多い人である。」こんな意味の言詞が思い出された。

それからまたある盲目の学者がモンテーニュの研究をするために採った綿密な調査の方法を思い出した。モンテーニュの論文をことごとく点字に写し取った中から、あらゆる思想や、警句や、特徴や、挿話を書き抜き、分類し、整理した後に、さらにこの著者が読んだだろうと思われるあらゆる書物を読んだり読んでもらったりして、その中に見出される典拠や類型を拾い出すというのである。この盲人の根気と熱心に感心すると同時に、その仕事がどことなく私が今紙面の斑点を捜してはその出所を詮索《せんさく》した事に似通っているような気もした。どんな偉大な作家の傑作《けっさく》でも——むしろそういう人の作ほど豊富な文献上の材料が混入しているのは当然な事であった。それを詮索するのは興味もあり有益な事でもあるが、それは作と作家の価値を否定する材料にはならなかった。要は資料がどれだけよくこなされているか、不浄なものがどれだけ洗われているかにあった。

作中の典拠を指摘する事が批評家の知識の範囲を示すために、第三者にとっていろいろの意味で興味のある場合もかなりにある。該博《がいはく》な批評家の評註《ひょうちゅう》は実際文化史思想史の一片として学問的の価値があるが、そうでない場合には批評される作家も、読者も、したがって批評者も結局迷惑する場合が多いように思われる。そういう批評家のために一人の作家がいろいろ互《たがい》に矛盾したイズムの代表者となって現われたりするのであろう。

美術上の作品についても同様な場合がしばしば起る。例えば文展《ぶんてん》や帝展でもそんな事があったような気がする。それにつけて私は、ラスキンが「剽窃《ひょうせつ》」の問題について論じてあった事を思い出して、も一度それを読んでみた。その最後の項にはこんな事が書いてあった。

「一般に剽窃《プラジアリズム》について云々《うんぬん》する場合に忘れてならないのは、感覚と情緒を有する限りすべての人は絶えず他人から補助を受けているという事である。人々はその出会うすべての人から教えられ、その途上に落ちているあらゆる物によって富まされる。最大なる人は最もしばしば授けられた人である。そしてすべての人心の所得をその真の源まで追跡する事ができたら、この世界が一番多くの御蔭《おかげ》を蒙《こうむ》っているのは、最も独創力のある人々であった事を発見するだろう。またそういう人々がその生活の日ごとに、人類から彼らが負う負債を増しながら、同時に同胞に贈るべきものを増大していった事が分るだろう。何かの思想あるいは何かの発明の起源を捜そうとする労力は、太陽の下に新しき物なしというあっけない結論に終るに極《きま》っている。そうかと云って本当に偉大なものが全くの借り物であるという事もありようはない。それでなんでも人からくれるものが善《よ》いものであれば何もおせっかいな詮議などはしないで単純にそれを貰って、直接くれたその人に御礼を云うのが、通例最も賢い人であり、いつでも最も幸福な人である。」

　この文辞の間にはラスキンの癇癪《かんしゃく》から出た皮肉も交ってはいるが、ともかくもある意味ではやはり思想上の浅草紙の弁護のように思われる。

　エマーソンとラスキンの言葉を加えて二で割って、もういっぺんこれを現在のある過激な思想で割るとどうなるだろう。これは割り切れないかもしれない。もし割り切れたら、その答はどうなるだろう。あらゆる思想上の偉人は結局最も意気地のない人間であったという事にでもなるだろうか。

魔術師でない限り、何もない真空からたとえ一片の浅草紙でも創造する事はできそうに思われない。しかし紙の材料をもっと精選し、もっとよくこなし、もう一層よく洗濯して、純白な平滑《へいかつ》な、光沢があって堅実な紙に仕上げる事はできるはずである。マッチのペーパーや活字の断片がそのままに眼につくうちはまだ改良の余地はある。

ラスキンをほうり出して、浅草紙をまた膝《ひざ》の上へ置いたまま、うとうとしていた私の耳へ午砲《ごほう》の音が響いてきた。私は飯を食うためにこのような空想を中止しなければならないのであった。

（大正十年一月『東京日日新聞』）

春寒

スカンジナヴィアの遠い昔の物語が、アイスランド人の口碑《こうひ》に残って伝えられたのを、十二世紀の終りにスノルレ・スツール・ラソンという人が書き綴《つづ》った記録がHeimskringla という書物になって現代に伝えられている。その一部が英訳されているのを面白そうだと思って買ってきたまま、しばらく手を触れないで打っちゃっておいた。

今年の春のまだ寒いころであった。毎日床の中に寝たきりで、同じような単調な日を繰り返しているうちに、ふと思い出してこの本を読んでみた。初めの半分はオラーフ・トリーグヴェスソンというノルウェーの王様の一代記で、後半はやはり同じ国の王であったが、後に聖《セント》オラーフと呼ばれた英雄の物語である。

大概は勇ましくまた殺伐《さつばつ》な戦闘や簒奪《さんだつ》の顚末《てんまつ》であるが、それがただの歴史とはちがって、中にいろいろな対話が簡潔な含蓄のある筆で写されていたり、繊細な心理が素朴な態度で穿《うが》たれていたりするのを面白いと思った。それから一つの特徴としては、王の軍中に随行して、時々の戦《いくさ》の模様や王の事蹟《じせき》を即興的に歌った詩人（Scalds）の歌がところどころに挿《はさ》まれている事である。それがために物語は一層古雅な詩的な興趣を帯びている。

日本に武士道があるように、北欧の乱世にはやはりそれなりの武士道があった。名誉や信仰の前に生命を塵埃《じんあい》のように軽んじたのはどこでも同じであったと見える。女にも烈婦があった。そしてどことなくイブセンの描いたのに似たような強い女も出てきた。さすがにワルキリーの国だと思われたりした。

オラーフ・トリーグヴェスソンが武運拙《つたな》く最後を遂げる船戦《ふないくさ》の条は、なんとなく屋《や》島《しま》や壇《だん》の浦《うら》の戦に似通っていた。王の御座船「長蛇《ちょうだ》」の周りには敵の小船が蝗《いなご》のごとく群がって、投槍《なげやり》や矢が飛びちがい、青い刃が閃《ひらめ》いた。盾《たて》に鳴る鋼《はがね》の音は叫喊《きょうかん》の声に和して、傷《きずつ》いた人々は底知れぬ海に落ちていった。……王の射手エーナール・タンバルスケルヴェはエリック伯をねらって矢を送ると、伯の頭上を掠《かす》めて舵柄《だへい》にぐざと立つ。伯は傍のフィンを呼んで「あの帆柱の傍の脊《せ》の高い奴を射よ」と命ずる。フィンの射た矢は、まさに放たんとするエーナールの弓のただ中にあたって弓は両断する。オラーフが「すさまじい音をして折れ落ちたのは何か」と聞くと、エーナールが「王様、あなたの手からノルウェーが」と答えた。王が代りに自分の弓を与えたのを引き絞ってみて「弱い弱い、大王の弓にはあまり弱い」と云って弓を投げ捨て、剣と盾《たて》とを取って勇ましく戦った。——私は那須与市《なすのよいち》や義経《よしつね》の弓の話を思い出したりした。

私がこの物語を読んでいた時に、離れた座敷で長女がピアノの練習をやっているのが聞こえていた。そのころ習い始めたメンデルスゾーンの「春の歌」の、左手で弾《ひ》く低音の方を繰返し繰返しさらっていた。八分一の低音の次に八分一の休止があってその次に急速に駆け上る飾音のついた八分一が来る。そこでペダルが終って八分一の休止の後にまた同じような律動が繰返される。

この美しい音楽の波は、私が読んでいる千年前の船戦の幻像の背景のようになって絶間《たえま》なくつづいていった。音が上がっていく時に私の感情は緊張して戦の波も高まっていった。音楽の波が下がっていく時に戦もゆるむように思われた。投槍や斧《おの》を揮《ふる》う勇士が、皆音楽に拍子を合わせているように思われた。そして勇ましいこの戦の幻は一種の名状しがたい、はかない、うら悲しい心持の霞《かすみ》の奥に動いているのであった。

今はこれまでというので、王と将軍のコールビオルンは舷《ふなばた》から海に躍り入る。エリックの兵は急いで捕えようとしたが、王は用心深く盾を頭にかざして落ち入ったので捕える事ができなかった。盾を背にしていた将軍は盾の上に落ちかかり、沈む事ができなかったために虜《とりこ》となった。

王はこの場で死んだと思われた。しかし泳ぎの達人であった王は、盾の下で鎖帷子《くさりかたびら》を脱ぎ捨てここを逃げのびてヴェンドランドの小船に助けられたという噂《うわさ》も伝えられた。ともかくも王の姿が再びノルウェーに現われなかったのは事実である。

優れた英雄の戦没した後に、こういう噂の生れたのはいつの世でも同じだと思われる。この戦を歌った当時の詩人の歌の最後の句にも「人はその願う事をやがて信ずる」と云っている。

ピアノの音はこの物語の終りまでつづいていった。読み終った本を枕元へ置いて、蒲団《ふとん》をかぶって聞いていると、音楽の波に誘われて物語の幻は幾度となく繰返し繰返し現われた。そしてこの王の運命の末路のはかなさがなんとなしに身にしみるようであった。

その後にまたつづけて書物の後半になっている聖オラーフの一代記を読んだ。向うところに敵なくして剣の力で信仰と権勢を植え付けていった半生の歴史はそれほど私の頭に今残っていないが、全盛の頂上から一時に墜落してロシアに逃げ延び、再びわずかな烏合《うごう》の衆を引連れてノルウェーへ攻め込むあたりからがなんとなく心に沁《し》みている。そのころから王の周囲には一種の神秘的な影が附き纏《まと》っていて不思議な幻を見たり、さまざまな奇蹟《きせき》を現わしている。

スチクレスタードの野の戦の始まる前に、王は部下の将卒の団欒《だんらん》の中で、フィン・アルネソンの膝を枕にしてうたた寝をする。敵軍が近寄るのでフィンが呼びさますと、「もう少し夢のつづきを見せてくれればよかったのに」と云ってその夢の話をして聞かせる。高い高い梯子《はしご》が立ってその上に天の戸が開けていた、王がそれを登りつめて最後の段に達した時に起されたのだという。フィンは、その夢が王の思うほどよい夢ではない、眠りの不足のせいでなければそれは王の身の上にかかる事だと云った。

王は黄金を飾った兜《かぶと》をきて、白地に金の十字をあらわした盾と投槍とを持ち、腰にはネーテと名《な》づける剣を帯び、身には堅固な鎖帷子《くさりかたびら》を着けていた。

美しい天気であったのが、戦が始まると空と太陽が赤くなって、戦の終るころには夜のように暗くなったと伝えられている。天文学者の計算によるとその日に日蝕《にっしょく》はなかったはずだという事である。

戦いは王に不利であった。……王はトーレ・フンドに切り付けたが、魔法の上着は切れなかった。そしてトーレの着た馴鹿《トナカイ》の皮から、ぱっと塵《ちり》が飛び散った。王は将軍のビオルン（熊）に「鋼鉄の噛《か》みつけないこの犬（フンド）はお前が仕止めてくれ」と云った。ビオルンは斧を揮ってその背を鎚《つち》にして敵の肩を打つと、フンドはよろめいて倒れんとした。トールスタイン・クナーレスメドは斧で王を撃って左の膝の上を切り込んだ。……王がよろめき倒れて傍の石によりかかり、神の助けを祈っているところへ敵将が来て首と腹を傷《きず》つけた。

戦いが終ってトーレ・フンドは王の死骸《しがい》を地上に延ばして上着を掛けた。そして顔の血潮を拭《ぬぐ》ってみると頬は紅を帯びて世にも美しい顔ばせに見えた。王の血がフンドの指の間を伝い上って彼の創《きず》へ届いたと思うと、創は見る間に癒合《ゆごう》して繃帯《ほうたい》しなくてもよいくらいになった。……王の遺骸《いがい》はそれから後もさまざまの奇蹟を現わすのであった。

私がこの聖オラーフの最期の顚末《てんまつ》を読んだ日に、偶然にも長女が前日と同じ曲の練習をしていた。そして同じ低音部だけを繰返し繰返しさらっていた。その音楽の布《し》いていく地盤の上に、遠い昔の北国の曠《ひろ》い野の戦いが進行していった。同じようにはかないうら悲しい心持に、今度は何かしら神秘的な気分が加わっているのであった。

忠義なハルメソンとその子が王の柩《ひつぎ》を船底に隠し、石塊《いしころ》をつめた贋《にせ》の柩を上に飾って、フィヨルドの波を漕《こ》ぎ下る光景がありありと眼に浮んだ、そうしてこの音楽の律動が櫂《かい》の拍子を取っていくように思われた。

その後にも長女は時々同じ曲の練習をしていた。右手の方で弾いているメロディだけを聞くとそれは前から耳馴れた「春の歌」であるが、どうかして左手ばかりの練習をしているのを幾間《いくま》か距《へだ》てた床《とこ》の中で聞いていると、不思議に前の書中の幻影が頭の中によみがえってきて船戦の光景や、聖オラーフの奇蹟が幾度となく現われては消え、消えては現われた。そして音の高低や弛張《しちょう》につれて私の情緒も波のように動いていった。異国の遠い昔に対するあくがれの心持や、英雄の運命の末をはかなむような心持や、そう云ったようなものが、なんとなく春の怨《うらみ》を訴えるような「無語歌」と一つに融《と》け合って流れ漂っていくのであった。

そして今でもこの曲を聞くと、蒲団の外に出して書物をささえた私の指先に、しみじみ沁み込むようであった春寒をも思い出すのである。

（大正十年一月『渋柿』）

『左千夫歌集』を読む

謹啓

先日は左千夫歌集をお送り下さいましてありがとうございました。かえすがえす御礼を申上げます。その後心持の静かな時に少しずつ拝見、昨夜ともかくも一度だけは読み了《おわ》りましたので、とりあえずの印象だけを申上げます。私には歌の批評などは到底できませんので、ただ何かしら思った事を申上げるだけでございます。

書物を手にした時に、第一に表紙の白地に染め出された合歓花が眼につきました。白い布地と薄墨の葉と薄紅の花と、そして本の上端の金色とが、明るい、上品な、いい感じを与えると思いました。本をあけるとすぐに故人の写真がある。これを見ているうちに一つの記憶がよみがえってきました。

それはたぶん明治三十三年か四年の秋であったかと思いますが、ある日根岸《ねぎし》の正岡《まさおか》さんを訪ねた帰りに、たしか高浜《たかはま》さんと一緒に、根岸の街を上野の方へ来る途中で偶然左千夫《さちお》氏に逢《あ》いました。私はその時始めて会ったので話も何もしなかった。高浜さんと少しばかり立話《たちばなし》をしてすぐに別れてしまった。その時に紹介されたのか別れた後で、あれが左千夫氏だと教わったのか覚えていません。しかし左千夫氏の名前は正岡さんから聞いていたのみならず、同氏が乳牛を飼って歌をやっているという事について正岡さんがたのもしさと誇りの心持をもっておられた事をよく知っていました。そのためかどうか分りませんが、その時の印象が二十年後の今日でも割合にはっきり残っています。なんでもぼたぼたした綿服の着流しで、同じような質素な羽織も着ておられたかと思います。帽子は鳥打《とりうち》であったようにも思われるし、また無帽であったような気もする。とにかく非常に質素な服装でありました。そしてたぶん掛軸らしい長い箱を風呂敷《ふろしき》で巻いたのを無雑作に脇に抱え込んでおられた。年譜によって見るとその時には三十七歳か八歳であったわけだが、今の私の記憶ではどうしても、もっと年取った人であったような気がします。そしてその時分に私の頭の中にあった歌人というものの型とはまるで違った、さっぱりした、男らしい、質僕《しつぼく》な感じのする人だと思われた。その時の記憶が今この写真を見て浮んでくると同時にこの写真の像と一つに重なってしまいました。眼鏡《めがね》やひげはあの時にもあったかどうだか、もうどうしても分らなくなりましたが、ただこの写真全体から浮み出る感じと、二十年前の感じとがぴったり重なり合うので、なんとなくなつかしいような気がして、それからいろいろ昔の根岸の鶯横町《うぐいすよこちょう》の事を考えたりしました。私が左千夫氏に会ったのはこの時一度きりでありましたが、その後に同氏の「野菊の墓」をホトトギスで読んだ時には、読みながら絶えず印象に残った同氏の姿を思い浮べていたに相違ありません。今でも「野菊の墓」の四字を見るとすぐにその姿が頭に浮んできます。この小説には私もかなり強く動かされました。私の胸の底にあって、しかも一種の怯懦《きょうだ》のために押し隠されているある物を思い切って現わされ、それが氏の真摯《しんし》な熱情で美しく浄化されているのに動かされたのでありました。

このような断片的の印象が、この歌集を読む間にいつでも私の頭の中に背景となっていて、読んでいく歌をその前に並べてみようとする自然の傾向を防ぐわけにはゆかないのでありました。

そういうわけで巻頭の年譜も特別な興味をもって読みました。歌を得んがためにわざわざ旅行をされたりした事を知って、氏の歌に対する態度の真剣さを思わされました。それから氏が四十二歳の俗に云う厄年から信仰の道に入られたという事が非常に意味のある事のように思われたりしました。『野菊の墓』がその翌年にできたのも偶然でないという気もしました。亡くなられたのが五十歳で、夏目先生と同じであったのも不思議な気がしました。

歌については申し上げることはかえって少ないようでありますが、ただ思ったままを少しばかり書いてみます。

第一に気のつく事は、古雅《こが》で朗《ほが》らかに明るい音調であります。読んでいくうちにこの朗々とした五十音の交響楽が耳に聞こえてきて、ほとんど意味や内容はなんであってもよいような心持がしてきます。声を出して咏《よ》んでみるとなおさらそう思われます。つまり音楽的な要素が最も強く現われているように思われます。初期の作でも内容においてもいいと思うのはもちろんたくさんありますが、中にはまたむしろやや概念的に過ぎはしないかと思われるのもあります。しかしそのような種類のでも皆一様にこの音楽の力で生き生きした力を得ているので、やはりそこに言外の興趣《きょうしゅ》を浮ばせるように思われます。それで作者の胸の中には断《た》えずこういう音楽が鳴っていて、それが何かの機縁で引き出されたのではないかという想像も起りました。そう思って見ると初期の歌に現われている自然界の題材の範囲は割合に広くない。そして桜や藤や牡丹《ぼたん》のような種類のものが目立っているような気がします。そして自然を細かく観《み》た後に得られるようなものが直接に文字の上に現われている事が少《すくな》いような気がします。近ごろの人の歌には感覚的な要素が一般に豊富で、色彩や音や香や皮膚の触感に関係した文字が多く使われ、あるいはそうした感覚が強く暗示されているのが多いと思いますが、左千夫氏の歌にはそういう分子が少く、またあるにはあってもそれが奥にかくれていて、その上に動いている情操や情緒が、これも直接よりはむしろ多く間接に音楽の力をかりて現われているように思われます。それで読んでいっていかにも品よく美しく、意味を分析的に考えると平凡なようであるのに、全体の感じが必ずしも平凡でなく、強い幻像を与えるのではないかと思いました。そうだとするとこれらの歌は全部が「作れる歌に非《あら》ずして詠める歌」であろうと思います。

しかしそういう傾向はだんだんに変って、しだいに近代的な敏感が現われてきているようにも思われます。例えば初めの方の桜の歌と、中ごろの槐《えんじゅ》の若葉を詠んだものを比べてみても、また最初の水害の時の歌と二度目の時のとを比べてみるも、かなりにそうした変化が認め得られるように思います。長歌についてもそういう変化がいくらか見えるかと思います。また人間の心理に関係した事についても晩年に近くなってはずいぶん突っ込んだところの出ている歌があるように思われます。

しかしそういう細かい事は、もう少しよく叮嚀《ていねい》に読み返してみた上でなければ分りません。ただ前に申上げたような私の頭の中の背景の前にこの歌集の内容の全体を並べてみると、そこにまた新しい左千夫氏の面影《おもかげ》が浮んできます。質僕な外貌《がいぼう》の中に包まれたあらゆる美しいものがこれらの歌から滲《にじ》み出してくるように思われます。例えば楽焼や勾玉《まがたま》や釜の音を楽しんだような事だけでも、それが歌に現われているところによって氏の全体が覗《うかが》われるように思います。皇室や国家に対する情緒も、氏の養われてきた時代を反映するある物が多くの長歌の中に原動力となって働いているように思われます。友愛や慈愛や信仰やがその間に美しく織り交ぜられて、幾分感傷的な悲哀がある場合でもそれが東国人的な健全な堅実さのために厭味《いやみ》におちるようなところが少しもありません。

一つ一つの歌の価値はその作者の全生涯に対して見た時に始めて分るという事は、誰についても云える事であろうと思いますが、左千夫氏の歌集を読み了った時に、そういう感じが特に強く自覚されました。そう思って見ると一つ一つの歌がことごとく私の頭の中の左千夫氏の全体の表現であるように思われます。そしてこれらの歌がこしらえた歌でなくて、真剣な魂を打ち込んだものだという事を思わされます。それだけでもこの歌集が立派な尊《とうと》いものであろうと思います。

今私の頭の中にできた左千夫氏の像はあるいは間違ったものかもしれませんが、私は大事にそれを保存しておきたいと思います。そして時々この歌集を繙《ひもと》いてこの心像を呼び出したくなる事があるだろうと思っています。

つまらない事を臆面《おくめん》もなく申上げました。失礼の段は御許しを願います。改めて御礼旁々《かたがた》右まで草々申上げます。不尽。（十一月二十四日古泉《こいずみ》千樫《かし》宛書簡）

（大正十年一月『アララギ』）

『氷魚』を読みて

歌というものについて、特にその形式や技巧についてなんらの研究をした事もなく、またいろいろの歌人の集を読みくらべた事もない私には、歌を歌として批評する事はできそうもない。ただ歌を愛し、歌人の内部生活に親しみを感じている素人《しろうと》の読者として、『氷魚《ひお》』についてその所感を述べさせていただきたいと思う。

対象の上に作者の自己を投げ掛け、対象の鏡に自己を映ずるという事は、すべての芸術について同様ではあろうが、中でも詩歌ほどそういう作用を直接に発現するものはないように思われる。そしてそれらの作物の価値を定める標準も、作物が作者を反映する強さ、深さ、真実さにあるように思われる。それでここに一つの歌集があるとして、読者がそれを読み、味わい、嚙《か》みしめていく事によって、作者の生活をさながらに経験し体験し得るものであったならば、その歌集は読者にとっては尊い一部の経典であり、生きた学説であるに相違ない。

始めて『氷魚』を通読した時に感じた事は、巻を通じて地味な物静かな空気の含まれている事であった。これまでに見た少数な歌集の中で出会ったような奇警《きけい》な才の閃《ひらめ》きや、強く鋭い感情の暴発や、眼鼻に迫る感覚的の刺戟《しげき》はなかった。強烈な刺戟に馴れて麻痺《まひ》した頭にすぐに焼き付くようなものは感ぜられなかった。それにもかかわらず、その物静かな空気の奥からにじみ出してくる作者の生きた生活の映像といったようなものになんとなく心を引かれるのを感ぜないわけにはゆかなかった。

この歌集の表紙は地味な鼠色《ねずみいろ》をしている。黒い活字で刷った書名の下にはただ一本の樹が冬枯れの枝を灰色の空に拡げている。口絵をあけて見ても、枯蘆《かれあし》の汀《みぎわ》にほうけ立った枯木が寒そうな影を水に落している。巻中の挿絵《さしえ》にも、霜枯れの草原に沼を渡ってきた風が戦《そよ》いでいる。これらの一見枯淡《こたん》な絵からにじみ出してくる情味が決してつめたいひからびたものでなくて、潤《うるお》いとなつかしみの深いものであると同様に、この集の内容も落着いて味わえば味わうほど、親しみとなつかしみを増すものであった。

信州の山里と都会との間に絶えず往復して、都にあっては家を懐《おも》い、里にあっては都の仕事を想う、辛労疲労の多い生活の中を寛《くつろ》げてそこに安住の庵《いおり》を結んでいる一人の人の心像を描く事なしにこの歌集を味わうという事は私にとって不可能な事であった。そうする事によって全巻の歌の一つ一つが強い現実味を持って活動してきた。そういうわけで、郷里の家や東京の仮寓《かぐう》における家庭生活と都の塵埃《じんあい》の中での仕事とに関係した歌が特に切実な感じを起させるのみならず、挿話的にはさまれた旅中の小景や街頭の所見も、それぞれこの人の心像の前に生きて動いてくるのであった。

例えば巻頭の「山国の春」でも「貰わるる小犬」でもまた「小石川植物園」でも、次に来る「妻と子」を読んで後にさらに読み返してみると、始め読んだ時には気のつかなかった一脈の生命の貫いているのを認める事ができる。そうして前の数篇が後のものの前奏曲であるようにも感ぜられる。仔犬に対する憐《あわ》れみは、さらに深いより大きなものの余瀝《よれき》であるようにも思われ、植物園の春寒は山国の雪に心持を通わせるように思われる。

同じように事は全巻を通じて云われる。「亀原の家」「高木の家」「番町の家」、それから「家に帰りて」「転居前」「帰国」というような数篇が、糸に貫《ぬ》き連ねた珠《たま》の中の、数取りの珠のような特殊な地位を占めている。これと交錯し並行して都会の塵労《じんろう》の生活の小景がまた違った色彩をもって編み込まれている。また山国の自然の絵巻が誇張のない真実さをもって展開されている。それらが皆前に云った一人の人の心像によって統一され融和されて、読んでいく私にその心像の人自身の生活を経験させ体験させる。そしてそうする事によってこの世の生き甲斐《がい》のある事を想わせられる。

一つ一つの篇や歌についても特に心に浸《し》みた事は少《すく》なくない。しかしそれをここに自分の気の済む程度にでも、抜き出して感想を述べるという事は容易な仕事でないのみならず、それがどれだけの価値があるかについても自信がないから、むしろ差し控えた方がいいと思いながらも、やはり何か述べなくてはいられないような気もする。

私には作者の家居のさまを歌ったもののいずれにも強く心を動かされる、そして例えば夜遅く帰って縁側で手を洗っていると胡桃《くるみ》の花が匂ってきたり、あるいは井戸端《いどばた》の桑の蔭《かげ》で子供と顔を洗っていたりするような歌が、どこか私の中にある不燃物に点火するような作用をする。そして私に「生」の楽しさを思わせる。

「逝く子」の一篇はおそらく誰の心にも、強く訴えるものであろう。しかしそれは必ずしも題材がそういうものであるためばかりとは思われない。例えば田舎帽子《いなかぼうし》をかぶっていた子供の姿によって起されたような機微《きび》な真情の表現が基調となっていなかったら、おそらくこれだけの力はなかったであろう。死を題材とした作物を読んだ時に、読者が「死」の美しさを想わされ、「死」のための「生」である事を考えさせられるとすれば、その作物はいいものに相違ない。

自然の描写にも私の好きなものは数多くあった。例えば「氷湖」の一篇でも、私がまだ一度も見た事のない氷湖の嵐の光景をありあり見せてもらう事ができた。そしてその物すごいような嵐の中で、土間に並んだ巣箱の孵《かえ》し鶏《どり》が一日鎮まりかえっているというような、一見なんでもない描写が、いかに全篇を生かすものであるかという事を想うと同時に、その鶏や巻頭の小犬に対する作者の心持を思い浮べる事ができるような気がした。

世の中には、眼に触れる限り、手の届く限りのすべてのものを、黒く汚ない色で塗り潰《つぶ》さないではおかない人がある。中にはそうする事によって自己の白さを挙揚するのもある。そういう人々の世界を見ていると、この世が黒くきたなく見えてくる。なさけなく、淋《さび》しく、住み甲斐のないような心持になってくる。そういう一方にまたこの歌集のような世界があるという事は、どれほどに心強くまたたのもしい事だろう。

　以上はこの歌集を繰返し読んでいる間に想った事をそのままに書いてみたにすぎない。それで自然、著者に対しては礼を失し、読者からは妄語《もうご》の咎《とが》を受ける点も少くないかもしれないが、それは幾重にも著者ならびに読者の寛容を仰ぐほかはない。

　最後に私は、アララギ同人諸氏が続々こういう歌集を公にして、それぞれにちがった美しさの世界を見せて下さる事を切望する。そういうものに饑《う》えている人は今のような世の中に決して少くはなかろうと思われる。


（大正十年三月『アララギ』）

『地懐』を読みて

私は近ごろ離れ離れの単独な歌や俳句に対する興味がなくなったが、その代り個人の歌集や句集には特別な興味を持つようになった。

私はめったに近ごろの小説などは読まない。たまに読んでうまいと思うのはあっても、なんだか物足りないようなものが多い。その物足りなさはちょうど美しい花か結構な御馳走《ごちそう》を写真で見せられるような物足りなさである。巧妙な器械を設計書で見る物足りなさである。うまさ、面白さがあまりに明瞭《めいりょう》である、有限である。

歌集を読んでいるとまるで違った感じがする。これはほんものだという気がする。

まるで知らない人の歌集を始めて読む時には、始めのうちはなんだかちっとも見当がつかない。しかし十首、二十首と読んでいくうちに、霧の中から森や家や川や山が浮き出してくるように、何かが浮き出してくる。その何かは早わかりの俗小説などとちがって直接な言葉や術語では決して表わせないようなものである。無理に云えば「物自身」とか「人自身」とでも云ったらいいかと思うようなものである。とにかく有限でないある物である。カテゴリーにはまらないものである。

読み初めには独《ひと》りで、広い野原に立っているような気がする。読んでいくうちにいつの間にか二人連れになる。そしてその連れの人は、不思議なシンボルのような言葉で道連れにある物の表面の奥底に隠れた、私の未だ知らない世界を教えてくれる、そして全篇を読み終るころには、私はその道連れとすっかり友達になっている、つまり友達が一人ふえた事になる。

いったいすべての芸術というものが、こうあるべきはずのものではあるまいか。そうでなくてはつまらないだろうと思う。

私が近ごろ読んだ少数の歌集について特にこういう心持がするのはどういうわけだろう。あるいは偶然の事かもしれない。私の近ごろ見た他の芸術や文学の大部分が偶然劣等なこしらえものばかりであったのに反してたまたま目を通した少数の歌集が偶然いい本ものばかりであったために、こんな気がするのかもしれない。『地懐』もたしかにいい歌集だと思う。少《すく》なくも私には前に云ったような意味でそうである。私はこの歌集を読んでやはり一つの纏《まと》まった、生きた世界を得た。その獲物《えもの》はかなりに美しい尊《とうと》いものである。私はそれをここで説明したいような気がする。しかしそれは不可能な事である。

それで『地懐』について以下に何か書くとすれば、それはただきわめて外面的な事だけになってしまう。

『地懐』を読んでいるうちに、私はどこかこの著者と自分とコンジェニアルなところがあるのではないかという気がした。まさか郷国を同じくしているからというわけでもあるまいが、一つ気のついた事は、作者の世界がいわゆる俳句の世界とかなり深くまで接触していると思う事がある。そのために、やはり俳句の世界に隻脚《せっきゃく》を踏んでいる自分が、そういう心持を起すのではあるまいかと考えてみた。少くも私がこれまでに熟読した四つの歌集に比較してみるとたしかにこの集にはそういう特徴があると思われる。

ここで俳句の天地というのは、何も季題などといったような、材料その物についていうのではなくて、作者のこれらに対する態度についていうのである。もっとも近ごろの俳句の天地はずいぶんいろいろな向きに拡がっているようだから、むしろここでは芭蕉によって代表された世界といった方がいいかもしれない。

『地懐』の歌には電光は閃《ひらめ》いていないかもしれない。天を焦《こが》すような炎も燃えていないかもしれない。鋭い官能的のものを顔の前に突き付けるようなところもないと思う。嵐の前に聳《そび》え立つ巌のようなあらわな強さもないかと思うが、その代りに清らかに澄みきった月夜の静寂がある。私はこの歌集に割合に月を歌ったものの多いのが偶然でないような気がする。

私の頭の中に描かれた『地懐』の歌人は、歌を作る前に多く泣いた人である。そうして泣き尽して涙の乾いたあとのすがすがしくなった眼でこの世を見ているような気がする。そこに澄みきったような涼しさの奥に隠れた温か味がある。見捨てている世の中と切っても切れないなつかしみの執着がある。そこから生れたものがこれらの歌であるとこう云ったような気がする。これは自分の勝手なひとりぎめに過ぎないが、ともかくも『地懐』の作者も、どうしても歌をよまなくてはいられない人であるような気がする。そういう本当の歌人の歌の中には単独に切りはなして見ると往々《おうおう》平凡に見えるようなもののある場合が少くないと思われるが、歌集として見る時には、そうした歌のある事が、かえって作者の真剣さと真面目《まじめ》さを証明するような場合がはなはだ多い。そういう意味で私は、いろいろの作者のうまい歌ばかりを雑然とならべたものよりもきまった一人の歌人の集を読む事に興味を感じるのである。また同じ理由から、私は歌人が自分の歌集を選する時に、自分では形式の調《ととの》わないと思うのでも、それが純粋なものである限り、遠慮しないで集に加えてもらいたいような気がする。無理な希望かもしれないが。

『地懐』の歌のうちでも読んでいて、一番肉迫《にくはく》してくるのはやはり郷里の家に関するものである。これはおそらく多くの他の読者にも同様であろうと思う。そのほかに、これはあるいは自分だけかもしれないが、海に関する歌、航海に関する歌で共鳴させられるのが多い。これは九十九《つくも》洋《なだ》の国で育った作者と私との間につながる糸に触れるためかもしれない。

歌の批評は私にはできない。本当の歌というものは元来批評すべきものではないような気もする。いいと感じたのを味わって歌ってみればいいし、感じないのはそれきり忘れてしまうのに任せておくだけだと思う。同じようなわけで歌人も人の批評などは聞かないで、内部から出てくるままのものを出す方がいいではないかという気もする。

『地懐』を読んで思ったままを書いてみた。著者からも読者からも妄語《もうご》の咎《とが》を受けるかもしれない。偏《ひとえ》に寛容を祈りたい。


（大正十年七月『覇王樹』）

『あらたま』雑感

数年前遠方の友人から歌集『赤光』を送ってもらった事がある。特色があって面白いからぜひ読んでみるようにという好意からわざわざ送ってくれたのである。読んでみてなるほどと思った。

同じ友人の好意でその頃からアララギの歌に親しむ機会を得た。

ずっと前に『明星』時代の歌を読んでみた事があったが、それ以来歌というものに縁が切れたようになっていた自分が、急にまた歌の世界を覗《のぞ》きはじめたのはそれ以来の事だと云ってもいい。そしてわずかの年月の間に親しみが重なるにつれてだんだんに大胆になってきて、いつの間にか歌集の批評のようなものを書く事の常習犯になってしまった。

そういう歴史があるので、『あらたま』が出版された事を知って、これはぜひ読んでみたいと思っていた。しかしついそのままになっていたのが、今度アララギの方から御すすめを受け、また歌集を送って頂いたのでようやくその望みを果す機会を得たのである。そういう次第であるから、この歌集を読む前から、自分の頭の中に何かしらぼんやりした形をしたものがあった。それが以下に書こうとする事にどれだけかの影響を及ぼさないわけにはいかないと思う。これだけをあらかじめ断っておきたい。

　斎藤氏の歌が形式の上でも構想の上でもオリジナルな成分に富んでいる事は定評であるらしい。実際私が始めて『赤光』を読んだ時にもそう思った。そしてこれは他人が真似《まね》をする事の困難な種類のものだと思った。もっとも変った特徴があるだけに皮《ひ》相的《そうてき》な真似はかえってやさしいかもしれないが、生れついた人でない限りその真似は支離滅裂《しりめつれつ》になってとても一貫させるわけにはゆかない。もちろん誰のでも真似は駄目《だめ》にきまっているが、と思った。

　今度の『あらたま』をゆっくり前の『赤光』と読み較べる事はできなかったが、今度の方がいったいに奇警《きけい》な用語や「強く跳ね返るような言葉」の目に立つ度が少《すく》なっていると思う。中には形式特にアクセントの上でほとんど別人かと思われるような、さらさらとした、なだらかなものがかなりある。これは著者にとって必然なそして充分に意識されている推移である事は巻尾の編輯《へんしゅう》手記から推測される。たまに気まぐれに歌集を取上げてみるような通りいっぺんの読者にとっては、なるべく刺戟《しげき》の強い、すぐに飛びついてくるような外形のものが興味をひきやすいわけであるが、作者にとってはそれが厭《いや》になるのは自然な事である。またそういう推移がなければ『赤光』と『あらたま』とが独立の存在を保たないわけになるかもしれない。どちらがいいとか悪いとかいう事は全く問題にならない無意味な事でなければならない。私はすべての芸術のたどる途《みち》は始《はじめ》も終《おわり》もない無限の軌道《きどう》であって、完成とか終点とかいうものはないものだと思っている。どこまで進んだかという事よりもその進行の運動量かエネルギーとでもいったようなものが大切なものだと思っている。個人の作品の形式や具体的の内容は作者の環境により、年齢により、また過去の自分の作品からの反射的作用のためにいろいろの相《フエーズ》を経過するのは自然な事である。しかし空間の中で進む退くという言葉が絶対的の意味を持たないと同様に、各々の相自身に附帯した価値の標準はありそうもない。ただその相を通過しつつある芸術がいかに強き衝動《インパルス》の下に動いているかが主要な問題であると思う。

そういう意味で『赤光』も立派なものであった。作者の感じている強い衝動は、その作品を通じて読者に作用し読者を引きずっていく。

こういう点から見て今度の『あらたま』はどうであるかと思ってみた。巻の中ほどまでは私が前の歌集で受けたと同じような種類の刺激に到処《いたるところ》出遇うように思って読んでいた。しかし読んでいるうちにだんだん心持が変ってくるように思われた。それは例えば渓谷の急湍《きゆうたん》を下ってしだいに広く緩《ゆるや》かな流《ながれ》に移るような心持であった。

これはただ自分に偶然なその時のムードからそう思われたのかもしれないが、ともかくも刺戟の強い言葉やアクセントに出遇う度数が少くなる事を感じて少し意外なような心持もした。それで今までの調子で読んでいくのをやめて、さらに新しい心持になって、囚《とら》われない頭で読みかえすように勉《つと》めてみた。それは存外むつかしい事であったがある程度までは成功したと思う。そうして変った形式の中に変らぬ作者を認めることができたのを快《こころよ》くも感じた。

谷川の運動量やエネルギーが必ずしも速度の小さい河のそれに勝《まさ》らないように、刺戟の程度だけでは必ずしも芸術的衝動の多寡《たか》を測るものではないのであろう。質量といったようなものを勘定に入れなければ物は云われない。

この集を読んでいるうちに気のついた事は、太陽の光を詠じたものが著《いちじる》しく多い事である。強烈な光の支配の下に澄みきった静寂と澄明な悲哀はこの歌人に尽きざる詩想の源泉を供給するように見える。ただ日光だけでなく真夏の浜の日光の下に焚火《たきび》をしている光景や白日下《はくじつか》に点《とも》った電灯なども詠まれている。

近ごろ読んだ橋田東声《はしだとうせい》氏の集には月光を詠じたものが多かったように思った。そして集全体に月光のような情趣が浮んでいるように感じたが、今度『あらたま』を読んで日光の歌が多く月光の歌の稀《まれ》な事に気がつくと共にこの二つの集がいろいろの点での著明な対照を示しているのに気がついた。しかしそれを書き出すとあまり脇道にはいるからここでは述べまいと思う。

ともかくも斎藤氏の歌の全体から受ける感じは極めてインテンスなものである。例えば色彩で云えば『赤光』の表紙の朱赤色や『あらたま』の表紙の黒白のコントラストのような感じである。例えば日光に隠れ惑う黒い蟀《こおろぎ》の歌でも、私の感ずるものは小さな動物に対する可憐《かれん》の情ではなくて、むしろ強い不可抗力に対する人間の恐怖のようなものである。そしてすべて不思議な強い力が籠《こも》っているような気がする。すみ切って廻《まわ》っている独楽《こま》のような感じがする事もある。

歌集を離れてぼんやり考えると、強い官能的の刺戟が随所にあったような気がする。しかし一首一首当ってみると存外直接に官能的な材料や言葉を使ったのは稀である。これはあるいは自分の錯覚のようなものかもしれない。しかしあるいは官能的なものの官能的な外殻《がいかく》を突き通してその下にあるものがつかまえられているためではないかと思う。「満つる光に生れ居る」蝌蚪《かと》の歌から受ける感じと同種のものであると思う。たとえば傘にひそむ虻《あぶ》や、すぽりと引抜かれる蒟蒻草《こんにゃくそう》や、病室に味噌汁《みそしる》をはこぶ男などがそうである。

いろいろの材料が象徴的に使われているような歌もかなり多いように思われる。そう思わないと私には意味の分りかねるようなものもある。例えば銃声や雉子《きじ》の声やすかんぼの花や河豚《ふぐ》の子などのようなものもそう思われる。また象徴としなくてもいいがそう思って見るとぐっと生きてくる歌が多い。例えば蟀や蝌蚪もそうであるが、深夜の蠅《はえ》や油虫などが特にそうであるかのような気がする。陣羽織《じんばおり》を着た侏儒《しゅじゅ》でも普通の実用的の意味を伝える言葉としてより以外の役目をしているような気がする。これもこの歌人の歌に限られた事ではないかもしれないが、特にそういう気のするのは何かしら思わせるあるものがあるのだろう。

擬声的《ぎせいてき》の形容の詞《ことば》にも面白いのがある。かんかんと立つ橡《とち》の大樹や、こんこんとしてかたまる蝌蚪等も私には珍しかった。ざっくばらんに飛ぶ蜻蛉《とんぼ》もオリジナルだと思った。同時にこれは下手《へた》に真似する初心の人の乗りかけやすい暗礁《あんしょう》でありそうに思われた。

以上は一首一首取り離した歌について作者にユニークなと思うような点を任意に取り出してみただけである。そういう特異な点がなくて、そしていい歌だと思うのももちろん少くはない。あるいはそういう歌がかなり多数を占めているかもしれない。しかしそれは多くは連作として見なければならない性質のもので一つずつ取離して見るのは悪いように思う。

連作として見た各篇の批評は、もっとよく熟読してからでないとできない。

この歌集の底を流れている気分の中には何かしら悲劇的な要素がある。それは必ずしも直接そういう題目を取扱った歌の効果が周囲の歌に瀰散《びさん》するためばかりとは思われない。かえってきわめて無事な生活を詠じたものの中にそんな気のするものがある。この事は自分が今までに見た他の人の集と思い比べてみても顕著である。例えば『左千夫歌集』ならばいったいにどこか楽天的な空気があって、悲哀があってもそれはなんとなくイディルリックのもので、そして吾々《われわれ》より一つ前の世のもののように私には思われる。『氷魚』からにじみでる人世の悲しみは地味な現実の人倫そのものに附随した悲しみで、歌人はそれを嚙《か》みしめながらつつましく自己を制しているような気がする。しかし『あらたま』には何かしら特別な重い悲劇的なモーメントの暗示があって、どうかすると、突然吾《わ》が門をたたく運命のおとずれのようなものを思わせる。このような心持のずる原因は、一つは狂人といったようなものを材料にした歌の比較的に多い事や、またそれらの表現に使われた特種な言葉や音調にもあるらしいが、それを多少でも分析的につきとめてみる事は困難である。

『左千夫歌集』が桃や菜の花、『氷魚』が梅や栗の花、『地懐』が野菊や蓼《たで》の花のような心持がするとすれば『あらたま』は例えば仏相花《ぶっそうげ》のような熱帯植物の気分もありました蘭《らん》や蓮《はす》の感じもある。こんな比較は畢竟皮相的《ひっきょうひそうてき》な児戯《じぎ》にすぎないと思うが、人によってずいぶんいろいろちがうものだろうと思うから試みに書いてみた。

斎藤氏の歌はどうかすると、ゴーガンやゴーホの絵のような心持がする事もある。

そういえば、島木氏の歌にはどこかセザンヌふうのところがあり、橋田氏にはミレーのようなところがあるかもしれない。

こんな気まぐれな見立てや比較をするのは悪い事だと思う。ただひとりでにそんな気がしたものだから、かまわずありのままを書いてみたまでである。

自然の花に美しくないものはないように、真実な芸術家の作ったものに美しくないものはないのだと思う。

（大正十年十月『アララギ』）

藤原博士の『雲』

科学は普遍的なものであって、国境を無視し、人間の個性を超越しなければならないというのは科学者の理想である。もしこの理想の実現される日が来るとすればその時には、科学の各部門に関する書物はただ一つずつあればよいことになる。例えば雲に関する書物でも世界じゅうで定本が一つあればよいわけである。しかしそういう理想は基礎的な物理学でさえもなかなか実現されない。まして応用物理学の分脈で現在未だ進歩の初期にある学問に関してはなおさらのことである。そこで気象学のようなものでも、自ら英国風、ドイツ風、スカンジナヴィアふうの学派があり、各学派でも各個学者の個性がその人の著者や論文に強く印象されており、偉い学者ほどその個性の香が強いようにも思われる。物理学のようなものでさえもかなりにそういう傾向があるのは見逃すことのできない現象である。

西洋の科学を輸入してから未だあまり永くもない日本ではごく少数の人々を除いてはたいてい西洋のいずれかの学派の徒弟《とてい》として彼地《かのち》の巨匠の通った道を忠実に追従してその遺《のこ》したものを拾い、造ったものに磨きをかけて光彩を加える事に努力するのが普通である。これも結構なことである。しかし日本でも、もし一流の学問国として欧米諸国と肩をならべるというためには、やはり自ら日本ふうの学派があっても別に現在のところでは悪いことはないわけである。むしろそうしなければ、日本はいつまでも学問の上で外国の植民地のように見られるのである。

日本は書物国である。毎朝顔を洗って一番に目に触れるものは何かといえば、新聞の第一面を埋める書物の広告である。外国のいかなる国にこういう現象があるか私は知らない。日本人は書物を喰《く》って生きているかと思うほどである。これらの書物の幾プロセントかは科学書である。近年は各方面になかなか良い本がたくさんできるようである。しかしその中で、その著者にして始めて著わし得るという種類の本がどのくらいの割合を占めているか、これは存外少数であるかもしれない。

藤原博士の『雲』のごときはまさに少数なそういう独自の特長をもった書物の中の一つでなければならない。それは確かに藤原博士でなければ書けない本であり、そうしてまた確かに日本人の気象学者でなければ書けない本である。

開巻第一に速須佐之男命《はやすさのおのみこと》や伊須気依比売《いすけよりひめ》の御歌が出ている、それがあたかも日本の国と人へのデディケーションとして引用されたように私には思われる。そうしてまた巻中にまだら雲のごとく分布している各種の雲の名称の「大和《やまと》名」がこの書物の個性を最も濃厚ならしめ、また最も強く読者の興味を刺戟《しげき》する。「晴しらすの中糸玉雲」

「まだら雲の中あばた雲」等のごとく、東西雅俗の言葉を自由に駆使して、分りやすく覚えやすいものにした点だけでもこの著者の特長を発揮したものであろう。

解説中の科学的なる部分の確かなことは云うまでもないが、それが単に西洋学者の諸説を紹介するだけではなくて、著者多年の独創的研究の結果が多分に包容されている。ことに著者年来の研究題目たる渦巻運動の見地から雲の形を解釈したものなどは最も専門学者の注意すべき箇条である。

なんと云ってもこの書の価値を定めるものは二十二版から成る各種の雲の写真である。これはいかなる点でも立派なものである。単に従来あるものの複製ではなくて大部分は著者自身が撮影し、独自の解説を附したオリジナルなもので、これは世界じゅうの学者から歓迎されてしかるべきものである。私はこの書の欧文訳の刊行を希望したい。

十余年の昔、私は毎週一回ずつこの『雲』の著者と一緒に深川越中島《ふかがわえっちゅうじま》のある道をあるく機会をもっていた。歩きながら話している途中でこの著者は突然天空を指ざしてあの雲はどう思うというような問題を提出したことがしばしばある。著者が雲に対する研究熱はおそらく、そのころよりもまだまだずっと昔からのことであったろうと思われる。それで、先にすでに『雲を摑《つか》む話』を書いた著者はとうとうこのたびの著においていよいよしっかりと「雲」を攫《つか》む事に成効されたのであろうと信ずるのである。

（昭和四年六月二十四日『新愛知』）

『芭蕉連句の根本解説』について

十四世紀の後半に日本で新しい珍しい芸術が創造された。形式においても内容においても全く世界に類のないものが生れ出た。それは連歌と称する土偶に生命の火を吹き込むことによって生れた俳かい連句と称するものである。その創造者は伊賀《いが》の国のさむらいであったが、家業をすてて、流動する世間と人間と自然を見るために放浪の旅を続けた。そうして少数の心の合った特色ある芸術家を膝許《ひざもと》に集めて不思議な共同製作にかかった。それはいわば一種の音楽のようなものであった。楽音を積重ねて旋《せん》律《りつ》を作り和げんを構成するように、詩句を重畳《ちょうじょう》し連結した風情と象徴の旋律《せんりつ》と和げんを動かしていくのであった。一曲は三十六音から成りそれが自《おの》ずから四楽章に分れ、それがおのおのちがったテンポやエキスプレッションをもって、あるいはアンダンテ、アパシオナト、あるいはスケルツオといろいろな色彩に色どられるのであった。いろいろの音色をもった諸楽器の交響楽のような効果はまた共同製作者の互《たが》いに異なる性格と体験との生み出す特色の交錯によって織りだされた。

この芸術はまたある意味で近代の活動映画の先駆者であり、ことにいわゆるモンタージュ映画や前衛映画、そうしておそらく未来に属するいろいろの映画芸術の予想のようなものである。

それだのにこの「俳諧」という名が多くの人には現代の日本人とはなんの交渉もない過去の幽霊の名のように響くのはなぜか。その少《すくな》くも一つの理由は、これが従来ただいわゆる宗匠《そうしょう》達のかび臭いずだ袋の奥に秘められて、生きて歩いている人々の、うかがい見るのを許しても、手に取りはだに触れることを許されなかったせいであろう。俳かい自身はかび臭いものではない。いわゆる「さび」や「しおり」は枯骨《ここつ》のようなものではなくて、中には生々しい肉も血もあり、近ごろのいわゆるエロもグロもすべてのものを含有している。

このユニークな永久に新鮮であり得べき芸術はすべての日本人に自由に解放され享有されなければならない。そうしてすべての人は自由に各自の解釈、各自の演奏を試《こころ》みても差支えないものである。俳かいも音楽と同様に言葉や理窟《りくつ》では到底説明しがたいものだからである。しかし我々が音楽に関するいろいろな先輩の解説を読むことによって教えらるると同様に俳かいの場合にも先進の手引によって次第に自分の目と耳とを養うことができる。この目的にはすでに露伴《ろはん》氏の「抄」の連著があり、諸学者共著の「研究」があるが今また太田《おおた》水穂《みずほ》氏の「根本解説」が同氏前著『芭蕉俳諧の根本問題』の姉妹篇として刊行された。

これはまだ俳かいに対する概念をもたない人々にとっても有益な案内者となり、すでにその道に入る人には幾多の問題を示さするであろう。想うに連句の一句一句は複雑な糸筋の集合する結節のようなものである。読者はこの書の手引によって一巻の歌仙をたどり全幅の鳥かん図を作った後に、さらに自らの道を取って独自の解釈を求め、自らの演奏、自らのヴァリアチオン、やがてはまた自らの作曲を試みることもできるであろう。

（昭和六年一月三十日『東京朝日新聞』）

岡田博士の『測候瑣談』

世界じゅうで気象観測予報施設の最も完備した国を挙げる場合には、我邦《わがくに》が少《すく》なくもその一つに数えられるというのは周知の事である。また日本の科学界のいろいろな部門の中で、西洋と対等の太刀打《たちうち》のできるものは何かと聞かれる場合に、まず数えらるるものの一つは気象学である。その日本の気象学がこれほどまでに発達するようになったのは決して一人や二人の力によるものではないことはもちろんであるが、しかしそういう功労者の中でも最も功労のあった少数の人を挙げるという場合に一番に目ざされるべき人はこの『測候瑣談《そっこうさだん》』の著者岡田武松《おかだたけまつ》博士であろう。この岡田博士自身が過去三十年の気象学者としての科学生活の体験記録の中から筆のすさびに選ばれた挿話的《そうわてき》随筆百八十項を集録し、その上に博士が欧州各国の気象台を歴訪したときの綿密な記録で、いわば「気象学的西遊記」とでも名づくべきものを加えたのがこの一書である。

随筆の内容はきわめて多種多様である。我邦におけるいろいろな観測事業の沿革や裏面史のようなものも多数にあるが、これらは我邦文化史の資料としてもはなはだ貴重なものであろう。また我邦気象学界に功労のあった人達の仕事のみならず、人間としての面目《めんもく》を紹介したものが多数にあって、それにはまた特別の興味がある。ことに世間的に知られていない隠れた功労者に関する記事に著者の人柄の発露を見ることができるようである。気象事業に関する世人の無理解から生じたいろいろの挿話もたくさんあって、その中には滑稽《こっけい》の上乗《じょうじょう》なるものが少くない。百葉箱《ひゃくようばこ》にお賽銭《さいせん》が上がり、蒸発計が便器と誤らるるごときがそれである。

いろいろな学者の面目を躍如《やくじょ》たらしむるような逸話《いつわ》もはなはだ多い。この書の著者は自然の観察者であると同時にまた鋭敏なる人間の観察者である。科学者的な客観によって人の長所と短所を解剖分析する能力をもっているから、その解剖台にのせられる人は明白に臓腑《ぞうふ》を露出させられる。しかしこの解剖者はまた同時に人間の深い理解者・同情者であるのでこの人のメスにかかって腹を立てる人はほとんど一人もないから妙である。著者と登場人物と読者とこの三人は顔を見合わせて愉快に笑うことができるのである。

著者は有名な読書家である。したがって和漢洋の雑書に現われた気象関係のいろいろの事項が題材となっているのは怪しむに足りない。例えば木曽節《きそぶし》や安政《あんせい》年間に行われたチョボクレの文句までが気象学上のデータとなり得るのは面白い。碑銘の文章から過去の暴風を論じたのもある。「颱風《たいふう》」の語源に関しては言語学者の向うを張っている。

測候所員の心得に関する忠言や若い学徒への警告といった種類のものにはまた一般学者への諷刺《ふうし》と見らるるものを含んでいるのもある。多くの学者の中でもこの著者のごとく学問というものに対して広い見解をもっている人は割合に少いと思わるるから、これらの忠言は多くの学徒の玩味《がんみ》してしかるべきものであろう。

これらの真面目《まじめ》な内容の中に著者独特のユーモアーが瀰漫《びまん》しているために読んでいて肩が凝らず、知《し》らず識《し》らず笑いを催す。著者は幼時を京橋区《きょうばしく》の真中に過ごしたそうであるが、この書のスタイルにはどこか江戸文学の匂《におい》がある。巻中に三馬《さんば》の『浮世風呂《うきよぶろ》』の一節を引用されているのも偶然ではないのである。地震学と禿頭《はげあたま》の相関を問題にしたりするのは奇矯《ききょう》なようであるが極東気象相関の研究者としてのこの著者の筆に成るものとして見れば決してただの戯言《ざれごと》とは聞かれないであろう。

学問をだいたい服のように着飾る人、鎧兜《よろいかぶと》のように着固める人、寄居虫《やどかり》の殻《から》のように引ずり歩く人もあるが、著者のごときは学問を身体髪膚《しんたいはっぷ》五臓六腑《ごぞうろっぷ》に焚《た》きしめた人のように見える。そうして浴衣《ゆかた》掛けで涼み台の一夕話をしているような趣《おもむき》が自らこの書を通じて感ぜられるようである。

著者はこの書中に学問は「柄杓《ひしゃく》」のように修めよと云っているが、この書はまさにその柄杓の点滴であるかと思われる。著者の柄杓の柄は気象学であるが柄杓の胴に盛られたものは万般の学であり人生観・世界観である。学者であると同時に勝《すぐ》れた為政《いせい》者《しゃ》であり事業家であるところの著者の柄杓から溢《あふ》れた点滴は単に気象学者あるいは一般科学者のみならずあらゆる読者にも必ずなんらかの興味と実益を与えるであろうと思われる。そういう点でもこの書はやはりちょっと類の少い変った興味のある書物であろうと思われるのである。

（昭和八年四月十六日『時事新報』）

科学的文学の一例

佐藤春夫《さとうはるお》氏纂述《さんじゅつ》『維納《ウィーン》の殺人容疑者』を読んだ。最も濃厚なる嫌疑《けんぎ》をかけられた紳商被告が、二十一ヶ月の間頑強《がんきょう》に自己の無罪を主張しつづけた最後の瞬間において、十二人の陪審官中の七人だけが殺人を認め、残りの五人がこれを否認したために、綺《き》麗《れい》さっぱりと無罪となるのである。その最後に到るまでの顛末《てんまつ》を、生真面目《きまじめ》な公判廷の筆記に基《もとづ》いて纂述したものである。筆者はこの間に全然批判的な態度を避けて単に忠実なる記録の編輯者《へんしゅうしゃ》としてしか顔を出していない。この書の深い興味はこの点にかかっているのである。

読者はこの一巻を読み終って何やら物足りないような感じがする。誰が眼にも確かに無罪とは断言しがたい、むしろ多分の嫌疑の残された被告が綺麗に放免されるからである。しかしまた一方でそれなら確かに有罪だと断定するかと聞かれてそれを証明するとなると、検事か軍人か、もしくは呑気《のんき》な果断家《かだんか》でない一般読者はやはり躊躇《ちゅうちょ》しないわけにはいかないであろうと思われる。そこにこの書物の最も深き興味があると思われる。

要するにこの書物は一般刑事裁判というもの、また特に陪審裁判という制度に対する最も根本的な疑義を吾々《われわれ》読者の面前に近くひた押しに提供するものである。

一方ではまた、人間といういわゆる理智的な存在の中に存するあらゆる非理智的な錯誤《さくご》や矛盾《むじゅん》や、要するに人間の愚《おろ》かさを証明するような資料がたくさんにこの書中に盛り込まれているのである。見方によれば、被告よりはむしろ検事・弁護士・諸証人を主人公とした複雑なる錯誤の悲喜劇とも見られる。しかも、実をいうと、それらの登場人物はまたすべての読者の中にそれぞれ現在する「人員」なのである。そうして、それらの弱い人間の中の誰よりも一番強く利口であった被告が最後に完全なる勝利の凱歌《がいか》を奏《そう》しているのである。『ライネケ狐《ぎつね》』の寓話《ぐうわ》を現実に演出したといってもいいであろうと思われる。

こういう現象は何も遠い異国のウィーンには限らず、例えば吾々の親愛なる東京にでも、すでにしばしば起り、また将来もしばしば起り得るであろうと思われる。

それが笑うべきことか、慨歎《がいたん》すべきことか、到底どうにもならないことなのか、それともなんとかより善《よ》き途《みち》によってより多く合理的な方向に移っていけるものか。

こういう切実な問題をこの一篇の「記録文学」が読者の頭上に投げかける。こういう意味においてこの書は自分の考えている「科学的文学」の一つの分派の代表者として推奨すべきものと思われるのである。(ここにいわゆる「科学的文学」に関する論考は角川書店版『科学と文学』に収められている。）無理に辻褄《つじつま》を合わせるためのうそを並べたような過去の文学に取って代るべき未来の文学の、少くも一つの相をこの書が予想させるからである。

陪審官の投票の結果がただ一票の差で終身禁錮《しゅうしんきんこ》か、即時放免かのどちらかにきまる。All or none の一例である。しかしこの被告の場合などには何もそう一概に不連続的にしないでも、例えばまずだいたい終身刑期の年数を目算《もくさん》して、それの十二分の七だけの期間を、禁錮でないまでも例えば公民権を剝奪《はくだつ》するかどうかしても必ずしも不合理ではないような気もする。そんなのは『大岡政談《おおおかせいだん》』にも『桜陰比事《おういんひじ》』にもないようであるが、しかし、そういう立場から出発した新しい刑法を案出してみるのも面白くはないかという気がする。そんな事を考えさせるのもまたこの書の中に隠れたきわめてシリアスな人間社会の謎の示唆《しさ》によるものと思われる。

この被告が放免の翌夜には、もう一流のホテルの舞踏場に姿を現わし、それからのブンメルライゼで到る処のロカールの女達の引っぱりだこであったり、その後にはまたあるトーキーの主役に擬せられりしたという、そういう意外な事実の報告にもまた無限の興趣《きょうしゅ》があり不尽《ふじん》の疑問の泉がある。そうして著者としては一言の批判がましい記述のないところにこの種の文学の深妙なる「纂述」の技巧が存するということがよく分るのである。

もしもこの被告が死刑になるか終身懲役になったのであったら、この本の面白味は半分くらいは減殺されるであろう。しかしそれが無罪放免になったのは何も筆者佐藤春夫氏のせいではなく既往《きおう》の事実なのである。そこまでに話の筋を持ってきた道行もまた夢にも筆者のこしらえたものではなくてただありのままの事実なのである。それならばいったい筆者の「芸術」はどこにあるかと、聞く人があるかもしれない。その芸術は、検事のいわゆる「バベルの塔のごとく堆積《たいせき》せる審理事実」を整理し分解し綜《そう》合《ごう》してこの一小冊子の中に圧縮し、明瞭《めいりょう》なる正確なるしたがって興味ある視像を構成して読者の前に提出した手際にあるであろう。この手続では芸術であると同時にまた一面では正しく科学者が自然界の事実のバベルの塔を処理する手続である。そういう手続によってこそ事実の記録がやがて「方則」となり「予言」ともなり得るであろう。また、そういうものであってこそはじめて、文学は人間にとって科学と同様に実際の役に立つものになり得るのではないか。これはただ自分の夢のような空想であるが、しかしこの書籍は少くも自分のそういう夢の実現への第一歩を示してくれるような気がするのである。自分が頼まれもせぬのにこの書の紹介をあえてするのは、そういうわがまま身勝手な動機によるもので、この点については著者ならびに読者の寛容を祈る次第である。

（昭和八年十月一―三日『東京朝日新聞』）

『ギリシャとスカンディナヴィヤ』

人生旅行記にいろいろの種類があるように海外旅行記にもいろいろの種類がある。例えば、ベデカと、博物館の目録と、インスチチュートやビュローのパンフレット、あるいは会社の型録《カタログ》だけを通して見た西洋風景写真帳といったような記録もある。それはちょうど永い生涯を人生案内記の暗誦《あんしょう》と、知識の型録の蒐集《しゅうしゅう》とに消費した人の一代記のようなものである。そういうものも有益かもしれない。

しかし安倍君のギリシャならびに北欧の旅行記はこれとは全く対蹠的《たいしょてき》なものの一例である。これは自分の生活を生活する人の生活紀行の一章である。この著者ももちろんベデカは使っている。使ってはいるがそれはただほんの道傍《みちばた》の道標としてである。著者はその巡歴した限りの国土を自分の眼で見耳で聞くだけでは満足しない。その土と草の香を嗅《か》ぎ渓流やフィヨールの水をくんで自分の舌で味わいその国の野の人達と自分の血の通っている手でしっかりと握手しなければ満足できないのである。そうしてドイツ人のいわゆるゲミュート、日本人には割合に乏しいと云われるゲミュートの中から粗暴なものを取除いた、つつましいゲミュートをもったそれらの国々の田夫野《でんぷや》人《じん》と彼らの女子供に接している著者の風貌《ふうぼう》を、この全巻の到る処に見出《みいだ》すのである。ナウプリア附近の尼寺で年取った尼僧と別れるシーン。ウプサラで子供の群に取囲まれて当惑している姿。ホテルの不親切に対する不平が枯草を集める太古の老人に御辞儀《おじぎ》をしたので綺麗《きれい》に消散《しょうさん》するくだりなどは、最もよくそういう著者の風貌を窺《うかが》わしめるものの数例であろう。そうして、えらい学者や文人との自慢臭い会見談などは一つもないのである。

自然の観察もはなはだ精緻《せいち》である。その土地土地の植物界の記載が特にこの紀行の現実性を高める効果をもつようである。汽車の窓からちらちらと見た水面の藻草、森の木陰の小さな菌までも決して見落さないのは、本当に自然を愛するものでなければ、つとめては出来ないことであろう。

著者が天然の色彩について著しく敏感であることは、どの頁をあけて見ても色の名の出てこない頁はほとんどないくらいで、頁によっては（例えば一七〇頁）一頁の中にそれが十も見つかることでも分るであろう。世の中にははじめからおしまいまで色彩の欠如した色盲紀行《しきもうきこう》も可能なのである。

いったいこの著者がギリシャとスカンディナヴィヤに遊んで、そうしてその紀行を書いたということが、決して偶然の出来事でなくて、ほとんど必然であったということは、著者を知らぬ読者でもこの一巻を読めば分る事であろう、著者は自分の中のエレメントの叫ぶ声に不可抗的に引きつけられてこれらの国をたずねて行ったのである。そう思われるほどにこの著者はこの二つの国土の訪問者としてまたその紹介者としてぴったりはまったあるものをはじめから生れながらにもっているように見える。

スカンディナヴィヤの素朴で温情な民族性への讃美《さんび》と憧憬《しょうけい》のようなものが到る処に浸潤しているが、これは裏から見れば我が日本の国民性の中に往々《おうおう》にして見出される妙にこせこせとこすっ辛い性質への苦々しい抗議であり警告であるとも見られる。こういう意味からだけでもこの紀行はただのありふれの案内記ではないのである。

著者の随筆は面白いが紀行はラングワイリヒだという人もあるそうである。あるいはそうかもしれない。しかし旅は元来ラングワイリヒなところに旅の味があるのではないか、その退屈の中にしみじみと身に沁《し》む逆旅のさびしおりがあるのではないかと思う。眼まぐるしい興奮に充《み》たされたジャズ的レビュー的紀行も不可能・不可存ではないかもしれないが、それは他の適当なる著者に求むべきであろう。少くも評者はこの著者の紀行によってはじめて著者と共に本当の旅の味を味わうことができるような気がするのである。

この正月の晴れ晴れとした日和《ひより》つづきの三ヶ日にゆっくりこの紀行を読み返してみたが、繰返して読めば読むほど深い味がにじみ出てくるようである。これは、畢竟《ひっきょう》、この著者の観察は少しも衒《てら》わずして独創的であり、その行文は少しも工《たく》まずして流麗《りゅうれい》だからであろう。

巻中に挿入された多数の写真は著しく本文の興趣《きょうしゅ》を助けるようである。著者の撮影にかかるものもなかなか面白い。失礼ながらカメラのレンズを自分のチョッキに向けたことのある人の作品とは思われないようである。いろいろの子供らの群像写真は記事と相待って著者の面目を髣髴《ほうふつ》させこの紀行の特徴を発揮するものであるが、ただ一つ惜しいことは、この著者と共に評者も讃美する健全にして清浄なスカンディナヴィヤ美人の面影を伝えるべき写真の一枚もないことである。

装幀《そうてい》も面白く、外函《そとばこ》なども外函には惜しいようである。妄評多罪。寛容を祈る。

(昭和九年二月十二日『帝国大学新聞』)

『漱石襍記』について

この書の著者小宮豊隆《こみやとよたか》が昔大学へ這入《はい》りたての学生として初めて千駄木《せんだぎ》の夏目漱石《なつめそうせき》を訪問したときあまり畏《かしこ》まって坐《すわ》っていたのでしびれを切らして困った揚句《あげく》とうとう思い切って、「あぐらをかいちまった」という逸話《いつわ》の顚末《てんまつ》がこの『襍記《ざつき》』の中の一篇の題材として取扱われている。多くの読者にはこれが単なる笑話《わらいばなし》のように受取られるかもしれないが、著者を知り漱石を知りまた両者の交渉を熟知する者にとっては、この一篇の思出話の中に後日豊隆がこの本の中に収められたようないろいろなものを書かなければならない、書かなければいられないようになった運命の最初の糸口をはっきり認めることができるような気がして深い興味と感慨を刺戟《しげき》されないわけにはゆかないであろうと思われる。漱石は後日この「初対面のあぐら」について非難の言葉を洩《も》らしたと書いてあるが、筆者の見るところでは、漱石の咎《とが》めたのはおそらく抽象的な一般の場合のそれであったので、この特例において豊隆にあぐらをかかせた原動力の持主は、実は無意識の漱石自身であったろうと思われる。この同じ漱石は単に豊隆のみならず、その他の多くの弟子《でし》達にみんないろいろな意味での「あぐら」をかかせ

「赤ん坊のように得手勝手」をいわせ、毎日のように「今日も先生のうちにいる」と日記をつけさせたのである。

そういうふうに先生に親しみなついた人々の中でも特に「分析的批評家」として生い立ってきたこの書の著者がこの「先生」の芸術について詳細な分析的な研究に基《もとづ》く評釈註解《ちゅうかい》をするということは、いわばこの「あぐら」を徹底させる事としてほとんど必然な運命の指示するところでありまたおそらく万人の期待するところであったに相違ない。今日その研究の一端がこの書に纏《まと》められて上梓《じょうし》されたことに対して愉悦《ゆえつ》を感ずるものは決して少数ではあるまいと思われる。

豊隆の（『木屑録《ぼくせつろく》』解説）や（『猫《ねこ》』が出現するまで）や（『吾輩《わがはい》は猫である』に就て）などを順々に読んでいくとあたかも漱石という作者の生成に関する「発生学的」解説を読んでいるような気がする。例えば動物の発生学の書物で最初の胚《エンブリオ》からいかなる経路を経て成熟した形態にまで導かれるかを教えられるように、実に整然とした有機的発展の機構が掌《たなごころ》を指すように明示されていて愉快《ゆかい》である。注意深い読者はまた、これらの発展に必要であったいろいろのホルモンがはたしていかなるものであったかということについても重要なヒントを到る処に読み取ることができるであろう。『猫』の諧謔《かいぎゃく》が世の光を見ていたころにその蔭にすでに『道草』の悲痛がその芽を延ばしつつあったという事実の解説もはなはだ面白い。また『猫』や『草枕』をその発生学的の意義を考えることなしに批評し単にそれだけによってあるいはそれだけを切離してそれで漱石の芸術を評価することがいかに不合理であり認識不足であるかというようなことなども、これらの豊隆の所説によってきわめて明晰《めいせき》に指摘されている。

　こういう発生学的研究方法を精選しながら著者は進んで『行人』から『心』それから『明暗』への有機的な段階を上っていき、最後に未完成のままに中断され失われたその上部を架構設計《かこうせっけい》に関するきわめて的確な推論を試《こころ》みている。これらの研究は一方においては作品の研究であると同時にまた一方では作者の人そのものの解剖であり、悩みの人漱石がその最後のモットー「則天去私《そくてんきょし》」に達するまでの血のにじむような難行苦行の記録である。読者はこれらの解説によって始めて漱石の作品を正当に認識すると同時に、この著者のこの旧師に対する熱愛を通じて漱石の人に親しむ機会を得るであろうと思われる。

　ついでながら豊隆の「批評《クリティーク》」が世の多くのジャーナリスト批評家と撰を異にする点は、それがいつも科学的とでもいいたいように分析的・実証的なことである。

　彼が何かをいいという場合には、その所説の当否は別としてもとにかく必ず、どこが、いかなる理由で、どういいか、という事をはっきりいうのであり、いけないという場合でも同様である。近年はやる新聞雑誌の短評などのように、その時の気分次第で漠然《ばくぜん》と頭ごなしにけなしたり賞《ほ》めたりするのとはこの点でたしかにちがうようである。その証拠を読者は著者の他の著書と同じくこの書からも随所に拾い出すことができるであろうと思う。

豊隆の漱石研究はこの書の中でようやく始まったばかりであると思われる。この際筆者は著者が徹底的にその昔の「あぐら」を延長し拡張して事情の許す限りその研究を持続し追究することを切望するものである。

（昭和十年六月十日『帝国大学新聞』）

解説

角川源義

寅彦《とらひこ》は四人の歌集を評論した。あれほど俳諧に深い執着を持った人が不思議と現代句集を論ずることがなかった。若い時に「明星」、わけても晶子《あきこ》の歌に心ひかれていた寅彦はその後歌の方に交渉乏しく、専《もっぱ》ら俳句の世界にあった。大正八年の大患《たいかん》以後執筆に親しむようになると、まだ随筆の望み手のなかった寅彦は発表の場の一つにアララギを考えていた。ホトトギスには夏目漱石《なつめそうせき》や津田青楓《つだせいふう》氏の悪口の談話が出ていたから原稿をやるのをやめにするとか、新文学は紙や印刷が悪いからとかというように病いの癒《い》えきらぬ神経質さのなかで、アララギだけはその同人たちの純潔なつながりや、編輯者《へんしゅうしゃ》の心づかいなどで好意を抱いていた。「病室の花」を寺田藪柑子《てらだやぶこうじ》の名で寄せたが、この中で寅彦は病院生活のときに、多くの人が来ていろいろの光や影を心の奥に投げ入れたことを記している。それは寅彦に重大な転換を決意させるものであったが、殊さら触れまいとし、病室を賑《にぎ》わした花を語っている。アララギの同人たちとの交渉がこの原稿から生じ、左千夫歌集が古泉千樫《こいずみちかし》から送られ感想を求められた。その頃歌集を読む機会が自然と生じ、日記に「中村憲吉林泉集読了。海浜の景色などに面白いのがある。かなりに優れた感覚が現われて居る。主観の勝《まさ》ったのは余り面白く感ぜぬ。鴨《かも》や泉やポンタンや赤い月なども好《よ》かった」と適確な印象をとらえている。赤彦《あかひこ》が「氷魚」を送って批評を求めたのも、それから間もなくで、歌壇以外の人たちの刺戟《しげき》と支持を受けていたアララギ同人は、寅彦の左千夫・赤彦の歌集評から得るところがあった。斎藤茂吉《さいとうもきち》氏の「あらたま」がどういう手続きで寅彦のもとに送られたかは、日記書簡に明らかでない。ただ石原純が寅彦を訪ね一両日中に富士見《ふじみ》へ行き茂吉氏と同宿すると語ったことが日記に見えている。当時欧州への旅を前にしていた茂吉氏であったから、自然その話も純から出たと考えてよく、茂吉氏に対する関心があったことだけは事実で、「あらたま」評も進んで書く気になったであろう。大正七年の日記には「終日在宅、昼頃より風雨、二階に寝て『赤光』読む、夕方虹立ち草木の緑鮮《あざや》かなり」とある。「あらたま」雑感に云う友人は恐らく石原純であろうが、赤光読後の感想が日記に仮託されていると思う。寅彦の好んだ交響楽に託した批評で、短い文言の中に「赤光」調をとらえていると見るべきであろう。赤光の序曲はいわば風雨の沛然《はいぜん》たるさまである。後に及んで虹立ち草木の緑鮮かなるを思わせる。

　今四つの歌集評を前にして考える。寅彦は先《ま》ず装幀《そうてい》に注意する。「左千夫歌集」を手にして第一に『表紙の白地に染め出された合歓《ねむ》の花が眼につ」く。白い布地と薄墨《うすずみ》の葉と薄紅の花と、本の上端の金色とが、明るい上品ないい感じを与える。それは左千夫の人柄を思わせる。巻初は故人の写真から、子規《しき》を訪ねた帰りに出逢《でお》うた左千夫の追想が寅彦に行われる。子規は乳牛を飼って歌をやっているこの門下に頼母《たのも》しさと誇りを持っていたことや、寅彦の想念の世界にあった歌人と、まるで違った、さっぱりした、男らしい、質僕《しつぼく》な感じがしたことを思い出す。「氷魚」の表紙は地味な鼠色《ねずみいろ》をしている。黒い活字で刷った書名の下にただ一本の樹が冬枯の枝を灰色の空に拡げている。口絵を見る。枯蘆《かれあし》の汀《みぎわ》にほうけ立った枯木が寒そうな影を水に落している。

また一枚は霜枯れの草原に沼を渡って来た風が戦《そよ》いでいる。

寅彦は「氷魚」の装幀を通して信州《しんしゅう》の風土を想う。風土に生立った文学を考える。一見枯淡《こたん》な絵から、つめたいひからびたものではなく、潤《うるお》いとなつかしみの深い「親しみ」を発見する。それが人間赤彦であろう。「逝く子」を詠《うた》っても、強く訴えるのは家庭人赤彦の「生」の楽しさで、寅彦の中にある不燃物に点火する作用をなす。都にあっては家を懐《おも》い、里にあっては都の仕事を想う。山里と都会との辛労多い往復の生活の中に、心の安定を持っていた赤彦に限りない親しみを覚えた。つまり「氷魚」の装幀から信州の風土を感じとった寅彦は都会と農村の違った生活様式と生活感情のもとにあって、聊《いささ》かも自己の信念にゆるぎをも見せなかった赤彦の人間性に触れて行く。赤彦のある面には恐らく反撥《はんぱつ》したに違いないが、それを温《あたた》く容《い》れる愛情が寅彦にあった。寅彦が「あらたま」雑感を書いたのは茂吉氏が欧州への旅をすぐ前に控えている頃である。寅彦はここでもまた「あらたま」の装幀から茂吉氏の作品に入って行く。茂吉氏の歌に極めてインテンスなものを感じる。「赤光」の表紙の朱赤色や、「あらたま」の表紙の黒白のコントラストの色彩に殊に感じた。作品の中でも勿論《もちろん》だが、この色彩の上からも強い不可抗力に対する人間の恐怖を読みとる。茂吉氏が「せっぱつまりて」宿命に抗しているさまは、すみ切って廻《まわ》る独楽《こま》に比せられる。「あらたま」に官能的な刺戟《しげき》を寅彦が感じたのは何故《なぜ》か。それは茂吉氏の生活雰囲気が感じさせるのか、或《あるい》は「赤光」世界を「あらたま」にも持ち来っている故《ゆえ》か。

寅彦は「地懐」評に、「私は近頃離れ離れの単独な歌や俳句に対する興味がなくなったが、其代《その》り個人の歌集や句集には特別な興味を持つようになった。」という。私はこれを興味深い発言と思う。寅彦は雰囲気を感じ取る人であった。あらゆることにナイーヴな新鮮さで接し得た人であった。歌集や句集を交響楽に見たて、その作品集の奏《かな》でる調べに静かに聴きほれた。如何《いか》に非凡な作家と雖《いえど》も一句一首を切りはなしてみると、平凡に見えるものが多い。殊に短詩型文学では作家の生活内容に触れて行くことは至難である。たまたま雑誌に載せられた作品をそれほど深く考えなかったものが、一冊として与えられてみて驚くことが屢々《しばしば》である。生活の一断片が重なりあって、それぞれに作家の人生がうかがえる。「十首二十首と読んで行く内に、霧の中から森や家や川や山が浮き出して来るように、何かが浮き出して来る。」寅彦は風土やそれを背景にした人間のいとなみの世界を感じとる。

茂吉氏の「あらたま」に「渓谷の急湍《きゅうたん》を下って次第に広く緩《ゆるや》かな流《ながれ》に移るような心持であった」というように、風土と人生との綾なす世界を交響楽風に考察する。また左千夫歌集に情操や情緒が、直接よりは寧《むし》ろ多く間接に音楽の力をかりて現われているように思う。単にリズムの上だけの問題ではなく、連作の持つ音楽的な構成に思いを深めた。叙景詩の中に流れる人生詠嘆の実相に触れたのである。こうした考察が芭蕉連句の研究の上に益々《ますます》深められて行った。寅彦は読み、味わい、噛《か》みしめて行く事によって、作者の生活をさながら経験し体験し得るなら、その歌集は読者にとって尊い一部の経典であり、生きた学説であるとさえ云う。寅彦自身読書によって、よき友を発見し得た人であった。

初めには独《ひと》りで、広い野原に立って居るような気がする。「読んで行く内に何時《いつ》の間にか二人連れになる。その連れの人は不思議なシンボルのような言葉で道連れにある物の表面の奥底に隠れた、私の未だ知らない世界を教えてくれる。読み終る頃には、私はその道連れとすっかり友達になっている。」こうした愛情ある批評が「地懐」に寄せられたのは、作者が寅彦と郷国を同じくしていたことや、この歌集が著しく寅彦の好んだ俳句の世界に接触を持つという事にもあろうが、寂しがりな寅彦の性情が読書に友を求めたことにある。日記に「孤独を感じやすい自分が、書物の中に友達を捜《さが》す事をやっと近頃覚えた。数年前ケーベルさんのものを読んだ時にもそんな気がしたが、カーライルを読んだら一層淋《さび》しくなくなった。」（大正九年三月三十日）殊にこの言葉は病後だけに寅彦の実感であった。

寅彦は伊藤左千夫が歌を得るためにわざわざ旅をすると知って、歌に対する態度の真剣さに驚いたが、四十二歳の厄年《やくどし》から信仰の道に入ったのをまた「非常に意味のある事」と思った。寅彦四十二歳の厄年は大正八年の大患という形であらわれ、これが寅彦の大きな転換を意味した。寅彦は具体的には信仰の道に入らなかったが、手帳や日記に見えるアフォリズム風なメモはヒューマニストとしての寅彦の面貌《めんぼう》が際やかであり、その随筆が人生を論ずることが次第に多くなったのは、四十不惑の言葉の裏に惑い易い年齢の隠れた意味を生活や思想の上にも実感した厄年を経てからであった。左千夫の楽天的な空気とは凡《およ》そ対称的に考えられるのは「あらたま」の底に流れている「悲劇的な要素」で「吾《わ》が門をたたく運命のおとずれ」を感じ出した寅彦は別の意味での悲劇的要素のもとに自分をおかねばならなかったが故に、深い共感もあったわけである。

「あらたま」評を求められた寅彦は「赤光」以来関心のある作家として、用意深いメモが執筆前になされていることは手帳で判る。委《くわ》しく紹介出来ぬが、書こうと企《くわだ》てられて論及しなかったものや重要と思われる部分を抄記する。

△書名璞の事、芸術には完成はない、無限軌道、Impulse。

△光の atmosphere（改作には此が薄くなる）

△官能的でない、官能の中に隠れたものに直入して居る。

△楽譜として小節の数多し。

左千夫、桜、桃、菜の花。赤彦、梅、栗の花、菊。東声《とうせい》、野菊、蓼《たで》の花。茂吉、仏相花《ぶっそうか》、蘭《らん》、蓮《はす》、現代的

最後の現代的という点を如何に寅彦が茂吉氏に理解したかを知る方法がこれでは明らかでない。官能とか象徴とかに及んでいるのはそれとも云えるであろう。茂吉氏が実相観入を説く以前の言葉は官能であった。それだけに「官能に隠れたものに直入して居る」の言葉は批評を越えた文学論と云える。「アララギ」に寅彦の随筆が載せられてから同人との交渉が行われ、僅《わず》かの間に親しみが重なり、「何時の間にか歌集の批評のようなものを書く事の常習犯になっ」た寅彦は、「あらたま」雑感を書いたあと、小宮氏への葉書に「自分ながら少し歯が浮くようで汗顔《かんがん》、御手柔《おてやわら》に願います。もう此れで歌集の評を打切りにしたい」と云ったのは、左千夫、赤彦、東声の批評が、求められて論じた感があるに対し、「あらたま」は進んで書いてみたい作家の歌集であったから自分の主観が多く、読者としての感情を甘やかしていると感じ、「歯が浮

くようで汗顔《かんがん》」の思いを脱稿後になした。

小宮氏の好評を得て喜んだ寅彦は、あまり色んな事を書き過ぎたかと少し危《あやぶ》んでいた。しかし、歌の評はもう本当に止めたい。腹がへっているのに大きな声を出しているような気がして困るからと小宮氏に再び言い送った。事実この批評後歌集を論ずることがなかったが、私はこの集に特に四歌集の批評を収めたのは単なる新刊紹介の文としてではなく、寅彦の珍しい文学評論として優れたものと思ったからに外ならない。寅彦がこれほど身を入れて書を論じたものも、これ以外にないと云ってもよい。何故か寅彦は生前自分の作品集に収めなかった。私がこの歌集評に対して解説するところ多かったのも、単なる私の好みに出ただけではなかったからである。

寅彦がその学的成果の故《ゆえ》にとどまらず、人間性に触れ、詩人的生涯をくまぐまに興味を抱いて語った三人の科学者がある。一人は暗室にさし入る日光の中に舞踊する微《み》塵《じん》の混乱状態を例示して物質元子の無秩序運動を説明したローマの詩人哲学者ルクレチウス。一人は都の夜を飾るネオンサインと飛行機の元祖と云った方が判りのよい、イギリスの貴族、偉大なる「ロンドンの牛乳屋」レーリー卿《きょう》（一八四二―一九一九）。いま一人は寅彦より年歯《としは》一歳も若き相対性原理の「さまよえるユダヤ人」アインシュタイン。いま彼は遥《はる》かに若い日本人湯川秀樹《ゆかわひでき》博士とアメリカの大学研究室の一隅で静かに碁に興じているというニュースを泉下にある寅彦は如何なる思いで聞くであろうか。寅彦は三人の科学者にそれぞれの面で余りにも自分との近似点の多いことに驚いたと思われる。それは生活態度や生活内容とかいうばかりではない、科学啓蒙家《けいもうか》として、また詩人としての共通な面を見る。寅彦が三人の科学者に託して屢々学界への不満を洩《もら》している。

本書に「ルクレチウスと科学」を収めることを得なかったが、寅彦はルクレチウスに偉大な科学的黙示録《もくしろく》を見出《みいだ》した。ヨハネ黙示録は宗教的な幻想であるに対し、ルクレチウスは科学的な対象を科学的精神によって取り扱った。ルクレチウスが描いた元子の映像はたとい現在の原子のタイプとどれ程違っていたにしても、物質の究極組成分としての元子であり、その結合や運動によって説明しようとした諸現象は現代の科学者が原子によって説明しようとするものである。寅彦はルクレチウスの書が科学的でないという異論が当然生じることを予想していた。単なる思いつきが科学ではないとする科学者の考え方を否定する。やすやすと科学的とは云うが、それでは「科学とは何ぞや」と寅彦は開き直る。甲が最も科学的と思う事が乙には工業的と思われ、乙が最も科学的と思うことが甲には最も非科学的遊戯と思われ、丙が数理の応用を最高の科学的仕事と考えているあいだに、丁は実験や器械による測定こそ科学の本筋と考えているということがあるであろう。

寅彦は一方に数理と器械を持たぬ赤手のルクレチウスを立たせ、一方に数学書と器械を山積《やまづみ》した戸棚を並立させて眺める。ルクレチウスは素手で後代の物理的科学の基礎を置いたことは事実であるのに、頭脳のない書物と器械だけでは科学は秋毫《しゅうごう》も進められるものではない。数学と器械を駆使する眼に見えぬ魂の力によって初めて現わし得た偉大な効果に対する感歎《かんたん》の念は、何時の間にか数学と器械に対する偶像的礼拝と化したと嘆ずる。寅彦のこの嘆きは「近代科学の偶像性」が新しい科学の芽を摘み取ることにあった。真理を嗅《か》ぎつける天才はファラデーであったが、その直観力に富んでいたことは、少しも科学者としての面目を傷《きず》つけるものではない。「彼がもし真理に対する嗅覚《きゅうかく》を恥としていたのであったら、十九世紀の物理学の進歩は少なからず渋滞を来たしたに相違ない」とする。私たちは多くの科学者が日常の何でもない事実から、偉大なる発見をしたと聞かされている。ニュートンがそうであり、ワットがそれである。

殿堂《でんどう》の建設には建築材料だけではどうにもならぬ。そこには設計者のファンタジーが天を摩する塔として現われる。ただ科学の高塔は未だかつて完成した事がない「バベルの塔」である。「凡ての時代の学者はその完成を近き将来に夢みて来た。現在がそうであり、未来も恐らくそうであろう。」寅彦の偉大さはその学説にも増して、ゆたかな「科学の芽」を育てあげる精神にある。現代日本の科学者は直接間接に多かれ少なかれ寅彦の影響を受けた。寅彦の科学啓蒙家としての偉大さは、多くの場合見失われがちである。

寅彦の学位論文は尺八《しゃくはち》の研究であったというと、科学に関係のない人はまさかと思い、科学と何の関係があるのかと必ず疑うに違いない。寅彦は尺八による音響学的研究を行った。この研究の独創性に外国の学者も驚いたというが、標準音階を持った新しい尺八を数多く二つに裂いて実験記録を求め、裏穴表穴の各位置、或は節による音色の相違などをこまかに調べた。大学三年の冬休みに妻を失い、傷心を抱いて伊豆修《いずしゅ》善寺《ぜんじ》に遊び、音響学研究のためレーリーの Sound を耽読《たんどく》した。本書の「科学に志す人へ」の中で、「湯に入り過ぎた為にからだが変になって、湯から出ると寒気がするので、湯に入っては蒲団《ふとん》に潜《くぐ》ってレーリーを読み、又湯に入っては蒲団を冠《かぶ》ってレーリーを読んだ。風邪《かぜ》を引いた代りにレーリーが随分骨身《ほねみ》にしみて役に立った」と云っている。レーリー卿の伝記を綴《つづ》ろうとした寅彦には、若き日の思い出があったことも見逃せぬ。

私はレーリー卿の出自から最後までを誌《しる》した伝記の中に寅彦自身を見出す。エピソードが幾つとなく累積されて、レーリーの生涯を綴る伝記作者のあたたかい眼ざしが文字の裏にある。研究のテーマに空の色、海の色、音響や震動の問題など共通なものが多かったせいもあったが、何よりこの科学者の人間性に親しみを感じた。科学上の発見の仕方など私には寅彦が面白がってその伝記を綴る気持になったらしい点を見る。例えば病後イタリーに転地したとき、ピサの傾塔《けいとう》やガリレーの振子《ふりこ》より、彼を喜ばせたものは、浸礼堂の円塔の不思議な反響の現象であった。またクリスマス休暇に温泉療養したとき、浴槽の中で掌《てのひら》を拡げたまま動かすと指が振動する現象を面白がった。そのとき浮んだ考えが三十年後に論文となった。

レーリーの履歴書を見ると、ケンブリッジ大学教授、政治家、大英学術協会会長、王立研究所教授、エセックス州名誉知事、ノーベル賞授賞、王立協会会長、ケンブリッジ名誉総長など、いかにも貴族出身の科学者らしい経歴であるが、この科学者は、ひどくはにかみ屋で、その講演がよく聞きとれなかった。ケンブリッジの名誉総長の就任式の仰々《ぎようぎよう》しい行列には聊《いささ》かレーリーも滑稽《こつけい》に感じた。見物の群衆の中に自分の息子を見つけたとき、眼をパチパチさせて眼くばせしたという。レーリーのはにかみ方や、てれ方が寅彦の癖で、寅彦が漱石のはにかみを「心持首をかしげるようにしてクスクスと、さも可笑《おか》しいという風に先生特有の笑い方をした。そういうときに先生は屹度《きつと》顔を少し赤くして何となく、うぶな処女のような表現をする」というが、それ自体は寅彦にあった。

レーリーは弟に家産の管理をさせたので、弟は乳牛を飼った。レーリーの死んだときには八百頭の牝牛《めうし》と六十人の搾乳夫《さくにゆうふ》がいた。レーリー卿というよりロンドンの牛乳屋レーリーで親しまれていたのは、この人の経歴に何か俳諧性を感じさせる。ダーウィンと交際したが、あるアメリカ人がよこした手紙に「失礼ですが、貴方《あなた》の顔が著しく猿《さる》に似ているという事実が、貴方の学説をひどく左右したのだと思います」とあったとダーウィンに語られたことを面白がる俳諧性をレーリーが持っていた。あるいはそうしたレーリーの俳諧性を寅彦が発見したという方がよいであろう。レーリーは何という特別な専門を持たぬ科学者であった。晩年に至ってレーリーの伝記を書こうとした寅彦は科学啓蒙家としてのレーリーの事業を高く評価していたと思われる。

本書に収めた「アインシュタインの教育観」とは別にアインシュタインの伝記に類したものが一篇ある。病後の寅彦はタイムスにのせたアインシュタインのニュートンやデカルトを引き合いに出した思い切った皮肉の効果を考えた。そしてロシヤに於《お》けるコムミニストの暴力を憎んだが、ユダヤ人の長いあいだ受けた虐待《ぎゃくたい》に対する復讐《ふくしゅう》という意味で見ると、少し違った心持で見直す事が出来ると桑木《くわき》彧雄《あやお》氏に云い送った（大正九年二月一日）。その日の日記に、「クリストは人間に栄光を与えたと同時に、人間に侮辱《ぶじょく》を与えた。アインシュタインも人間の為に最上の栄冠をかち得たと共に、人間という生物に最大の侮辱を与えた」と記した。翌日桑木氏にこの日記に誌したと同じことを書き送り、「コンナ変哲学を寝て居て考え出したのですが、此《こ》の辺には誰れも理解してくれる人がないから、大兄の処迄《まで》わざわざ御報告致します。」と附記している。二月十一日にこの事の意味をまた桑木氏にあてて、「クリストは人間に罪人という自覚を与えた。アインシュタインは人間の五官の無能を強く指摘した。それで或《あ》る意味で人間を侮辱したという謎々である」と明らかにしている。

二十世紀の科学を変貌《へんぼう》させたアインシュタインはクリストとともに、エポックメイカアであった。二人は共に人間の無力を教えたのである。バートランド・ラッセルがアインシュタインとレーニンを並べて考えたのも、二十世紀思想の変革者としてにあった。アインシュタインの世界的な人気は一時は大変なもので、寅彦はエポックメイキングな年若い科学者にひそかに畏敬《いけい》の念を抱いていた。一年ばかりたって、ぼつぼつ入って来たニュースや書物、または人々の話からアインシュタインという人に身近かさを感じるようになったに違いない。郷国独逸《ドイツ》で不遇な科学者は米国に招かれて講演に行き、帰りに英国でも講演したが、その頃のニュースによると、彼の眼は磁石のように牽《ひ》きつける眼である。「それは夢を見る人の眼であって、冷《つめた》い打算的なアカデミックな眼でない、普通の視覚の奥に隠れた或るものを見透す詩人創造者の眼である。自分の心の内部に生活して居る人の眼である。」

彼は寅彦のようにヴァイオリンを奏《そう》した。「充分な情緒と了解をもってモツァルト、シューマン、バッハなどを演奏」した。それは彼の数学と「同じ程度に」であった。寅彦は友人の家で驚くべきこの科学者の写真を見た。「此の顔は夢を見る芸術家の顔だ」とすぐに感じた。夢の国に論理の橋を架けたのがアインシュタインであった。「芸術から受けるような精神的幸福は他の方面から得られない」と人に話したと聞き、「芸術を馬鹿にしない種類の科学者である」ことに共感した。アインシュタインが一種の煙霞癖《えんかへき》を持っている事にも、毎日二十本入りの朝日を二、三個もすった寅彦には身近かな友人感を抱かせた。後年レーリー卿の伝記を草した時に、レーリーは煙草をすわなかったことを特に記している。

これだけの知識を持って寅彦はアインシュタインの教育観を論じた。アインシュタインは科学啓蒙家としてもすぐれていた。「自分で物を考えるような修練に重きを置いた一般的教育」が有効であるとし、「教える能力というのは面白く教える事である。どんな抽象的な教材でも、それが生徒の心の琴線《きんせん》に共鳴を起させるようにし、好奇心をいつも活《い》かして置かねばならない」という。寅彦は多数の人にとって耳の痛い話だと面白がった。本書の「科学に志す人へ」「科学者とあたま」を読むと、科学啓蒙家としての寅彦を見る。「頭のいい、殊に年少気鋭《きえい》の科学者が科学者としては立派な科学者でも、時として陥《おちい》る一つの錯覚《さっかく》がある。それは、科学が人間の智恵の凡《すべ》てであるもののように考えることである。」として科学万能を信ずる学徒を警《いまし》めた。科学は孔子《こうし》の所謂《いわゆる》「格物」の学であって「致知」の一部に過ぎない。「頭のいい人には恋が出来ない。恋は盲目である。科学者になるには自然を恋人としなければならない。自然は矢張り其の恋人にのみ真心を打明けるものである」とし、「頭のいい人は批評家に適するが、行為の人にはなりにくい。凡ての行為には危険が伴うからである。怪我《けが》を恐れる人は大工になれない。失敗を怖がる人は科学者にはなれない」という。

寅彦はよく物理の教科書を汽車弁当に喩《たと》えた。折詰の飯に添えた副食物が、色々ごたごたと色取りを取り合わせ、動物質植物質、脂肪蛋白澱粉《たんぱくでんぷん》、甘酸辛鹹《かん》という風にプログラム的に編成されているが、どれもこれもちょっぴりで、しかもどれを食ってもまずくて身体のたしになりそうなものは一つもない。三つのものを一つに減しても、根本的な一つをよく理解し呑《の》み込めば残りの二つはひとりでに判る。一つをよく玩味《がんみ》して、その旨《うま》さが判れば他のものへの食慾《しょくよく》は自然に誘発される。栗のいがばかりしゃぶらせるような教科書は汽車弁当にも劣る。そして「教える為には教えない術が必要である」というパラドックスを読者に提出する。

寅彦は新聞社の印刷工場を見学し、高速度輪転機の前面を瀑布《ばくふ》のように流れ落ちる新聞紙が、またたくまに裁断され折り畳まれ積み上げられて行く光景を眼のあたり見て、世界に氾濫《はんらん》するジャーナリズムを実感した。そして時を追い求めるジャーナリズムの欠点を指摘した。ニュースの価値はすべて時間におきかえられる。早く読者に提供しようとする商業主義が正確さを欠くばかりでなく、事件を幾つかのケースに排列して、差当り一番よく当てはまりそうな類型のどれかに、その材料を入れて処理して行く。私は屢々郵便局の集配人が書簡の切手に目にもとまらぬ速さでスタンプし、またたくまに地方別に仕切られたケースに放り込んでゆくのを見たことがある。人生の実相が動植物のように類別されるものかどうか問題なのだが、寅彦は具体的事実の抽象一般化、個別的現象の類型化とも名づけるべき方法が、魔術師の杖《つえ》のように振りかざされて、一部始終の顚末《てんまつ》から関係人物の心理にまで立ち入った描写がなされるとする。だから事件のあった事だけは確かなのだが、事件は新聞社によって処理されるケースの相違から、まちまちな報道のかたちをとる。

　ありのままを報道することを旨とするのはいいが、それが如何なる影響を読者に与えるかが考慮されていない。三原山《みはらやま》投身者《とうしんしゃ》が大都市の新聞で「奨励される」と諸国の投身志望者が三原山に雲集《うんしゅう》する。寅彦はゆっくりオリジナルな投身地を考える余裕が投身者にないのみでなく、三原山時代に浅間《あさま》へ行ったのでは「新聞に出ない」からであろうと皮《ひ》肉《にく》る。ジャーナリズムは世界の現象を類型化するばかりでなく、その類型の幻像の充満を読者に抱かさせる。戦後ジャーナリズムはすでに幾つかの流行を作り、その本質さえも究める暇を読者に与えぬ中に、流行遅れにしてしまった。寅彦は「錯覚数題」の中で「同じことを書いた本が幾種類もあるより、未だ本になって居ないことを書いた本が一つでも多く出た方が読者には便利であるが、著者並に出版社に取っては、矢張り類型主義の方が便利であると見える。書物でも、矢張りヨーヨーのようなものである。」という。

「丸善と三越」は本書の表題とする「読書と人生」のティピカルな問題が与えられている。「電車と風呂」が大正九年五月に新小説に発表され、続いて「丸善と三越」が六月の中央公論に発表された。この二つの作品は大患を契機とした寅彦随筆の転換であると共に、寅彦にとって近代市民精神の発見でもあった。三月十七日附《づけ》の小宮氏宛の書簡に近来いろいろの感想をゴタゴタ書きたくなって困る。「電車と洗湯」「丸善と三越」などというような題で妙なものを書いてみたいと云っているから、この二作が初めから並立したテーマであったことが判る。そして「丸善」を書くにあたって、なるべく円遊《えんゆう》や円右《えんう》は引っこませて小《こ》さんを強くするような心持でやりたいということが後便にあることは寅彦随筆が「小さん」の味を意図されていたと見てよいであろう。

広重《ひろしげ》の江戸百景や東都名所などの浮世絵を寅彦とともに、私たちは取り出してみる。ある絵は富士山《ふじさん》の見える日本橋《にほんばし》を笠《かさ》にたわわな雪をのせた行商人が渡っている。ある絵は白雨の日本橋の川筋に白壁の土蔵を背にして林立《りんりつ》する問屋でもあろう。日本橋の魚河岸《うおがし》を中心として、南と北に丸善と三越が相対している広重の世界。江戸庶民の芸術としてあった浮世絵は広重を最後として、江戸幕府と共に滅びた。江戸が東京に変った。文明開化の声は巷《ちまた》を蓋《おお》ったが、人びとの思想にどれだけの変革があったか。思想の近代はそう手軽るには人びとの心に住むものではない。明治思想家の先駆者といえども、多かれ少なかれ儒教思想がどこかに宿っている。だが広重の丸善や三越は近代化し、赤煉瓦《あかれんが》や石造りに粧《よそお》いをこらした。日本橋の通りは一筋だが、通りすがる人びとには近代の桎梏《しっこく》は負わせられた。電車にもまれもまれして日曜日の丸善や三越をくぐる寅彦にも、当然近代の桎梏が負わせられていた。則天去私《そくてんきょし》に達するには則天則私の道を通らねばならぬと自覚する寅彦が、此処《ここ》に読書と人生を語る。

　昔話の座を例に出せば、寅彦は巧みな語り手である。話には必ずとじめが必要である。とじめには聴き手を納得させるだけの倫理思想が裏づけとなっている。それは語り手自身の人生観でもあるが、時代の人の感覚とは離れて話者の倫理が成立するわけがない。あらゆる宗教や思想が時代を無視して考えられぬように、語り手は聴き手に巧みな話柄で身近かな倫理を説き聞かせる。それは聴き手に承認を得られねばならぬし、承認を得られぬような語り手ならば、話者としての資格がない。精霊《モノ》に通じ、事《ワ》情《ケ》に通ぜねば有識者《モノシリ》とは云えぬだけでなく、人びとを納得させるだけの情熱を持った語り方がなされねばならぬ。寅彦随筆はいわば寅彦の人生観が身近かな問題を提出して語られていると云ってよい。殊に晩年にいたって、その傾向が著しい。それは人びとの生活事情や生活感情を見ぬいた人にして初めて為し得るところであろう。

　小宮氏がこうした点を寅彦に注意したものかどうか判らぬが、小宮氏に「篇末にイソップ物語式のモラルを安売するのがいけないとの御教訓有難、以後屹度謹しむ事と可致候《いたすべくそうろう》。」（昭和五年二月二十五日書簡）と答えたのは、私には面白く感ぜられた。寅彦は小生としては何か云わないと結論なしの論文のような気がする。結句を書くこと自身が悪いのではなく、書き方が悪いのだろう。余り短い文句で捨科白《すてぜりふ》か鼬《いたち》の毒瓦斯《どくガス》発射のような気がするのかも知れないと思った。「最高水準の読者にとっては、あんなもののないのがいい事は明白であり、そういう読者だけを相手にするべきだとすれば正《まさ》に貴説の通りであ」るという寅彦には、矢張り啓蒙家としての仕事の必要さが骨身にしみるほど痛切であった。またかと思うような読者を考慮せず「仮令厭《たとえいや》がられても駄目を押しておいた方がいい」とさえ心に定める所があった。

写生文のころの寅彦は、写生に徹した文章のとじめに、ほのぼのとした抒情《じょじょう》を盛りあげた。「団栗《どんぐり》」について云えば、「団栗を拾って喜んだ妻も今はない。御墓の土には苔《こけ》の花が何遍か咲いた。山には団栗も落ちれば、鵯の啼《な》く音に落葉が降る。」亡き妻の忘れ形見のみつ坊をつれて植物園に遊び、昔ながらの団栗を拾わせる寅彦の抒情がある。「竜舌蘭《りゅうぜつらん》」について云えば、「義《よし》ちゃんは立派に大きくなったが、竜舌蘭は今はない。雷はやんだ。あすは天気らしい。」この結びの一句に、寅彦の少年時代の思い出が託されている。姉の家へ祭に招かれて行った寅彦は、池畔の竜舌蘭の厚いとげのある葉が五月雨《さみだれ》に濡《ぬ》れて光っていた年少のころの印象が妙に生々しく思い出される。土蔵の戸棚から八犬伝や三国志などを引っぱり出し、女の衣裳《いしょう》を掛けつらねた、白粉《おしろい》臭い汗くさい変な香が籠《こも》った薄暗い土蔵の部屋で、寅彦は信乃《しの》が浜路《はまじ》の幽霊と語るくだりを読んでいた。後の唐紙《からかみ》が開いて入って来た年増《としま》芸者のことが、この竜舌蘭に結ばれた祭の思い出である。初雷が鳴り、雨があがればもう夏が来る。軒の葉桜の雫《しずく》に仮託された少年時代の夢幻の影が青年寅彦に忍びよる。夢物語の結びの言葉はさりげないが、夢さめたあとの抒情が短い文言の中にひめられている。

大患以後の寅彦はある意味で近代説話の語り手となった。現代風景に人生の戯画《ぎが》を描いた。語り手から思想を抜きものにしたら、単なるお伽噺《とぎばなし》に過ぎぬであろう。家や部落の歴史の伝承者は次の世代に歴史が誤られず伝わることを望む。祭りが正しく行われるためには、そのしきたりを間違えず伝えねばならぬ。伝承者の思想は部落の秩序が守られることを前提としている。人としての寅彦を語る文章の幾つかは、寅彦がいい意味でのほめ上手であり、自然や人間に対する態度は積極的肯定的で、稀《まれ》に思い切って人の悪口をいう時には、公な背景がある時に限られていたという。厄年の大患をどうにか過ぎた年の正月の日記に、今年は構わず年来の不平を爆発させ、失敬なものは片端から退治すると決意したのは、私憤《しふん》ではなく学問真理の冒瀆《ぼうとく》に対する義憤《ぎふん》であった。いきどおりは巧みな諷刺《ふうし》のかたちであらわれた。長いあいだに悲しみを俳諧に置きかえる習練がなされた。

「真面目な言葉では表されなくて、冗談ではなくては云い現わされない程深い真面目な事がある」と手帳に認《したた》められた言葉はパラドックスに似ているようだが、俳諧を究めた寅彦にして云い得、また寅彦は真面目とも冗談ともつかぬかたちで、その思想を発表した。説話は社会の時代感覚や倫理が、短い文言に圧縮され、リズムを持った諺《ことわざ》によって結ばれることが多い。私のいう寅彦の近代説話にはヒューマニスト寅彦の倫理感が結びの言葉として現われている。写生文の結びは写生からはみ出した抒情世界の美しさである。転換後の寅彦随筆に俳諧的な飛躍と省略を持って、寅彦の思想がはみ出るように出て来たのは、悲しき近代説話の語り手寅彦をして、書くことをしきりに促《うな》がす目に見えぬ一つの力があったからに外ならない。寅彦は身を以《も》って人生の戯画を描いた。

解　説

若松英輔

本書の初版は、一九四九（昭和二四）年に角川書店から刊行された。編纂《へんさん》者は、本書に解説を寄せている角川源義《かどかわげんよし》である。名前からも類推できるように彼は、角川書店の創業者である。だが同時に、折口信夫《おりくちしのぶ》に学んだ国文学者であり、俳人でもあった。さらに、この本自体が象徴しているように、書肆《しょし》の経営者であり、編纂者であり、編集者でもあった。書物に関する、あらゆる場所で実践者として活躍し、それゆえに文人たちからも信頼を寄せられた異能の人だった。以下の文章は、なるべく角川の言説と重複しないように試みてみたいと思う。

『読書と人生』という題名の本は、異なる著者たちによっても書かれている。よく知られたものでは三木《みき》清《きよし》の著作があり、戦前、『学生叢書《そうしょ》』によって一時代を形成した河合《かわい》栄治《えいじ》郎《ろう》編のものもある。（もともとは『学生と読書』だったが、のちに改題された。）

ここで改めて考えてみたいのは、ある時期まで「読書」は「生活」というよりも、「人生」と直結する問題だったという事実である。何を読むかは、どう生きるかと不可分だと考えられていた。

そう考えていたのは、角川源義のような作り手たちだけではない。それは読者も同じだった。何を、どう読んだかを語ることはそのまま、その人が何を中心に据え、それとどう対峙《たいじ》したかという人生の物語を詳《つまび》らかにすることになる。この本は、文字通り寺田《てらだ》寅彦《とらひこ》（一八七八〜一九三五）の「読書と人生」の軌跡になっている。「読書の今昔」という一文で寅彦は、自らと読書との出会いをめぐって次のような言葉を残している。

生れて初めて自分が教わったと思われる書物は、昔の小学読本であって、その最初の文句が「神は天地の主宰にして人は万物の霊なり」というのであった。たぶん、外国の読本の直訳に相違ないのであるが、今考えてみるとその時代としては恐ろしい危険思想を包有した文句であった。先生が一句ずつ読んで聞かせると、生徒はすぐ声を揃えてそれを繰返したものであるが、意味などはどうでもよかったようである。（六〇頁）

文意よりも、音が胸に飛び込んできたというのである。一見すると何でもないことのように思われる。同様のことは私の時代にもあった。しかし、このことを記憶し続け、随筆家としてその意味を想起できるところに寅彦の特性がある。彼は幼い頃から、記号としての言葉の奥に、うごめく意味を感じていた。彼が感じていたように言葉には、物事を記号的に表現する以上のちからがある。

寺田寅彦のプロフィールを見ないまま、この本を手にした人は、いっぷう変わった随筆家だと思うのかもしれない。その随筆は、文学者の書くものとは違うだけでなく、画家や彫刻家といった芸術家の筆致とも違う。透徹した眼で世界を眺めていながら、同時に熱情がある。素樸《そぼく》な言葉を用い、虚飾を廃した文体は、誰にも似ていない。

寺田寅彦とはどのような人物であったか、それをもっとも端的に表現していると思われるのが、科学者としての愛弟子《まなでし》であり、彼もまた随筆家だった中谷宇吉郎《なかやうきちろう》（一九〇〇〜一九六二）の一文である。「文化史上の寺田寅彦先生」と題する一文で中谷は「先生は、外見上は全く異なる二方面において、今日のわが国の文化の最高標準を示す活動を続けておられた」と書き、次のように言葉を継いだ。

その一は物理学者としてであって、帝国学士院会員、東京帝大教授としてのほかに理化学研究所、航空研究所、地震研究所において、それぞれ研究室を持ち、多彩の研究をほとんど間断なく発表されていたのである。他の一面は漱石《そうせき》門下の逸材吉村冬彦《よしむらふゆひこ》としての生活であって、その随筆もまたわが国の文学史上に不朽の足

跡を止めている。(『寺田寅彦　わが師の追想』五〇頁)

この者は、近代日本の科学史だけでなく、文学史にも大きな足跡を残したが、そのどちらから見ても、彼の本質は見えてこない。それを試みるには「文化史」というより広く深いところに根差した視座が必要になる、というのである。

たしかに寺田寅彦は第一級の科学者であり随筆家、俳人でもあった。しかし、彼は同時に、科学が独走したとき、世界に壊滅的な打撃を与えうることを知る文明論者でもあった。本書に収められた「科学者とあたま」でも述べられているように、知能的知性が独走することは世界を必ずしも豊かにしないという科学偏重への警鐘を鳴らす人でもあった。

寅彦は確かに、夏目《なつめ》漱石(一八六七〜一九一六)門下のひとりだったが、小宮豊隆《こみやとよたか》(一八八四〜一九六六)らが弟子だとしたら、寅彦は年若い友人だった。

漱石の日記を読んでいると「寺田」の文字は幾度となく出てくる。だが、そこに広がる光景は、小宮らの弟子たちと同じではない。多くの弟子が漱石山房を訪ねるのに対し、寅彦の場合、漱石の方から寅彦の家に赴くこともあった。

そうしたことは、本書に収められた「『漱石襍記《ざつき》』について」からもうかがうことができる。『漱石襍記』は、題名にあるように小宮豊隆による漱石とその作品めぐる随想を集めたものである。

そこに収められた「夏目先生のこと」という一文には「あぐら」をめぐる逸話がある。親類がロンドン時代の漱石と知り合いだったことから、紹介を受け、漱石と会えることになる。初めて面会したとき小宮は、ひどく緊張したまま正坐《せいざ》をしていたのだが、とうとうしびれを切らして足を崩し、あぐらをかいてしまう。このことがのちに尾ひれがついて、小宮の大胆さを語る小さな伝説になる。次に引くのは、このことを受けて書かれた寅彦の一文である。それは彼と漱石との関係が、小宮とは質の違ったものだったことを暗示している。

この特例において豊隆にあぐらをかかせた原動力の持主は、実は無意識の漱石自身であったろうと思われる。この同じ漱石は単に豊隆のみならず、その他の多くの弟子達にみんないろいろな意味での「あぐら」をかかせ「赤ん坊のように得手勝手」をいわせ、毎日のように「今日も先生のうちにいる」と日記をつけさせたのである。（三一一、三一二頁）

『漱石襍記』には「日記の中から」と題する、小宮の日記から漱石との交わりに関するところだけを抜粋したものが収められている。「今日も先生のうちにいる」という記述はそこにある。それは熱心という度合いを超えたもので、「先生のうちにいる」だけでなく、「先生のうちに行く」「先生のところへ行く」、あるいは「とまる」という、ある人から見れば度を超えた親密さを求めている小宮の言動を示す文字が続く。だが漱石の日記に見られる「寺田」との関係とはまるで違う。そこには師弟の関係はない。あるのは深い友愛である。本書にも寅彦が漱石に抱いていた信頼を示す、短いが端的な記述がある。

漱石先生の小説を見て一向つまらぬという人がある。これはその作物に共鳴すべき物を持ち合わせぬ人である。（三三一頁）

漱石の言葉のなかに、自らの人生の根本問題を照らし出す一すじの光を感じた、というのだろう。寅彦と漱石は、作家と科学者という立場を超え、生きるとは何かという終わりのない問いにおいて強くつながっているのである。

先に引いた中谷宇吉郎の文章にも、世に流布している科学者のイメージから大きく逸脱する寅彦の姿にふれた一節がある。科学的真理の探究者と人生問題の飽くなき探索者という「一見全然相反する二方面の仕事が先生の場合には渾然《こんぜん》として融合している」と書き、中谷はこう続けた。

先生はある時、自分にその点について「科学者と芸術家とは最も縁の遠いもののように考える人もあるが、自分にはそうは思えない。趣味と生活とが一致しているという点ではこれくらい似寄ったものはない」と語られたことがあった。科学も芸術もともに職業とせずして生活とされていた先生の頭の中では、この両者は実は区別が出来ていなかったのであろう。（『寺田寅彦　わが師の追想』五〇〜五一頁）

ここで中谷が、寅彦が自分に語った、と述べている言葉と同様のことは、寅彦の「科学者と芸術家」（『科学と文学』角川ソフィア文庫所収）というエッセイで読むこともできる。寅彦はそこで「科学者と芸術家の生命とするところは創作である」といい、「他人の芸術の模倣は自分の芸術でないと同様に、他人の研究を繰返すのみでは科学者の研究ではない」（『科学と文学』一三五頁）と書く。

どこまでも主体的であろうとする悲願において科学者と文学者が出会う。これが実現したのが寺田寅彦という人格だった。

主体的であろうとするとき、多くの場合人は、他者の見解を頼りにできない。誰かが提示した解答めいたものではなく、自らの手応えを命綱に歩みを進めていかなくてはならない。こうしたとき世にいわれる正誤の常識を打ち破る出来事が起こる。「誤り」の体験が次に続く人の道を照らすのである。

「案内者」と題する作品で寅彦は、「間違だらけの案内記」でも、それが作者の実体験をもとに書かれているときは、情報をつなぎ合わせただけの「正しい」ものよりも内実があり、「存外何かの参考になる事が多い」(三八頁)と書く。

表面的な事実として「正しさ」を超えた意味をそこに感じるというのだろう。これが寅彦の慧眼《けいがん》だ。それが仏教でいう分別を超えた無分別智を思わせる。このことにふれ、寅彦はさらに次のように述べている。

個々の研究者の直接の体験を記述した論文や著書には、たとえその題材がなんであっても、その中に何かしら生きて動いているものがあって、そこから受ける暗示は読む人の自発的な活動を誘発するある不思議な魔力をもっている。(三九頁)

「不思議な魔力」という、一見非合理に映る何ものかこそ、寅彦の直観の源泉だった。世界を止まったものとして数値的かつ概念的に把握するのではなく、「生きて動いているもの」として認識すること、そのことの重要性を語り続けたのは哲学者のベルクソンだった。ベルクソンの哲学が直観を重んじたのも偶然ではないだろう。二人は同じものを見ている。（寅彦にはベルクソンの『笑い』にふれた「笑い」という随筆がある。）今日私たちは、寅彦のなかに科学者と文学者の融点を見出《みいだ》すだけでなく、新しい哲学者の姿さえ感じることができるだろう。次の言葉は、本書のなかでもっとも印象的なものの一つだった。私はそこに一人の見者の眼にふれる思いさえする。

観察記は、それがいかに狭い範囲の題材に限られていても、その中に躍動している活《い》きた体験から流露するあるものは、直接に読者の胸に滲《し》み込む、そしてたとえそれが間違っている場合でさえも、書いた人の真を求める魂だけは力強く読者に訴え、読者自身の胸裡《きょうり》にある同じようなものに火をつける。そうして誌《しる》された内容とは無関係にそこに取扱われている土地その物に対する興味と愛着を呼び起す。（三九頁）

彼が俳人であることは先にふれた。ここにある「胸」「火」あるいは「流露」といった言葉は、広義の詩人としての彼の精神からの湧出《ゆうしゅつ》である。寅彦は世界を「あたま」だけでは経験しない。それを「胸」で受け止める。彼は言葉を記号として扱わない。それを不可視な火花であると感じているのである。

編集付記

一、本書は、一九五〇年に角川書店から刊行された『読書と人生』を底本とした。

一、目次と本文との不一致、文字・句読点など明らかに誤りと思われる箇所については、『寺田寅彦全集』（岩波書店）などを校合のうえ適宜修正した。

一、原文の旧仮名遣いは現代仮名遣いに、旧字体は新字体に改めた。

一、漢字表記のうち、代名詞、副詞、接続詞、助詞、助動詞などの多くは、引用文の一部を除き、読みやすさを考慮して平仮名に改めた。

一、送り仮名が過不足の字句については適宜正した。また片仮名の一部を平仮名に改めた。

一、底本本文の漢字にはすべて振り仮名が付されているが、小社基準に則り、難読と思われる語にのみ、改めて現代仮名遣いによる振り仮名を付し直した。

一、外来語、国名、人名、単位、宛字などの多くは、現代で一般に用いられている表記に改めた。

一、書名、雑誌名には『　』を、論考名には「　」を付した。

一、本文中には、「瘋癲病院」「痴人」「インディアン」「色盲」「文盲」「盲」「聾」「狂人」といった、今日の人権意識や歴史認識に照らして不適切と思われる語句や表現がある。著者が故人であること、また扱っている題材の歴史的状況およびその状況における著者の記述を正しく理解するためにも、底本のままとした。

読《どく》書《しょ》と人《じん》生《せい》

寺《てら》田《だ》寅《とら》彦《ひこ》

令和2年 10月25日　初版発行
令和6年 4月30日　7版発行

発行者●山下直久

発行●株式会社KADOKAWA
〒102-8177　東京都千代田区富士見2-13-3
電話　0570-002-301(ナビダイヤル)

角川文庫 22394

印刷所●株式会社KADOKAWA
製本所●株式会社KADOKAWA

表紙画●和田三造

●お問い合わせ
https://www.kadokawa.co.jp/（「お問い合わせ」へお進みください）
※内容によっては、お答えできない場合があります。
※サポートは日本国内のみとさせていただきます。
※Japanese text only

Printed in Japan
ISBN 978-4-04-400589-4　C0195

◆◇◇

角川文庫発刊に際して

角川源義

第二次世界大戦の敗北は、軍事力の敗北であった以上に、私たちの若い文化力の敗退であった。私たちの文化が戦争に対して如何に無力であり、単なるあだ花に過ぎなかったかを、私たちは身を以て体験し痛感した。西洋近代文化の摂取にとって、明治以後八十年の歳月は決して短かすぎたとは言えない。にもかかわらず、近代文化の伝統を確立し、自由な批判と柔軟な良識に富む文化層として自らを形成することに私たちは失敗して来た。そしてこれは、各層への文化の普及滲透を任務とする出版人の責任でもあった。

一九四五年以来、私たちは再び振出しに戻り、第一歩から踏み出すことを余儀なくされた。これは大きな不幸ではあるが、反面、これまでの混沌・未熟・歪曲の中にあった我が国の文化に秩序と確たる基礎を齎らすためには絶好の機会でもある。角川書店は、このような祖国の文化的危機にあたり、微力をも顧みず再建の礎石たるべき抱負と決意とをもって出発したが、ここに創立以来の念願を果すべく角川文庫を発刊する。これまで刊行されたあらゆる全集叢書文庫類の長所と短所とを検討し、古今東西の不朽の典籍を、良心的編集のもとに、廉価に、そして書架にふさわしい美本として、多くのひとびとに提供しようとする。しかし私たちは徒らに百科全書的な知識のジレッタントを作ることを目的とせず、あくまで祖国の文化に秩序と再建への道を示し、この文庫を角川書店の栄ある事業として、今後永久に継続発展せしめ、学芸と教養との殿堂として大成せんことを期したい。多くの読書子の愛情ある忠言と支持とによって、この希望と抱負とを完遂せしめられんことを願う。

一九四九年五月三日

角川ソフィア文庫ベストセラー

天災と日本人
寺田寅彦随筆選

寺田寅彦
編／山折哲雄

地震列島日本に暮らす我々は、どのように自然と向き合うべきか——。災害に対する備えの大切さ、科学と政治の役割、日本人の自然観など、今なお多くの示唆を与える、寺田寅彦の名随筆を編んだ傑作選。

春宵十話

岡　潔

「人の中心は情緒である」。天才的数学者でありながら、思想家として多くの名随筆を遺した岡潔。戦後の西欧化が急速に進む中、伝統に培われた日本人の叡智が失われると警笛を鳴らした代表作。解説：中沢新一

春風夏雨

岡　潔

「生命というのは、ひっきょうメロディーにほかならない。日本ふうにいえば〝しらべ〟なのである」——科学から芸術や学問まで、岡の縦横無尽な思考の豊かさを堪能できる名著。解説：茂木健一郎

夜雨の声

岡　潔
編／山折哲雄

世界的数学者でありながら、哲学、宗教、教育にも洞察を深めた岡潔。数々の名随筆の中から科学と宗教、日本文化に関するものを厳選。最晩年の作「夜雨の声」ほか貴重な作品を多数収録。解説／編・山折哲雄。

風蘭

岡　潔

人を育てるのは大自然であり、その手助けをするのが人間である。だが何をすべきか、あまりにも知らなさすぎるのが現状である——。六十年後の日本を憂え、警鐘を鳴らした岡の鋭敏な教育論が冴える語り下ろし。

角川ソフィア文庫ベストセラー

一葉舟
岡 潔

「人が現実に住んでいるのは情緒としての自然、情緒としての時の中である」——。釈尊の再来と岡が仰いだ山崎弁栄の言葉や芭蕉の句を辿り、時に脳の働きにも注目しながら、情緒の多様な在り方を探る。

青春論
亀井勝一郎

青春は第二の誕生日である。友情と恋愛に対峙する「沈黙」のなかで「秘めごと」として自らの精神を育てなければならない——。新鮮なアフォリズムに満ち生きることへの熱情に貫かれた名随筆。解説・池内紀。

文学とは何か
加藤周一

詩とは何か、美とは何か、人間とは何か——。後年、戦後民主主義を代表する知識人となる若き著者が果敢に挑む日本文化論。世界的視野から古代と現代を縦横に行き来し、思索を広げる初期作品。解説・池澤夏樹。

陰翳礼讃
谷崎潤一郎

陰翳によって生かされる美こそ日本の伝統美であると説いた「陰翳礼讃」。世界中で読まれている谷崎の代表的名随筆をはじめ、紙、厠、器、食、衣服、文学、旅など日本の伝統に関する随筆集。解説・井上章一

恋愛及び色情
谷崎潤一郎
編／山折哲雄

表題作のほかに、自身の恋愛観を述べた「父となりて」「私の初恋」、関東大震災後の都市復興について書いた「東京をおもう」など、谷崎の女性観や美意識について述べた随筆を厳選。解説／編・山折哲雄

角川ソフィア文庫ベストセラー

美しい日本の私
川端康成

ノーベル賞授賞式に羽織袴で登場した川端康成は、古典文学や芸術を紹介しながら日本の死生観を述べ、聴衆の深い感銘を誘った。その表題作を中心に、今、日本をとらえなおすための傑作随筆を厳選収録。

人生論ノート 他二篇
三木清

ひとは軽蔑されたと感じたとき最もよく怒る。だから自信のある者はあまり怒らない（「怒りについて」）。深い教養と思索から生みだされた言葉の数々は、いまなお心に響く。『語られざる哲学』『幼き者の為に』所収。

数学物語 新装版
矢野健太郎

動物には数がわかるのか？　人類の祖先はどのように数を数えていたのか？　バビロニアでの数字誕生からパスカル、ニュートンなど大数学者の功績まで、数学の発展のドラマとその楽しさを伝えるロングセラー。

確率のはなし
矢野健太郎

25人のパーティで同じ誕生日の2人が出会うのは偶然？　それとも必然？　期待値、ドゥ・モルガンの法則、パスカルの三角形といった数学の基本へ。世界的数学者が、実例を挙げてやさしく誘う確率論の基本。

空気の発見
三宅泰雄

空気に重さがあることが発見されて以来、様々な気体の種類や特性が分かってきた。空はなぜ青いのか、空気中にアンモニアが含まれるのはなぜか――。身近な疑問や発見を解き明かし、科学が楽しくなる名著。